天忧旅馆

逡罗 著

南方出版传媒

花城出版社

中国·广州

图书在版编目（CIP）数据

无忧旅馆 / 逡罗著. -- 广州：花城出版社，
2019.6
ISBN 978-7-5360-8854-2

Ⅰ. ①无… Ⅱ. ①逡… Ⅲ. ①长篇小说－中国－当代
Ⅳ. ①I247.5

中国版本图书馆CIP数据核字(2019)第075953号

出 版 人：肖延兵
责任编辑：陈诗泳　欧阳佳子
技术编辑：薛伟民　凌春梅
封面设计：

书　　名	无忧旅馆
	WU YOU LÜ GUAN
出版发行	花城出版社
	（广州市环市东路水荫路11号）
经　　销	全国新华书店
印　　刷	广东新华印刷有限公司
	（广东省佛山市南海区盐步河东中心路23号）
开　　本	880 毫米×1230 毫米　32 开
印　　张	9.75　1 插页
字　　数	230,000 字
版　　次	2019 年 6 月第 1 版　2019 年 6 月第 1 次印刷
定　　价	48.00 元

如发现印装质量问题，请直接与印刷厂联系调换。
购书热线：020－37604658　37602954
花城出版社网站：http://www.fcph.com.cn

目 录

第一章　传说

"你有没有听过这样一个传说？在这座城市有一家神秘的旅馆，无论你遇到了什么麻烦，只要走进这里，在门口的留言板上写下你想解决的事情。自然就会有人帮你实现愿望。"卉儿水汪汪的大眼睛盯着旅馆柜台间里的卓乌。

卓乌被她看得有点尴尬，说："没听过。这和我有什么关系？"

卉儿坏笑着说："老板，你不乖呀，你一定知道，因为那个神秘的地方就是无忧旅馆呀！"

卓乌没好气地瞪了卉儿一眼，说："我的旅馆还有这样神奇的功能？我怎么不知道！"

卉儿不理会卓乌的揶揄，想了想问道："老板，你接手这家旅馆多久了？"

"两天。"卓乌实话实说。

卉儿兴奋地拍了一下柜台，说："原来你也是被选中的人！"

柜台上的玻璃被震得嗡嗡作响，卓乌急忙用手稳住，他接手这家旅馆才两天，如果玻璃碎掉了他可没有多余的钱换新的。

看着疯疯癫癫的卉儿，卓乌实在有些头疼。他透过玻璃上的窗口问："姑娘，你到底住不住？"

卉儿白了卓乌一眼，说："我都进来了，能不住吗？"说着把身份证递给了卓乌。

卓乌一边给卉儿做登记，一边问："住多久？"

卉儿忽然哈哈大笑，说："老板，你果然是个菜鸟。无忧旅馆的规矩当然是住满一年才能离开。"

卓乌不喜欢卉儿的语气，不过心里还是有点小小的兴奋，这丫头虽然神经兮兮的，但要是真的能住一年的话，那也是一笔不小的收入。

交了押金之后，卉儿拿着钥匙准备离开。

忽然像是想到了什么，卉儿转过身对卓乌说："老板，以后你就跟着我混吧，我来教你怎么在这间旅馆里生存下去！"

卓乌实在不想再和卉儿对话了，敷衍着，算是答应了。

卉儿却不依不饶，很严肃地盯着卓乌的脸说："你一定要了解这里的规矩，否则会死人的！"

卓乌被卉儿突然转变的态度弄得有点不知所措，茫然地点了点头。

卉儿这才调皮地冲卓乌眨了眨眼睛，又变回了天真无邪的样子。

看着卉儿的身影消失在走廊尽头的楼梯上，卓乌终于松了一口气。

他坐在椅子上继续看那本武侠小说，刚才正看到精彩的地方，被卉儿打断了。

有些事能解释得清楚，那是科学；有些事不能解释清楚，那就是玄学。

如果有人在你睡觉的时候盯着你看，你一定能感觉到的，对不对？我不想把一切事情都和科学扯上关系，有时候在某些事件中，科学显得无比狭隘。

卓乌忽然感受到了目光的灼热。

他抬起头，一张苍老的脸整个贴在柜台的玻璃上看着他。

"我靠……"卓乌吓得从椅子上摔了下来。

他站起来,揉了揉膝盖,没好气地问:"常爷,您走路怎么都没声音?"

常三是个算命的瞎子,昨天刚住进无忧旅馆。他嘿嘿地笑着说:"老板,没吓着您吧?"

卓乌摆了摆手,忽然想起了常三是个瞎子。

这时吧台上的电话响了,是方耀的电话,他住在二楼。

"老板,请你去和我隔壁的先生谈一谈,他放电视的声音实在太大,已经影响到我休息了!"电话里方耀的声音虽然一如既往地礼貌,但是语气里已经流露出了不满。

卓乌看了一眼走廊,常三缓缓地离开了,走路的时候没有发出一点声音,手里那根探路的木棍似乎是个摆设,仅仅是提醒别人他是个盲人。

卓乌对着电话说:"不好意思,方医生。我现在就去和海哥谈谈。"

放下电话,卓乌头都大了。虽然旅馆里入住的客人不多,但是这个阿海是最让人头疼的。

卓乌一边想该怎样说才不会让阿海生气,一边慢慢向二楼尽头的房间走去。

二楼的走廊上,常三正站在 206 号房间的门前,头正对着那房间的门,那样子就像是在向房间里张望一样。

似乎是听到了卓乌的脚步声,常三下意识地想回头,却硬生生地停住了准备转动的脖子。就像是你正要打喷嚏,有一只手却正好捏住了你的鼻子一样。

常三若无其事地向自己的房间走去,手里的探路杆击打在地上嗒嗒作响。

如同杂乱的线团露出了一个线头一样。卓乌的心里一动,似乎想到了什么，可又理不清头绪。

走到 206 号房间的门口，卓乌下意识地向里面看了一眼，就这一眼足以让他血脉偾张。

具体细节我就不赘述了，总之就是梅姐换衣服的过程。

梅姐比卓乌大一点，是一个风情万种的女人，那种感觉不是小女孩能比拟的，女人到了她这个境界，举手投足皆可"伤人"。

卓乌看得面红耳赤，好在荷尔蒙没有冲昏他的理智，他故意咳嗽了一声。

梅姐回过头，看到是卓乌，并没有一丝慌乱，继续将没扣好的扣子系上，微笑着问："小卓啊，有事吗？"

卓乌咽了一口唾沫，紧张地说："我……我去找海哥说点事儿，那个……梅姐，你下一次记得把门关上，让别人看到就不好啦！"

梅姐看了看自己，然后魅惑地看了一眼卓乌，娇嗔一样地问："怎么？不好看吗？"

卓乌尴尬地笑了笑，急忙离开了这里，如果再和梅姐聊下去，他怕自己把持不住。

208 号是常三的房间，卓乌路过的时候看了一眼房门，他总有一种感觉，门后有一双眼睛正在透过门镜看着他。

可常三是个瞎子，这是让卓乌最纳闷的一件事儿。

卓乌还是犹豫着敲响了 210 号房间的门。

门开了，只有一条缝隙，露出了阿海的半张脸。

"有事儿？"阿海的声音有点凶。

卓乌急忙赔上笑脸，说："海哥，也没什么大事儿，就是希望您能把电视的声音调小一点，吵到别的客人就不好了。"

阿海的脸因为突然上升的怒火而变得青筋暴起。

阿海把门全部打开，他穿着背心儿，露出了虬结的肌肉。

卓乌向里面看了一眼，电视机关闭着。

阿海冷冰冰地问："老子根本就没看电视，吵到谁了？"

卓乌吓了一跳，说："海哥您别激动，可能是别人听错了。"

"听错了？"阿海一下就火了，抓住了卓乌的衣领大吼道："你把话给老子说清楚，是谁让你过来的？"

现在这个状况，卓乌说什么也不敢把方耀说出来，否则阿海一定会去找方耀的麻烦。卓乌只想安安稳稳地做生意。

卓乌解释说："不，没谁，是我在路过的时候听到您房间里有声音，可能是我听错了，对不起啦。"

阿海一脸凶相地瞪了一眼卓乌，这才放开了他，然后狠狠地将房门关上。

卓乌心有余悸地整理了一下衣领，阿海这家伙有严重的暴力倾向，让他住在这里对其他房客是个潜在的威胁。可是现在这个样子，卓乌可不敢赶他走，况且阿海也事先交了一年的房租。

说来也怪，但凡是住在这里的房客都心照不宣地交了一年的房钱。

空气中突然飘来了淡淡的血腥味，卓乌想到了刚才阿海抓着自己的时候，他发现阿海的衣服上有一块殷红的痕迹，只有鲜血才能呈现出那样妖冶的颜色。

卓乌皱着眉看了一眼210号房间的门，这家伙到底在里面做了什么？

第二天一早，方耀穿戴整洁地和卓乌打招呼。他在城市里最大的医院做医生，真搞不懂他为什么要住在这个远离闹市的小旅馆里。

"方医生，这么早就上班了?"卓乌和他打招呼。

方耀微笑着说："老板，昨天给您添麻烦了。这是一点小意思请您收下。"说着他拿出一张钞票放在了吧台上。

卓乌知道是因为阿海那件事，他正要推辞，方耀又说："老板，白天我的房间就不需要打扫了。"

招聘启事贴出去三天了，也没有一个应聘的人来，现在清洁工作都是卓乌在完成，少清洁一间房他求之不得。

上午的时光悠闲而慵懒，卓乌坐在自己小小的柜台间里昏昏欲睡。

阿海拖着一个大大的行李箱，吃力地向外走。卓乌看到了急忙去帮着阿海抬箱子。

阿海正要拒绝，卓乌已经帮他抬了起来。

接触到行李箱时，卓乌第一个感觉就是里面的东西软软的。

卓乌问道："海哥，您这是要出远门吗?"

阿海没好气地说："老子一年的房钱都交了，能去哪儿?"

卓乌尴尬地笑了笑，自讨了个没趣。

等阿海走后，卓乌推着清洁车开始了忙碌又充实的工作，他先清理了梅姐的房间。屋子里弥漫着优雅的香气，这种味道让卓乌总感觉心底里有什么东西在蠢蠢欲动。床头上有一张便笺，梅姐告诉卓乌卫生间的灯坏了，希望他能换一个新的灯泡。

方耀的房间门把手上挂着"请勿打扰"的牌子。卓乌很理解，毕竟做医生的多少都会有一些洁癖。

在常三的房间前，敲了半天的门也没人开门，不知道常三什么时候出门了。卓乌总觉得这个老头很古怪，尤其是走路没有声音。

打开阿海的房门，扑面而来的是一种单身男人的颓废气息。卓乌换了干净的床单，又把浴室里的毛巾换了新的。突然他发现洗手间的地漏筛网上有几缕半长不短的头发，可以肯定的是这不是阿海的头发，因为阿海几乎没头发。

这几根头发在卓乌的心里系成了一个疙瘩。

下午没事儿的时候，卓乌忽然想起了梅姐房间的灯坏了，他急忙去了附近的便利店，结账的时候，发现等着结账的顾客排起了长龙。唯一一个收银口前的收银员正在打电话，看样子丝毫没有想收线的意思。

顾客怨声载道，收银员却视而不见。

卓乌想到自己的旅馆不能没有人盯着，只好把灯泡放下，离开了便利店。

下午的时候，阿海气哼哼地回来了。卓乌想和他打招呼，但是看到阿海凶神恶煞的样子，只好假装没看见他。不过卓乌推测一定是便利店那个收银员惹到他了，因为阿海手里拿着那间便利店的塑料袋。

卉儿一直睡到了下午，醒了之后就找到了卓乌："老板，我的手机丢了！"

卓乌一口茶水差点喷在了吧台的玻璃上，他急忙走出柜台间，想仔细问一下过程。

卉儿揉了揉眼睛，显然还没有睡醒，说："我也不清楚，总之就是丢了。"

虽然丢了东西，但是卉儿丝毫没有心疼的样子，反而更加兴奋。她对卓乌说："手机里有我从网上下载的关于无忧旅馆的资料，现在丢了就证明有人害怕了。不过没关系，那些资料都在我的脑子里。"

卓乌摸了摸卉儿的额头，看看她是不是发烧了。

卉儿越说越激动，她用卓乌的手机订了餐，然后回到房间里，说要制订一个"生存计划"。

卓乌没有理会卉儿荒唐的计划，但是旅馆里出现了小偷，这让他有点担忧。

几天后，卓乌又去了附近的便利店，发现收银员换人了。

卓乌心里在想，那样不负责任的员工早就应该换掉。

回来的时候，在旅馆门口撞到了正要出去的阿海。

卓乌吓了一跳，以为阿海要发怒，急忙赔不是。

也许是阿海的心情不错，只是埋怨了两句，又嘱咐了什么，不过卓乌实在吓坏了，什么都没听进去。

在柜台间里，卓乌喝了一大杯水才平复了心情。他推着清洁车逐个房间清理，方耀的房门上依旧挂着"请勿打扰"的牌子。

卓乌打开阿海的房间，里面又被他弄得十分凌乱，这个人永远都不知道别人打扫房间的时候有多辛苦。就在卓乌准备打扫的时候，突然从卫生间里传来了响声。

卓乌打起了精神，难道真的有小偷？不过这小偷的胆子也太大了，竟然敢偷到阿海的房间里。

卓乌想了想，现在旅馆里最强壮的阿海出去办事了，方耀在上班。只有卉儿在自己的房间里不知道在搞什么鬼。

能解决问题的只有自己了，卓乌拿出了拖把，蹑手蹑脚地走进洗手间，里面充斥着淡淡的血腥味。浴缸上的浴帘拉得紧紧地，卓乌用拖把杆挑开了浴帘。

卓乌大喊道："不许动……"

呵斥声戛然而止，想要砸下去的拖把杆也定格在半空中。

一个浑身是血的男人被捆住了手脚，正躺在浴缸里。虽然被胶带封住了嘴巴，但是他的眼睛一直盯着卓乌。

卓乌一下就认出了这个满是血污的男人就是那个讨厌的便利店收银员。

看着他乞求的眼神，卓乌想先把他嘴上的胶布撕下来。可手刚碰到胶布，他就想起了阿海凶恶的样子。

一定是这个收银员得罪了阿海，被阿海抓回到自己的房间里百般折磨，也只有这样才能消除阿海心里的怒气。

卓乌忽然想起了阿海对他的嘱咐，好像是告诉他今天不要打扫他的房间。

好多事情一下就通了，比如方耀说阿海房间电视的声音太大，其实那不是电视的声音，而是阿海折磨别人的时候，对方发出的惨叫，还有阿海身上的血迹、厚重的行李箱，等等。

想到这儿，卓乌收回了手。收银员似乎明白卓乌要见死不救，他喉咙里发出了"呜呜"的声音。

阿海随时都可能回来，卓乌觉得还是先离开房间为好。

卓乌清理掉了自己出现过的痕迹，把房间又布置成了凌乱的样子。

中午的时候，阿海匆匆回来了，眼神游移不定地看了看卓乌。

卓乌在心里努力克制着紧张的情绪，不露痕迹地和阿海打招呼。阿海点了点头，回自己的房间去了。

卓乌瘫坐在椅子上，背上的冷汗已经浸透了衣服。

晚上的时候，房客们都回到了旅馆里，住在这里的人都心照不宣地遵守着一个不成文的规定，夜里十二点之前，所有人都要回到自己的房间里。这诡异的默契让卓乌莫名地感到了一种神圣感。

第二天一早，一阵香气袭来，卓乌知道梅姐来了。

和平日里妖娆妩媚的模样不同，这一次梅姐的表情十分阴鸷，有点像阿海。

"小卓，304号房间有人住吗？"梅姐开门见山地问。

"哦，有！是个女孩。有点神经兮兮的，平日里不怎么出来。"卓乌茫然地点头，304 的房间里住着卉儿。

"女孩儿？女孩儿……"梅姐一直喃喃地重复着。

不知道是不是阿海的房间里有一个被打得半死不活的人的缘故，卓乌觉得今天所有人都怪怪的。

"梅姐，怎么了？"卓乌关心地问。

如果说旅馆里有谁是卓乌真正关心的人，那一定是梅姐，谁让卓乌是个正常的男人，理解万岁吧。

梅姐的脸又挂上了那副风情万种的笑意，说："小卓，如果有机会的话，能不能介绍我和那个女孩儿认识一下，我一直都想有一个妹妹呢！"

卓乌点头说："好，等我见到卉儿，和她说一下。"

他在心里想，女人真是善变的动物，她们的心思比数学题可复杂多了。

梅姐轻轻地笑了一下："卉儿？真好听的名字。"

那一笑，差点把卓乌的魂儿勾走。如果不是阿海这个时候出现了，卓乌真的打算约梅姐去看一场电影了。

阿海还是拖着那个行李箱，不用猜卓乌也知道，那里面一定是那个收银员，只是不知道是死是活。

卓乌站起来想帮阿海把箱子抬出去，可又怕手抖被他看出来。

没想到阿海在柜台前站下了，行李箱就放在身边，他盯着卓乌的眼睛问："你昨天去过我的房间了？"

卓乌大惊失色，是哪个环节出问题了？他急忙否认："没有！您嘱咐过我的，不用打扫您的房间了！"

阿海盯着卓乌看了好久，冷哼了一声说："你去了也好，没去也好，大家都住在无忧旅馆里，跑不了你，也走不了我，日子还长着呢。"说完他拖着行李箱就出去了。

卓乌还在回味阿海那句意味深长的话，门口就传来了敲门声，是送外卖的。

卓乌给卉儿打电话，告诉她她点的餐送到了。

卉儿蹦蹦跳跳地走到旅馆外，付钱取外卖。

"外卖小哥为什么不进来？"卓乌问卉儿。

卉儿大大咧咧地说："那家伙不敢进来。"

卓乌诧异地问："为什么不敢？"

常三推开了旅馆的门走了进来，他听到了卓乌和卉儿的对话，笑着说："如果不是走投无路，谁会来无忧旅馆呢？"

这神秘兮兮的回答让卓乌更难以理解了。他还想再问什么，可常三却摆了摆手，不再说什么了。

看着常三的背影，卓乌忽然觉得好像所有人都知道一个只有自己不知道的秘密。

第二章　凶兆

这天夜里，无忧旅馆里接待了一个很奇怪的人。

卓乌看了一眼他的身份证，名字是孟川，年纪和卓乌差不多，一个很年轻的小伙子。

"住多久?"卓乌一边登记一边问。

这好像是句废话，凡是来到无忧旅馆的人似乎都毫无选择地以一年为期。但是出于礼貌，卓乌还是问了一下。

孟川一直没有回答，卓乌有点不高兴，他看了一眼柜台外的男人。

孟川背着一个很大的登山包，鸭舌帽压得低低的，看不清脸。

卓乌又大声地问了一遍。

孟川这才缓缓地从口袋里掏出一沓钱，卓乌数了数，刚好是一年的房费。

卓乌把 305 号房间的钥匙交给了孟川。

看着孟川离开的样子，卓乌觉得他的动作有点生硬，就好像没睡醒一样。

这一夜，卓乌睡得很不踏实，似乎总有什么声音让他辗转反侧，却恰好没有吵醒他。噪声拿捏得恰到好处，就像是满怀目的的戏谑。

天光大亮，几个闹钟都没有叫醒卓乌，最后是被一个老人的叫声给吵醒了。

"年轻人这么贪睡可不行啊。"老人家隔着玻璃对柜台间里的卓乌说教。

卓乌揉了揉眼睛，或许是因为昨晚的睡眠太糟糕了，现在他头晕得厉害。

柜台外是一个穿着很考究的老人，他的脸上始终挂着淡淡的笑意，这种气定神闲的气度让他由里到外都透着一股文化气息。

卓乌强忍着头痛说："您要住店啊？"

老人环顾了四周，然后神秘兮兮地问："怎么，你这儿还能做别的生意？"说完他坏笑地盯着卓乌。

卓乌很快就意识到老人是在和他开玩笑，他强挤出点笑意问："您住多久？"

"一年！"老人回答。

一个意料之中的答案。

卓乌认真地给老人做登记，老人却被旅馆墙上的一幅画给吸引了。

老人指着画说："这幅画是你买的？"

卓乌走出柜台间，顺着老人手指的方向看去，墙壁上赫然出现了一幅画，可卓乌却不记得旅馆里有这样一幅画。

"嗯……很少有人敢这么作画了，用笔和颜色都很大胆。"老人捏着下巴，认真地点评。

卓乌看着画，根本听不懂老人在说什么，对他来说，那幅画的内容无非就是五颜六色的线条，看起来好像是鬼画符一样。但他还是恭维老人说："大爷，您懂得真多。对了，您是做什么工作的？"

老人一边欣赏那幅画，一边说："我在附近的大学里当教授，那帮没长进的孩子没有一个能画出这样的作品。这幅画虽然大胆，但是作者对绘画的理解已经炉火纯青了。"

卓乌想起老人身份证上的名字，识趣地喊了一句"曹教授"，说："您说得太玄了，一幅画而已，放在这里充门面罢了。"

话虽是这样说，可卓乌依然想不起旅馆里什么时候多了这样一幅画。

曹教授看了一眼卓乌，幽幽地说："能画出这幅画的人，要么是天才，要么是疯子！"

卓乌这才重新认真地看着那幅画，他想在画里抓住一点艺术的境界。

曹教授欣慰地拍了拍卓乌的肩膀，意味深长地说了一句："这幅画好像没画完。"然后拎着行李向自己的房间走去。曹教授住在 306 号房间。

艺术这种东西要看天赋。一连几天，卓乌有时间就会盯着那幅画，也许真的是艺术的魅力，他竟然开始真的在这幅画里看到了一点不一样的东西。在一堆杂乱的线条里，有一道线条有一种瘦瘦弱弱的感觉，他越看越像自己。

在一幅画里找到了自己，这种诡异的感觉很难用语言来描述。

所以当阿海拍了一下卓乌肩膀的时候，卓乌吓得大叫了一声。

阿海也吓了一跳，喊道："你见鬼了？吓我一跳。"

卓乌看到是阿海，急忙赔不是，说："不……不好意思，海哥，我这太入神了没看到您。您找我有事儿？"

阿海说："我房间里的杯子坏了，你给我换个新的。"

卓乌在备品里找了一遍，没有新杯子了，只好说："海哥，没有杯子了，我明天就去买，今天您就先将就一下吧。"

阿海看着卓乌，突然很冷静地说："我今天就要。"

卓乌刚才被阿海吓了一跳，心里一股火突然就升了起来，说："海哥，我都说了明天给您买，我今天还有别的事情。"

阿海脸上的表情变了又变，然后冷笑着点了点头说："好，好！"接着转过身头也不回地走了。

卓乌没留意到阿海眼里一闪而过的杀意，他继续看那幅画。

画上有一道粗犷的线条，卓乌越看越像阿海。

不知道为什么，卓乌发现这幅画和旅馆里的房客们一样，都神经兮兮的。

旅馆的门开了，是卉儿买了早餐回来。她打着哈欠和卓乌点了点头，算是打了招呼。

一阵风吹来，卓乌清醒了很多，他忽然想起了那个被阿海打得半死不活的收银员。

回想起阿海刚才的样子，卓乌忍不住打了一个哆嗦。

他觉得现在就应该去买一个杯子给阿海，可是他怕已经来不及了。

方耀这时穿戴整齐地准备去上班，临走时和卓乌说："老板，我的房间照旧不用打扫了。"

卓乌含糊地点了点头，他现在心里很乱。

忽然，一个想法像闪电一样在他的脑海里闪过。

方耀的房间里一定有杯子，像他这样有洁癖的人一定不会用旅馆提供的杯子，所以杯子一定是新的。

"我把方医生的杯子拿出来给海哥，等一会儿我出去买一个新杯子再放回方医生的房间……"卓乌自言自语地说。这计划看起来天衣无缝。

门开了，自打这间房租给了方耀，这还是卓乌第一次来到他的房间。屋子里很整洁，不像一个单身男人应该有的样子。

不知道是不是因为方耀工作的关系，卓乌觉得房间里弥漫着一股淡淡的消毒水味儿。

杯子就在茶几上，连包装的纸袋都没有开封。

卓乌拿起杯子准备向外走，这时他突然向洗手间看了一眼。上一次在阿海房间里的遭遇让他对洗手间有了一种莫名的阴影。

反正都进来了，就看一眼吧，不知道下一次走进方医生的房间是什么时候了。他这样安慰自己。

这个房间很奇怪，洗手间出奇地大，几乎和一个卧室差不多大小，这本身就是违背常理的一件事。可是违背常理的事情卓乌已经见过太多了，谁会去在意一个洗手间的大小呢？

洗手间被方耀改装成了一个小型的实验室，周围被防雨的塑料布遮挡得严严实实。

卓乌很随意地掀开塑料布，里面有一具赤裸的尸体赫然躺在冰冷的铁架床上。尸体应该是刚解剖完，身上有三条缝合的伤口组成了一个"Y"的样子，像蜈蚣一样触目惊心。

卓乌吓得连呼吸都忘了，当他意识到自己看到了什么之后，唯一的感觉就是恶心。看了一眼周围，好在他还有理智，他告诉自己绝对不能吐在房间里。

他看了一眼手里的杯子，急忙撕开包装，把秽物全吐在了杯子里，幸好他还没有吃早餐。

卓乌面如死灰地从方耀的房间里退了出来。

"什么味儿啊？"常三的声音在卓乌身后响起。

常三的声音不大，可对卓乌来说好像惊雷一样。

"啊!"卓乌吓得急忙转身后退了好几步。

常三笑眯眯地说："是老板吧？您该洗澡了，这都什么味儿了？"

卓乌把杯子藏到身后，慌里慌张地说："哦……哦……是，我这就去洗澡。"

常三用探路杆拦住了要离开的卓乌，说："老板，这几天您要留神了。"

卓乌纳闷儿地问："留神什么？"

常三戴着墨镜，但是卓乌又体会到了那种视线的灼热。

常三笑呵呵地说："我在您身上看到了大凶之兆。"

卓乌心想，一个瞎子用什么看？

常三好像知道卓乌的心里在想什么，说："我的眼睛虽然看不到东西，可我的心没瞎。我告诉你一个秘密，我能看到别人看不到的东西！"

一大早被人这样说，要是别人的话肯定会觉得晦气。可卓乌却觉得常三也许真的知道什么。他问："常爷，您指的是什么？"

常三没有回答，只是叹了口气就离开了。

卓乌暂时没空去思索常三口中的"凶兆"到底是什么，他的当务之急是先把杯子给阿海送去。

卓乌将那只杯子用洗洁精洗了好几遍，他闻过没有味道了之后这才送到了阿海的房间。

在卓乌忐忑的情绪下，阿海终于接过了杯子，连声谢都没说。

不过卓乌的心算是放下来了，看阿海的样子应该不会再找他麻烦了。留他一条命比一声感谢重要多了。

坐在柜台间里，卓乌的心情还没来得及平复，梅姐打来电话，让卓乌去她的房间一趟。

放下电话，心猿意马的卓乌觉得这可能是这个上午最让他开心的一件事儿了。

梅姐打开门的一瞬间，卓乌看到了她眼中转瞬即逝的寂寞。不过一刹那她就用一副风情万种的样子将自己的憔悴连同那种让人心酸的寂寞掩藏得恰到好处。

"梅姐，找我有事儿？"卓乌问。

梅姐有点为难地说："小卓，以后晚上你能不能多在旅馆里巡视一下。"

卓乌一下就想到了那个神秘的小偷，忙问："梅姐，你是不是发现了什么？"

梅姐皱了一下眉说："这个要怎么和你说呢。昨天晚上我很晚才睡觉，就在半梦半醒的时候，我听到了门口有脚步声，是那种很轻很轻的脚步声，就像有人偷偷摸摸地走过去。"

卓乌被梅姐的语气弄得十分紧张，不自觉地咽了一口唾沫。

梅姐继续说："我的睡眠不好，听到声音我就下意识地想去看一眼。小卓，你知道的，我不是那么多事的人。我就是好奇是谁这么晚还没睡觉，如果是卉儿妹妹的话正好可以陪我聊聊天。"

卓乌笑着说："我明白，您接着说。"

梅姐像是想起了什么恐怖的画面，脸色变得有些发白，好半天才说："我透过门镜向外看，走廊的灯有点暗，隐约只能看到楼梯口的地方有个黑影。不知道因为什么，黑影位置的声控灯突然亮了，我看到一个男人站在楼梯里，你猜我看到了什么？"

卓乌的心也随着梅姐讲述的内容而悬了起来，他紧张地问："看到了什么？"

梅姐压低了声音说："我看到那个男人闭着眼睛，但是嘴角却微微上扬，他笑了！"

卓乌没办法确定梅姐是不是睡糊涂了，把梦境和现实混为一谈。但他还是安慰梅姐说："放心吧，梅姐，以后我会多在旅馆里巡逻的。"

几乎是逃跑一样，卓乌离开了梅姐的房间。他才不会凌晨的时候在旅馆里乱转，尤其是梅姐讲了这件事之后，因为他也害怕。

午后的阳光比较慵懒，卓乌坐在柜台间里心神不宁，事情好像都赶到一起了。想起来还没有打扫房客们的房间呢。

卓乌心不在焉地推着清洁车逐个房间打扫，他的脑子现在乱得很。

旅馆里莫名其妙多了一幅诡异的画，阿海的房间里那个被折磨、囚禁的收银员，方耀房间里那具丑陋的尸体，常三古怪的预言，还有梅姐口中恐怖的故事。这一系列的变故让卓乌开始相信卉儿口中的传说，那个关于无忧旅馆的传说。

卓乌推着清洁车来到一间房前，正准备拿出钥匙开门。

一只手重重地拍在门上，发出清脆又巨大的声音。

现在卓乌的神经就像是紧绷易断的琴弦，再也经不起这样的拨弄了。

卉儿的手紧紧按住了那扇门，眼睛瞪着卓乌。

卓乌不甘示弱地看着卉儿，大声问："你干吗？吓死我了！"

卉儿忽然笑了，说："吓死总比害死好。"

卓乌生气地说："谁要害死我？"

卉儿说："不是谁要害死你，而是你要害死你自己！"

卓乌的耐心显然到了极点，说："你放……你胡说，我怎么会伤害我自己！"

卉儿这才收回了手，脸上那种天真的笑容一点点消失。她指了指门牌上的号码冷冰冰地说："有没有人告诉过你，这间房不能打开?"

卓乌顺着卉儿手指看去，门牌上的号码是"104"。

104 号房间是无忧旅馆的"禁地"！

卓乌打了一个冷战，刚才他一直在想这几天发生的事，完全没有注意到房间的门牌号。面前这扇门无论如何都不能打开。

因为不久之前有人这样嘱咐过他。

第三章　重逢

这件事儿，还要从头说。

几个月之前，卓乌还有着一份稳定的工作，平时他从不参加同事的聚会，也从不请客，连呼吸都谨小慎微。

日子平淡如水，这一天卓乌像往常一样按时起床，吃过简单早饭准备去上班。他不知道再过十几个小时，他的人生将发生翻天覆地的变化。

往前看，有无数种可能，这是未来。往后看，只有一条既定的轨迹，这是宿命。

昨天天气预报说今天是个大晴天，可卓乌看了看窗外，浓厚的乌云像要随时坍塌下来一样。

这是命运给他的第一个提示。

卓乌在心里抱怨了一下天气，他从柜子里翻出雨伞。一张照片突然从柜子最上面那一格掉了下来。

卓乌随手捡起来，是高中的毕业照。

看着自己当初稚嫩的脸，他的心里泛起了久违的涟漪。同学之间的友谊再真挚不过了，尽管卓乌已经忘记了大部分人的名字。

时间不早了，卓乌把照片匆匆放回柜子上，出门上班了。

他不知道的是，这张照片是命运给他的第二个提示。

一天的时光乏善可陈，今天重复着昨天的工作，卓乌却将这些程序化的任务做得一丝不苟。

　　临下班的时候，几个同事聚在一起商量着今晚去哪里喝一杯。

　　卓乌的心忽然提了起来，聚会对他来说是一种煎熬，那种炽热的氛围让习惯了孤独的他感到浑身别扭。

　　好在提议聚会的同事在和卓乌视线相对的时候，两个人默契地避开了彼此的眼神。

　　其实不仅仅是卓乌，你我也是如此。活在这个世界里，每个人都在扮演着别人印象中的自己，"表情"这副面具戴得久了，连自己都会信以为真。

　　当时钟的指针指向下班时间的那一刻，命运开始了它蓄谋已久的把戏。

　　如果不是卓乌无意中碰倒了水杯，他就不会在洗手间里耽搁十分钟的时间清理衣服，从而错过了平时坐的那班公交车。

　　如果不是卓乌坐了下一班公交车，那么他就不会因为这班公交车在第三个路口处发生故障而下车。

　　如果不是这条路正在施工的话，他就不会多走五百米去下一个公交站点等车。

　　如果不是在路上遇到了正在做社会调查的大学生，卓乌就不会因为填写个人信息而在这个地方停留了三分钟。

　　如果不是这个大学生长得特别好看，卓乌就不会欣然同意留下电话号码。

　　如果不是突然觉得口渴的话，卓乌就不会在路边的自动售货机里购买饮料。

　　如果钱包里还有零钱的话，他就不会因为自动售货机吞了一张纸币没有吐出零钱而懊恼，也不会在出币口研究了半天也没拿到应该找给他的零钱。

如果不是因为在路上耽搁了太久，卓乌就不会因此而心慌，从而加快了脚步，也不会在匆忙中撞到了路人。

如果不是卓乌很有礼貌地道歉的话，那个人就不会认出卓乌是他的中学同学。

虽然卓乌对同学之间的情谊没有抵触，但是他对这次偶遇感到尴尬。同学热情地邀请卓乌去附近的餐馆吃饭叙旧。

如果不是这场连天气预报都没预测准确的大雨，那么卓乌就会婉拒这个几乎十年没见面的同学。

一切的巧合在这场突如其来的大雨中戛然而止，忙活了半天，命运也该累了。

或许是这场雨的原因，脏兮兮的小餐馆里只有卓乌和他的同学。

同学叫刘超，是为数不多卓乌能记得名字的人。

卓乌记得刘超在上学的时候很瘦，但是皮肤很白。

现在坐在他对面的刘超依然很瘦，皮肤好像比以前更白了。这让卓乌恍然间有一种错觉，刘超还是那个刘超。

在卓乌心里，信任是一种很荒唐的情感，是一种连时间都无法沉淀的情谊。

两个人你一言、我一语，追忆求学时代的往事。

卓乌喝了两瓶啤酒就已经醉得胡言乱语了。刘超面前的酒瓶已经数不清了。

卓乌觉得整个世界都在转，但是他很开心，多少年都没有像今天这样痛快地倾诉了。

刘超含糊地说："老同学，以后要是有需要我帮忙的事情尽管开口。"

卓乌点了点沉重的头，说："以后你要是有事，就……就说一声，我绝没……绝没二话！"

刘超一把握住卓乌的手，说："老同学，还真让你说着了，眼下我真有件事儿需要你帮忙。"

酒意上涌，卓乌一挺胸脯，说："你……尽管说，我肯定帮你办。"

刘超说："我的公司最近需要一笔资金周转……"

提到了钱，卓乌的酒几乎醒了一半，他开始后悔刚才把话说得太满了。

卓乌支支吾吾地说："这……我这个月的工资还没发……"

刘超摆了摆手说："你想到哪儿去了，我怎么会找你借钱呢。我是有别的事儿求你。"

卓乌一瞬间松了口气，酒劲又上来了。

刘超接着说："银行已经答应贷款给我了，但是你知道的，这些年我一直在外打拼，没有一个稳定的工作，所以我需要有人帮我担保。"

还不等刘超说完，卓乌就说："我……我给你担保！明天就保……"这句话还有一半在嘴里没说出来，他就倒在了桌子上。

不知道过了多久，刘超摇醒了卓乌。卓乌醉眼蒙眬地看了一眼刘超，好半天才想起自己这是在哪儿。

看到卓乌醒了，刘超又在他的酒杯里倒了一杯酒，说："这么多年没见，没想到你的酒量这么好。"

卓乌稀里糊涂地将酒杯里的酒一饮而尽。他这才注意到本来是两个人的酒桌上，此刻又多了一个人。

一个西服笔挺的男人正坐在椅子上，笑眯眯地看着卓乌。

男人的眼睛很小，又细又长，给卓乌的第一感觉就是像老鼠。

"您好，我是刘先生的信贷专员。刘先生说您同意为他做担保。"男人礼貌地向卓乌介绍自己。

卓乌迷迷糊糊地回应，忽然想到现在已经是晚上八九点钟了，大着舌头问："这么……晚了，你怎么还在工作？"

男人推了推眼镜，很官方地回答："为了更好地服务客户，我们24小时随叫随到。"

刘超突然恳切地说："老同学，这次你无论如何都要帮我。只要渡过这次难关，我给你公司的股份。"

卓乌还想再问什么，可是头晕得厉害。

像老鼠一样的男人微笑着说："我们的流程很简单，只要登记一下担保人的身份证就好，不会耽误您太多时间。"

卓乌想也没想，从钱包里拿出身份证交给了所谓的信贷专员。

男人从公务包里拿出了一份文件，让卓乌签个字就可以了。

卓乌醉得已经拿不住笔了，名字写得龙飞凤舞。

男人把身份证还给卓乌，小心地把文件塞进了公文包里，和刘超点点头就离开了。

刘超又敬了卓乌一杯酒，可卓乌却一直盯着那个信贷专员，他看到了这个像老鼠一样的男人在离开这间脏兮兮的餐馆之前，嘲笑一样地回头看了他一眼，眼神中有同情，有轻蔑，还有更多他解读不出来的东西。

这场酒终于喝完了，刘超拦了一辆出租车，把醉得一塌糊涂的卓乌送上了车。

车开动了，卓乌像一摊泥一样靠在车窗，他只能用眼神和刘超道别。

刘超微笑地看着卓乌。

卓乌心里忽然有一种古怪的感觉，这一夜刘超也喝了数不清的酒，可是在这一刻，刘超的眼神里根本没有一丝醉态。

卓乌又想起了那个长得像老鼠一样的男人，临走时那个男人的眼神是什么意思？

随着车子的颠簸，卓乌不可抑制地昏睡过去。

第二天一切照旧，只有因为宿醉而头痛的感觉在提醒卓乌，昨天发生的一切都是真实的。

和同学重逢的喜悦相比，头痛欲裂反而显得微不足道了。

日子像自来水一样平淡，卓乌依然在小心翼翼地扮演着那个最无趣的人。

直到半年之后的一天，他接到了一个几乎让他万劫不复的电话。

"您好，请问是卓先生吗？"电话里的人用不带情感的语调问。

说来很奇怪，听到这个声音，卓乌第一时间想起了这个人是谁。

那个长得像老鼠一样的信贷员。

"呃，我是，请问你有什么事吗？"卓乌诧异地回答。

"是这样，刘超先生在我公司贷过一笔款项，至今已有三个月没有缴还利息。刘先生留给我们的联系方式和地址都是虚假的，不知道您和他是不是有联系呢？"信贷员解释说。

"哦，自从上一次我们见过之后，一直都没有联系过。"卓乌如实回答。

卓乌忽然觉得自己曾经以为的真挚友谊其实也并不那么牢靠，自己竟然没有和刘超互留联系方式。

电话那一端迟疑了一下说："那没办法了，根据合同上的约定，这一笔贷款就自动转移到您的名下了，希望您能尽快来我公司还清利息，以免对您的信用记录产生影响……"

卓乌瞪大了眼睛，惊愕得下巴都要掉下来了，过了半天他才质问道："凭什么！"

电话那一边的信贷员用一种有恃无恐的语气说："就凭您是这笔贷款的担保人。所以我们有权向您索要这笔贷款。"

"你有病吧！"卓乌气急败坏地挂掉了电话。

大概用了一分钟的时间，卓乌才想明白，自己大概是被骗了。

大多数东西在时间的诅咒下都会变质，人心也是。

卓乌气得浑身发抖，他后悔那一晚喝得太醉，如果他还清醒的话，一定不会在那份担保合同上签下自己的名字。现在虽然麻烦，可是他不怕，即使闹到法庭上，卓乌也不会屈服。

卓乌不知道，他的麻烦才刚刚开始。

在接下来的日子里，他总是能在任何时间、任何地点看到那个长得像老鼠一样的人。依然是那身笔挺的西服，依然是那副文质彬彬的眼镜，依然是那双老鼠一样的眼睛。

信贷员有时候会出现在卓乌单位门外，有时候会出现在公交车站对面的马路上，有时候会出现在快餐店里、卓乌隔壁的餐位上。

可每次信贷员都只是在电话里提醒卓乌，该还钱了。

开始的时候，卓乌还会试着和他理论，到后来，干脆就不接电话了。

这天下班之后，卓乌又见到了那个信贷员。卓乌皱了皱眉，这个人就像是不散的阴魂，无论如何都甩不掉。

卓乌几乎绕了半个城市，终于甩掉了那个信贷员。回到家里已经是深夜了。

连晚饭都没顾得上吃，卓乌简单冲了个澡就睡觉了。

这一夜睡得无比辛苦，他在床上翻来覆去，睡得满头是汗。

梦里，卓乌一直在跑，一个长得像老鼠的男人始终在他身后不紧不慢地跟着。

卓乌哀求、咒骂、商量、威胁……

老鼠男始终无动于衷。

卓乌用尽力气奔跑，他穿过街上的人群。就在这时，所有人都转过头看着他，卓乌崩溃了，每个人都长着一张老鼠一样的脸。

做了噩梦不可怕，可怕的是做了噩梦，却依然没有醒过来。

卓乌不知道该如何是好，他忽然想到老鼠怕猫。于是他开始在大街上寻找一只能拯救自己的猫。

人总是被自己固定的思维模式所局限，其实老鼠不仅仅怕猫，它们害怕的东西有很多。

突然传来了一阵奇怪的声音，让卓乌停了下来。很快，梦里的那些像老鼠一样的人也听到了声音，他们面面相觑，大惊失色。

很快，这些让卓乌感到无比恐惧的"老鼠人"像退去的潮水一样，消失得无影无踪。

卓乌还没来得及庆幸，就发现了那声音的来源，他也明白了那些"老鼠人"为什么会变得那样恐惧了。

比恐惧还令人恐惧的东西，一定是恐惧的升级。

一条蛇用不怀好意的眼神盯着他。同样是老鼠的天敌，在大多数人眼中，蛇远比猫要可怕得多。

卓乌怪叫了一声，醒了。

虽然是虚惊一场，但是耳边隐约还萦绕着那种咝咝声，让他心有余悸。

卓乌下意识地想喝口水压压惊。

水杯就放在身边的床头柜上，他的手却摸到了一个细长的东西。

他像触电一样收回了手，在他的印象里只有一种东西拥有那又滑又凉的手感，而那种东西在几分钟前曾在他的梦里出现过。

是蛇，他的家里出现了一条蛇。

冷汗浸透了卓乌的睡衣，他不知道那条蛇是不是有毒，他不敢轻举妄动。

就像是准备枪决的死刑犯一样，等待枪响的过程远比死亡更让人备受煎熬。

和蛇一起在黑暗中蠕动的，还有卓乌的恐惧。

卓乌小心翼翼地摸到台灯的开关，啪的一声，灯亮了。台灯的光很微弱，却刺痛了他的眼睛。

等他适应了光线之后，立即用手捂住了自己的嘴巴。

他怕自己的尖叫声会惊动地上那些……蛇。

有十几条大大小小的蛇在卧室的地板上交错爬行，有几条已经爬到了卓乌的床上。

卓乌的心理承受能力还是不错的，如果换作是我的话，也许早就晕过去了。

和无边无际的恐惧相比，卓乌感到更多的是恶心。他掀开被子，贴着墙边迅速跑出了卧室，连鞋子都没有穿就跑了出去。他不知道要去哪里，可是无论哪里都比自己的卧室要安全。

他这辈子再也不想见到蛇了。

这一晚的夜很清爽，淡淡的微风让卓乌安心了不少。

小区的长椅上，一个穿西服的男人微笑着向他挥了挥手。

又是那个长得像老鼠一样的信贷员。

即使在凌晨，这个人依然穿得一丝不苟，卓乌直到现在才承认，自己斗不过他。

突然，卓乌发现那个信贷员脚边有一个和他形象极不相符的编织袋。

信贷员突然对着卓乌用手做了一个动作，就像是在打蛇拳一样。

卓乌忽然明白了一切，是这个人在他的家里放进了那些蛇！

那一瞬间，他的脸因为极度愤怒而变得通红。

卓乌的心里只有一个想法，他多希望自己是条蛇，那样他就能吃掉面前这只"老鼠"了。

第四章　生机

卓乌虽然木讷无趣，但是他并不笨。这个信贷员既然敢明目张胆地骚扰他，自然不怕他会报警。

卓乌也不想把事情弄得那么僵，他要和这个信贷员好好谈一谈。

"你是怎么找到我的？"卓乌像泄了气的皮球，瘫坐在信贷员身边的长椅上。

"我们想找的人，没有找不到的。"信贷员保持着微笑回答。

卓乌忽然觉得这个答案很可笑，他问："那你们为什么不去找一找刘超，毕竟他才是欠债的人。"

这个问题似乎是犯了信贷员的忌讳，他脸上一直挂着的微笑也一点点冷了下去，冷冷地说："只有一种人我们找不到，你猜是哪种人？"

一阵风吹过，卓乌打了一个冷战。他摇头说："不知道。"

信贷员的眼里闪过了一丝阴毒，只说了两个字："死人。"

卓乌瞪大了眼睛，难以置信地问："刘超……死了？"

信贷员似乎不想在这个问题上纠缠下去，换了一种语重心长的语气说："卓先生，这样的话通常我是不会对客户说的。但是您也有您的难处，所以我建议您尽快将钱还清，那样对我们双方都好。"

卓乌认命了，他垂头丧气地说："你把我家里的那些蛇都清理掉，我给你取钱。"

在卓乌的卧室里，信贷员用专业的捕蛇工具将那些大大小小的蛇都塞进了那个编织袋里。

卓乌看得目瞪口呆，他知道如果信贷员真的想对付他的话，一定比处理这些蛇要简单得多。

卓乌拿出一张银行卡递给了信贷员，说："这里有五万块，是我这些年的积蓄，你拿去吧。"

信贷员推了推眼镜，没有去接银行卡，反而是盯着卓乌的眼睛，直到他相信卓乌是认真的。

信贷员耐着性子说："卓先生，您是在和我开玩笑吗？那笔贷款如果您这周还清的话，连本金带利息，要还六十三万，零头我已经给您抹去了。"

"六……六十三万？"卓乌惊呼。

他终于明白银行贷款和高利贷的区别了，后者是没有原则的。

信贷员提醒他说："如果您这周还清的话，是这个数字，可要是到了下周，您就要还一百零一万了。"

卓乌就像是丧失了语言能力，张着嘴却什么也说不出口。

过了半天，卓乌心如死灰地说："我没钱。"

信贷员微笑着说："没钱是您自己的事情，但是我们签过合同的，那笔钱只能由您来还。"

卓乌忽然想到了一点，说："你们这是高利贷，法律不会承认那份合同的，你们尽管去告我好了。"

信贷员忽然笑了，说："您多虑了，我们不会起诉您的。既然您坚持不还钱的话，那么以后我不会再出现在您面前了，我的同事会替我完成接下来的工作。"

说完这句话，信贷员拎着那一袋蛇，头也不回地离开了。

信贷员说话算话，他没再出现过。

卓乌过了几天难得的安稳日子，他似乎忘记了自己还背负着一笔莫名其妙的债务。

这天是周末，卓乌被一阵急促的敲门声惊醒。

吵醒别人睡懒觉是不人道的，即使脾气再好的人也会生气。

卓乌皱着眉打开了门，正要质问，突然一只手掐住了他的脖子。他这才看清几个凶神恶煞的男人挤在了他这间小公寓的客厅里。

因为呼吸困难，卓乌的脸都变成了紫色。

"你怎么这么粗鲁，我告诉你们多少遍了，对待客户要像对待上帝一样。"一个光头的胖子替卓乌解了围。

掐住卓乌的手松开了，卓乌跪在地上咳嗽不止。

光头哥蹲下对卓乌说："卓先生您好，闲话我们就不说了，您欠的钱该还了。您看，我这么多的小弟也要吃饭不是？帮帮忙啦。"

卓乌知道这个人又是来讨债的，但是比老鼠男可直接多了。

"我没钱，我也不认识你，请你出去。"卓乌想到刚才差点被掐死就气得不行，口气也不知不觉地强硬了。

光头哥笑了，笑得无比爽朗，他拍着卓乌的肩膀说："那我就让你认识认识我。"说完就转过身去。

这像是一个暗号，光头哥的手下们突然发疯了一样对卓乌拳打脚踢。足足打了两分钟，卓乌差点以为自己会被活生生地打死，疼痛从身体各个部位传来。

他不争气地哭了。

光头哥拿出纸巾帮卓乌擦了擦眼泪，说："现在你认识我了吗？我们还能继续谈吗？"

卓乌知道再坚持下去也许真的会被打死，他拿出了房产证，他省吃俭用，终于还清了这间公寓的贷款，现在却要拿来偿还莫名其妙的高利贷，他欲哭无泪。

光头哥欣慰地笑了："兄弟，你早这样的话我们也用不着这样麻烦了。嗯……你这间公寓不算太大，但是应该够还这个月的利息了，所以这个月你安全了，我们下个月再见。"

卓乌傻了，自己倾其所有却只够偿还一个月的利息。

这一个月，他过得战战兢兢，他搬出了那间已经不属于他的公寓，这一个月他甚至没去上班，躲在一家闹市中的小旅店里，书上说大隐隐于市。

除了购买必要的生活用品，他几乎都窝在旅店狭小的房间里。

一个月的时间不快不慢，转眼就又到了卓乌还钱的日子了。

卓乌躺在又脏又小的床上，眼睛盯着天花板，从晚上盯到天亮。

嘀嘀的短信声响了，卓乌吓了一跳，他以为是垃圾短信，随手打开手机，上面却只有四个字——"他们来了"。

卓乌一个激灵坐了起来，他们是谁？发短信的又是谁？

他蹑手蹑脚地走下床，将窗帘拉开一道缝隙。一辆黑色的商务车停在了小旅店门前，几个人下了车，卓乌认出其中一个就是那天掐他脖子的人。

光头哥也下了车，看样子好像还没睡醒，伸了一个大大的懒腰，这才慢悠悠地走进旅店。

卓乌顾不得收拾东西，他拿着手机逃离了房间。唯一的出口现在走不了了，只能往上走，一直走到了天台。

这间旅店大概有六七层楼高，如果从这儿跳下去的话，应该会死的。那样就能摆脱高利贷的纠缠，一了百了。

卓乌闭上了眼睛，准备一跃而起。

这个世界没有不怕死的人，只有不怕死的时刻。比如卓乌心如死灰的现在。

短信声击毁了卓乌好不容易才下好的决心，他急忙打开短信，只有两个字——"别跳"。

卓乌还在思考究竟是谁发的短信，这时天台的门被撞开了。

光头哥看着卓乌哆嗦的双腿，有些担心地说："兄弟，你别冲动。有什么事情我们好商量。"

天台上的风有些大，卓乌站在天台的边沿，往前一步就是万劫不复。

卓乌壮着胆子说："我连房子都给你们了，可你们还是不依不饶，我就是死，做了鬼也不会放过你们。"

光头哥被逗笑了，说："兄弟，被我逼跳楼的人你不是第一个，也不会是最后一个。但是我倒是挺欣赏你这个人，真想和你交个朋友，再说这件事儿也不是你的错，你先下来，我们找个地方慢慢聊。"

卓乌也来了脾气，倔强地说："我不信你，与其被你们折磨死，不如我自己给自己一个痛快。"说着，他又向前挪了一步，一只脚已经踩在了边沿。

光头哥似乎是下了很大的决心，说："好吧，我让你看看我的诚意。"他打了一个响指，身后的小弟急忙递过来一份文件。

"这是你签的那份担保合同，我现在当着你的面撕了它。"说着光头哥真的撕毁了那份合同。

纷飞的纸片让卓乌一时间不敢相信眼前的一切，一张碎片飘在了他的脚下，那上面正是他龙飞凤舞的名字。

那一刻卓乌甚至有一种想下跪的冲动。

其实合同这种东西只能约束君子，约束不了小人。你尊重合同，它就是一种契约；你不尊重合同，它就是几张废纸。

卓乌颤颤巍巍走到光头哥面前，正要开口道谢。突然一根棒球棒打在了卓乌的后脑上，他眼前一黑，晕了过去。

再睁开眼，卓乌觉得自己的头痛得像是裂开了一样。

卓乌觉得自己实在太幼稚了，居然会相信"高利贷"的话。不知道他们又要怎么折磨自己，他后悔没有从楼上跳下去。

"你醒了？"光头哥笑眯眯地问。

一时间愤怒、悔恨和屈辱涌上了卓乌的心头，然而他却很平静地问："明明都答应放过我了，为什么还要这样？"

光头哥毫不在意地说："我也是为你着想啊，怕你再做傻事。你看，我第一时间把你送到医院了，放心，我不会再向你追债了。"

卓乌不知道该不该相信他，他怯生生地问："真的？"

光头哥说："当然是真的，我的手下下手太狠了，我已经批评过他了，你先在医院观察几天，如果没有大碍你随时可以走。"

卓乌感觉到口袋里的手机震动了一下，那个神秘的短信又来了。

光头哥又说了一些不咸不淡的话，然后准备离开，只留下两个手下守在病房外，美其名曰保护卓乌的安全。

光头哥刚走，卓乌就打开了那条短信，依然是简洁的三个字——"他撒谎"。

他试着回拨那个电话号码，却始终无法接通。

卓乌几次试图离开医院，可是守在门外的光头哥的小弟却寸步不离地跟着他。

这期间护士来采集过几次血样，还嘱咐卓乌要按时吃药，卓乌问过那药是治疗什么病的。

可护士却一直回避这个话题。

在光头哥小弟的注视之下，卓乌只好按时吃药。

光头哥每天都会来，每次都带着好多营养品。卓乌几乎都要相信光头哥是真心要放过他了，可是那条短信就像是一盏警示灯，每次卓乌放松警惕的时候，那条短信就会在他的脑海中提醒——"他撒谎"！

大概过了一周，在药品和营养品的滋补下，卓乌觉得自己精神饱满，神清气爽。光头哥也来得越发频繁了，有时候还带着一个陌生的人来。陌生人对卓乌很有礼貌，却从不多话，匆匆看了卓乌一眼，很快就离开了。

这天卓乌躺在病床上吃苹果，阳光透过窗户洒在他的身上，自从和刘超相遇之后，有将近一年的时间卓乌都在焦虑和痛苦中度过，像现在这样惬意的感觉，他竟然觉得有点奢侈。

看了看时间，光头哥应该快来了。

就在这时，手机的短信声又响了。上面只有两个字——快逃。

卓乌的大脑一时间没有反应过来，快逃是什么意思？

卓乌犹豫着打开了病房的门。门外两个小弟警惕地看了他一眼，正要要求卓乌回到病房里。

突然走廊里传来了一声惨叫："哎哟！"

两个小弟面面相觑，连卓乌都听出了那是光头哥的声音。

两个小弟顾不上卓乌，急忙向走廊尽头的光头哥跑去。

卓乌恍然大悟，他知道这正是发短信的人给他制造的机会，趁着此时没人看守，他逃离了病房。

没跑出多远，身后就传来了急促的脚步声，显然光头哥发现卓乌逃跑了。

医院远比卓乌想象的大，跑了一圈竟然没有找到出口。为了躲避光头哥的手下，他甚至想到跑去停尸间里装尸体。

眼看着卓乌就要被发现了，突然传来的短信声在卓乌的耳中就像是天籁之音。

"走廊左转第三个病房，进去。"这一次的短信内容比以前的都多。

卓乌按照短信内容的指示，躲进了一间重症监护病房。

卓乌刚钻进病床下藏好，病房的门就被光头哥的手下打开了。简单地看了一眼之后，就匆匆离开了。

卓乌从病床下钻了出来，长长地出了口气，嘴巴还没来得及合上，就像是被人点了穴道一样。

病床上躺着一个浑身插满了各种管子的病人，病房里堆满了卓乌认识和不认识的仪器，一块屏幕显示的应该是这个人的心脏电活动情况，这似乎是唯一能证明这个病人还活着的证据。

最重要的是，这个人卓乌认识，他是刘超。

这个害得他倾家荡产的人就在眼前，卓乌恨不得亲手掐死他。而现在，卓乌只要拔掉那些管子，这个人的生命也许就走到了尽头。

短信声吓了卓乌一跳，他急忙打开，内容让他再一次惊愕不已。

"卓乌，对不起，我骗了你，是我害得你沦落到现在这个样子。"

卓乌看了看短信，又看了看病床上的刘超。

刘超躺在病床上，卓乌敢肯定刘超确实一动未动，显然还在重度昏迷中，只是刘超的脸更白了。

卓乌试着回复：你是刘超？

这是卓乌第一次回复短信，他暗暗懊恼，以前怎么没想到回复一下试试。

短信很快发过来：我会尽量补偿你的，但现在重要的是躲避高利贷的追捕。病房里有医生穿的大褂，你换上之后尽快离开医院。

自己为什么会和一个植物人发短信呢？卓乌实在没有精力去思考这样一个诡谲的问题，现在活下去比什么都重要。

果然，卓乌在病房里看到了一件白色的大褂、一顶白色的帽子和一副白色的口罩。

卓乌换上之后，看起来还挺像一个大夫。

离开这间病房的时候，卓乌又看了一眼病床上的刘超，他还是想拔掉那些管子，不过想想就算了，毕竟他骨子里还是善良的。

几个小弟在医院的各个楼层上焦急地搜寻卓乌，卓乌和他们擦肩而过，竟然没有一个人发现他。这让卓乌觉得好笑。

就在卓乌曾住过的病房前，光头哥和那个陌生的男人在低声交谈，表情十分凝重。卓乌忽然很好奇他们谈话的内容，因为他敢肯定绝对和自己有关。

卓乌不露痕迹地走近了他们。那个陌生的男人说："陈总的手术就在一个小时之后，希望你能尽快找到那位捐献者。否则的话，我们的合作就没有必要继续下去了，而且陈总不会轻易放过你们的。"

光头哥擦了擦额头上的冷汗，说："您放心，他逃不出这个医院的。"

男人冷冷地说："但愿如此吧，现在已经没有时间再去找一个匹配的肾源了。如果陈总因为你们的失误而错过这个康复的机会的话，以他的财力，会让你们通通陪葬的……"

卓乌的手开始不由自主地发抖，原来光头哥竟然在打他肾的主意。难怪每天都让他吃那么多营养品。

卓乌盯着光头哥的眼神像是要喷出火焰一样。

光头哥感觉到了目光的灼热，他发现了正在盯着他的卓乌。开始他以为只是一个医生，但是他认出了卓乌的眼睛。

"你……他……快给我抓住他！"光头哥指着卓乌，对附近的小弟大喊道。

卓乌在心里暗暗叫苦，早知道这样他就一走了之了。

卓乌穿过人群，跌跌撞撞地，竟然跑出了医院。

门口一辆出租车像是等候多时一样，卓乌钻进出租车，还没等他说出目的地，司机像是心领神会一样载着卓乌向未知的目的地驶去。

卓乌紧张地向后看去，光头哥也跑出了医院，开着车紧追不舍。

"师傅，麻烦您快点开，甩掉后面的车。"卓乌哀求着说。

司机面无表情，眼睛一直在盯着前方，丝毫没有在意卓乌，也没有在意身后紧跟着的那辆车。

马路就像是血管，在城市这副皮囊里纵横交错。出租车很快把卓乌带到郊外的一片荒地上。

"到了。"司机冷冰冰地说。

"这是哪儿？"卓乌小心翼翼地问。

司机并没有回答，只是让卓乌下车。

卓乌没办法，只好乖乖下车，司机没有收钱，像逃跑一样开着车离开了。

在这四下无人的地方，只有一个三层楼高的建筑吸引了卓乌。

按照短信的提示，卓乌走进了那栋建筑，看样子应该是一间旅馆。

在柜台间里，放着所有房间的钥匙。短信告诉卓乌在这间旅馆里有两件事是要切记的：一是夜里十二点之前，一定要回到旅馆中；二是不许打开 104 号房间，那是旅馆的禁地。

卓乌觉得有些奇怪，随手回复问：为什么？

短信很快进来：该你知道的时候，你自然会知道。切记这两件事，否则会死人的。

卓乌还想再问什么，短信又发过来了：作为回报，把你的愿望写在门口的留言板上，如果不过分的话，什么愿望都会实现。

卓乌走到留言板前，机械地拿起笔，却不知道该写什么。

突然，透过门上的玻璃，卓乌看到了光头哥正在对面的马路上看着他。

卓乌的心一下就缩紧了，他看到光头哥正向旅馆走来，手里竟然拿着一只手枪。

短信的提示声吓得卓乌差点叫出来。短信的内容是：快许愿吧，否则来不及了。

卓乌知道现在无论自己许下什么愿望都来不及了，但还是在留言板写下：希望那个光头去死！

卓乌心想这一世他的命运算是到头了，什么愿望实现的速度会比子弹快呢？如果真的有来世，他希望能亲手实现这个愿望。

就在卓乌胡思乱想的时候，一辆小货车突然从这条连路灯都没有的马路上飞快地驶过，撞到光头哥的时候甚至都没有减速。

卓乌瞪大了眼睛，他迅速走出旅馆，等到货车带起的烟尘都散尽，发现马路上没有光头哥的尸体，也没有那辆肇事的货车。

只有地上那一摊血迹在告诉他，光头哥不会再出现了。

卓鸟忽然想起了自己的愿望，冷汗浸透了他的衣服。

他像是想到了什么，急忙拿出手机，回复那条短信：你不是刘超！

短信回复他：我从没说过自己是刘超。

卓鸟问：你是谁？

短信回复：我是谁不重要，重要的是现在这间旅馆属于你了，卓老板。

卓鸟放下手机，愣愣地看着身后那栋孤零零的建筑。

招牌上四个猩红的大字让卓鸟觉得这一切才是新生活的开始。

无忧旅馆。

第五章　禁锢

"老板，你在和卉儿妹妹聊什么？"梅姐不知道什么时候出现在卓乌的身后，她的声音把卓乌从冗长的回忆中拉回现实。

卉儿轻轻皱了一下眉，很快就恢复了那副天真无邪的模样，还不等卓乌回答，就蹦蹦跳跳地走到梅姐身边，热情地拉起了梅姐的手。

她撒娇一样地对梅姐说："老板果然是个呆子，笨手笨脚的。梅姐姐我们到我房间里聊聊天吧。"

梅姐怜爱地笑了笑，和卉儿一起向房间走去。

卓乌也如释重负地松了口气，多亏有梅姐替他解围。

敷衍地打扫完房间之后，卓乌神不守舍地回到柜台间里。从这里望去，刚好能看到 104 号房间。

就像有人嘱咐你越不能做的事情，你就越好奇。

好奇就像是有无数双手在拨动你心底那根想知道真相的欲望之弦。

卓乌想了想，突然想到一个不是办法的办法。他走到旅馆的外面，整个旅馆在空荡荡的郊外显得静谧又深邃。

卓乌走到 104 号房间的那扇窗户前踮起脚，他想透过窗户看看里面究竟是什么样子。

窗帘紧紧地挡住了窗户，这个世界上有多少窗帘就有多少不为人知的秘密。

卓乌不死心，颤颤巍巍地用手去摸了摸窗户上的玻璃，因为那条短信的叮嘱，他的动作小心翼翼得有点滑稽，就像是怕玻璃会咬住他的手。

凉是卓乌唯一的感觉，那种阴冷仿佛在告诉他，房间内和房间外是两个世界。

卓乌有点害怕了，人大多喜欢自己吓唬自己，但是懂得害怕是件好事儿，这让大多数人活得更长久。

卓乌正要缩回手，他突然发现了一个问题。

这扇窗户是假的，卓乌仔细看了看，虽然窗框的痕迹很明显，但是卓乌清楚地看到，那仅仅是个装饰，整块玻璃浑然天成，除非打碎它，否则根本不会像正常的窗户一样开关。

这让卓乌的心脏有那么一刻骤停，他觉得自己隐约触碰到了一个秘密。

他用手指轻轻敲了敲玻璃，连声音都和普通的玻璃不同，只发出了一声闷响。

卓乌又用力地敲了敲，如果用这样的力气敲打自己柜台间上的玻璃的话早就碎掉了，但这扇窗户上的玻璃却连一点振动都没有。虽然卓乌没见过，但是他想到了防弹玻璃。

那么问题来了，究竟什么样的房间会用到防弹玻璃？窗帘又是谁拉上的？

卓乌觉得自己的思考能力已经到了极限。

他还在窗户前发呆，突然他觉得挡住窗户的那扇窗帘动了一下。他还没确定是不是自己的幻觉，窗帘突然拉开了一条缝隙。

一张男人的脸出现在卓乌面前。

男人瞪大了眼睛，一脸惊愕。卓乌屏住呼吸，也瞪大了眼睛，不自觉地向后退了一步，突然脚下一滑，竟然摔倒在地上。

卓乌顾不得浑身的疼痛，马上爬起来去看窗户，窗帘已经又拉上了，那轻微的摆动告诉他刚才发生的一切都是真实的。

104 号房间有人！

想到这儿，卓乌觉得一股寒气从他的心里冒出，渐渐蔓延到全身。

卓乌觉得那张脸他一定见过，可是同时又确信自己不认得这个人。

这是一种很矛盾的错觉，真相总会被揭开，别急。

一只手拍在了卓乌的肩膀上。

卓乌吓了一跳，发现是曹教授。

"教授，您吓死我了。"卓乌拍了拍胸口。

曹教授顺着卓乌刚才的视线，也向房间里望去。他推了推眼镜，问："老板，你是不是偷看谁洗澡呢？"

卓乌被他的玩笑弄得有点尴尬，辩解说："教授，我……我怎么会是那种人！"

"嘿嘿，还说不是？脸都红了，让我看看这是谁的房间……"曹教授一边说，一边真的数起面前的窗户。

突然曹教授指着窗户的手指变得僵硬，脸上的笑容也凝固了，他颤颤巍巍地问："这是……这是那个房间？"

卓乌尴尬地点了点头。

曹教授很严肃地和卓乌说了一句："老板，你知不知道，不作死就不会死。"

卓乌正要告诉他这房间里有人。曹教授却像逃避瘟疫一样，跑回了旅馆里。

卓乌沮丧地回到柜台间，躺在自己那一张窄窄的单人床上，他的脑子里全都是 104 号房间，还有在房间里出现过的那张脸。

想着想着，卓乌慢慢睡着了。

梦一个接着一个，就在他辗转反侧的时候，一通电话把他从梦里惊醒了，接起来一听，是孟川。

卓乌差点都忘了旅馆里有这个人了，这几天孟川居然没出过房间一步。

孟川的声音很疲惫："老板，能不能麻烦你到我的房间一下。"

卓乌挂掉电话准备去孟川的房间，这时旅馆的门开了，方耀走了进来。

卓乌正要和方耀打招呼，突然想起了方耀的房间里还有一具解剖过的尸体，他的胃一阵翻滚。

笑容静止在脸上，卓乌觉得自己的心跳也静止了。

方耀有点诧异地问："老板，您还好吧？"说着伸手要摸卓乌的额头。

卓乌吓了一跳，急忙闪身避过了方耀的手。

方耀只好收回手，尴尬地笑了笑，但还是友好地对卓乌说："老板，您要是觉得不舒服就到我的房间来，我那儿有很多药，希望能帮助您。"

卓乌下意识地摇了摇头，但很快就意识到这样很没礼貌，又点了点头。

方耀自顾自地笑着走回自己的房间，看着他的背影，卓乌这才发现自己的手心里都是汗水。

卓乌刚出现在孟川房间的门前，门就开了。这说明孟川一直在透过门镜盯着走廊，不知道他是在等卓乌还是在偷窥门外。

孟川把卓乌让进房间里，他探出头在走廊里四下看了看，这才轻轻地关上门。

房间里不算凌乱，但是垃圾桶里堆满了泡面和面包的包装袋。卓乌看到孟川的头发乱糟糟的，眼睛里布满了血丝，那样子除了颓废之外还有一丝狰狞。

"小孟，你的状态不是很好哇，要注意休息。"卓乌善意提醒。

像是听到了什么可怕的事情，孟川惊恐地摇了摇头，说："老板，不瞒你说，我已经两天两夜没睡过觉了。"

卓乌皱了皱眉，有些责备地说："这样下去你的身体会垮掉的。"

孟川疲惫地苦笑了一下说："老板，你不会想看到我睡着之后的样子的，不过我真的太困了。我想了一个办法，但是需要你的帮助。"

卓乌好奇地问："什么方法？"

孟川从他的包里拿出一副手铐，他把自己的右手铐住，另一端铐在了床边暖气片的水管上。因为水管距床边比较远，所以右手向外伸了好长，孟川躺在床上，身体有一小部分在床外，这样的姿势睡觉一定很不舒服。

孟川把手铐的钥匙递给卓乌说："老板，麻烦你替我保管这个。"

卓乌一头雾水地问："你为什么要这样做。"

孟川似乎并不想解释，他说："只有这样我才能安心睡一觉。老板，求你了。"

卓乌点了点头，说："好，明天早上打扫房间的时候我再来把手铐打开。"

孟川感激地说："多谢了。"

卓乌让他好好休息，然后准备离开。

"老板……"孟川叫住卓乌，欲言又止地说："晚上……晚上一定要小心。"

卓乌的心里一动，急忙问："小心什么？"

孟川不知道该怎么和卓乌解释，只好断断续续地说："没……没什么……"

卓乌看着躺在床上，用极不舒服的姿势慢慢入睡的孟川，门一点点关上。他确信，住在这间旅馆的房客们，每个人的身上一定都背负着秘密。

时候不早了，房客陆陆续续都回到了自己的房间。

这一天卓乌经历了太多想不通的事情，在胡思乱想中沉沉地睡去。

这一晚竟然出奇的平静，卓乌的梦也都是风和日丽，少了那些波谲云诡的气氛，连睡眠也变得无比轻松。

这是一个精力充沛的清晨，卓乌起床之后的第一件事就是把孟川的手铐打开，孟川在厕所里尿了足足有一分多钟，这才神情愉悦地对卓乌道谢。卓乌看得出来，昨天孟川也睡得很好。

阿海又拎着巨大的箱子出门了，对卓乌的问候不理不睬。卓乌也不在意，只要阿海的箱子里装着的不是自己就好。

梅姐也出门了，那一身热辣的打扮看得卓乌直流口水。

卉儿买了早餐顺便也给卓乌带了一份，两个人坐在柜台间里一边吃着早餐一边有一搭没一搭地聊天，卓乌在想要不要把104号房间的事情告诉卉儿。

曹教授似乎忘记了昨天的不愉快，看到卓乌和卉儿在吃早餐，坏笑着向卓乌挑了挑眉毛。卓乌急忙红着脸摇头，曹教授却一副"尽在不言中"的表情。卓乌真拿这个为老不尊的教授没辙。

常三轻轻地敲了敲玻璃，对卓乌说："老板，能不能麻烦你给我买一注彩票？"

卓乌有点意外，但还是答应了。

卉儿笑着说："常爷，难道您给自己算了一卦，算出了今晚的头奖？"

常三神秘兮兮地说："小丫头，你猜对了一半，这不是今晚的奖，却一定能中大奖。"

卓乌拿出了纸笔，常三说："01、05、09、13、21、26、11。"

卓乌认真地记下了这几个数字，他发现一旁的卉儿也在默记这几个数字。

常三微笑着向卓乌道谢，然后推门出去了。卉儿却轻蔑地说了一句"装模作样"。

吃完早餐，卉儿说要回房间睡一个回笼觉，她倒是不担心自己会变胖。

方耀的出现让卓乌心里一紧，但他还是故作镇定地和方耀打招呼。

方耀一改往日的礼貌的冷漠，意外地和卓乌聊起天来。他笑着说："老板，两年前有一个病人找到我，求我无论如何都要救救他。"

卓乌虽然不太想和方耀聊天，但还是耐着性子问："那个病人怎么了？"

方耀说："得了癌症，你知道的，即使现在医学这么发达，但是对有些病还是束手无策。"

卓乌点了点头。

方耀继续说："我对病人说，这种病我只能建议他做保守治疗，那样只会短暂地延长几个月的寿命而已。最后我推荐了一位我的中医朋友给他。大概一年之后，我又见到了这个病人，说是'病人'其实不严谨，因为他的病基本痊愈了。"

卓乌瞪大了眼睛，癌症的治愈概率他是知道的。他问："病人是怎么做到的？"

方耀说："是中医给他开了一剂药方，他坚持吃了半年，这才抑制住了癌症的扩散；中医降低了其中一味中药的剂量，又吃了半年，这才治好了他的病。"

卓乌唏嘘："这个病人真幸运。"

方耀笑着说："病人不是幸运，而是勇敢。因为中药里面有一味中药，平常人是不敢吃的。"

卓乌问："什么中药？"

方耀看着卓乌的眼睛："砒霜！"

卓乌倒吸了一口冷气问："那不是剧毒吗？"

方耀幽幽地说："没错，是剧毒，可是如果这剧毒运用得当的话，那么也会变成救人的良药。你只看到了剧毒危险的一面，或许有一天这危险的剧毒会救你一命也说不定。"说完方耀看了看手表，又说："我上班要迟到了，下次再聊吧。"

卓乌点头目送方耀，他觉得方耀话里有话，难道他发现自己去过他的房间了？看着方耀的背影，卓乌好像第一次见到他一样，也第一次觉得方耀对自己来说是如此陌生。

忙碌而又充实的一天很快就过去了，卓乌吃过晚饭之后，用自己的平板电脑看美剧。不知不觉就到了十点钟，房客们陆陆续续也都回到了自己的房间。

像昨天一样，卓乌到孟川的房间，例行公事一样铐住了孟川，虽然卓乌不知道为什么要这样。孟川没再说过，卓乌也没再问。

卓乌锁好了旅馆的门，准备睡觉。

忽然，他摸到自己的口袋里还有一张彩票，那是他今天帮常三买的。他想了想，估计现在常三还没睡。老人嘛，都睡得晚。

卓乌敲了敲常三房间的门，很快门就开了。常三穿着一件老人才会穿的背心，依然戴着那副墨镜，脸上的笑容有些深邃。

"常爷，这是您今天要我帮您买的彩票，忘记给您了。"卓乌有些歉疚地把彩票递给了常三。

常三从怀里掏出了两张一元的纸币，卓乌忙推辞："不用了常爷，算我孝敬您的。"

常三却摇了摇头，坚持把钱塞进卓乌的手里说："老板，两码事，万一彩票中奖了不好算账啊。"

卓乌知道常三是在开玩笑，就笑着说："好吧，彩票给您。"

常三却没有伸手接，对卓乌说："老板，这张彩票送给你，一定要收好，希望你有机会用到。好了，我困了，你也早点休息吧。"常三不由分说，关上了房门。

卓乌拿着彩票不知所措。只好把两张一元纸币和那张彩票都放进了钱包里。

就在下楼的时候，声控灯突然灭了，整个走廊瞬间变得一片阒静。

人在黑暗中越害怕就越会回忆自己最恐惧的东西。

卓乌现在最害怕的是出现在104号房间里的脸。

脸不可怕，窗户也不可怕。当那张脸出现在那扇窗户后，一切才变得可怕至极。

卓乌急忙咳嗽一声，他现在最需要的就是光。

走廊的灯亮了，有点刺眼。在这刺眼的光线里，突然出现了一张脸。

一个人站在楼梯处一动不动，眼睛半闭半睁着，可脸却对着卓乌的方向，就像在看他一样。

"啊……"

卓乌的一声尖叫还没来得及发出，他的嘴就被一只手紧紧捂住。

是卉儿，她捂住了卓乌的嘴，在他的耳边说："别说话，小心吵醒他！"

卓乌的心渐渐平复了下来，他也看清了那个人是谁。

竟然是孟川。

卓乌摸了摸口袋里那把手铐钥匙，他不知道孟川是怎么挣脱手铐走出房间的。不过他现在倒是清楚孟川为什么要每天晚上锁住自己了。

因为孟川梦游。

第六章　涂鸦

　　我不知道一个人梦游的时候他脑海中的世界是什么样子的，也没办法形容那究竟是怎样一种感觉。我只知道当一个人梦游的时候，他会变得无比危险。

　　孟川在走廊里停留了一会儿，似乎是在辨认方向，他僵硬地迈着步子，向楼下走去。

　　卓乌和卉儿悄悄地跟着孟川，两个人不敢发出一点声音。据说在梦游的状态下被惊醒的人会疯掉的。

　　看着孟川僵硬古怪的动作，卓乌忽然想起来孟川第一次走进无忧旅馆的时候，也是这个样子。

　　难道当时的孟川是在梦游状态中办理入住登记的？想到这儿，卓乌后背渗出了一层冷汗。

　　孟川晃晃悠悠地走到了卓乌的柜台间前，那样子像是在隔着玻璃向里面望去。

　　卓乌看了一眼卉儿，发现她的神情比自己还凝重。

　　不知道孟川有多少次在卓乌睡着的时候站在这里盯着他。天知道梦游的孟川还是不是孟川。

　　孟川在柜台间前站了很久，然后慢慢走到那幅还未完成的油画前，他从口袋里拿出了画笔，在画上草草地画了几笔，动作拙劣得就像是小孩子在墙上的涂鸦。

卓乌和卉儿连大气也不敢喘。

大概过了几分钟，孟川停下了手中的动作，把画笔又放进了外衣的口袋里。

突然，孟川转过头，看向了卉儿和卓乌的方向。

虽然孟川的眼睛半闭着，卓乌却感受到了一丝阴冷的目光。

就在这时，孟川突然笑了。一个人在熟睡的时候突然笑了，这是一件十分诡异的事儿，不信你仔细想想。

那种古怪的感觉就像是一条毒蛇盘踞在卓乌的心里，就像是那一晚在自己的卧室里经历的一样，他一辈子都忘不了那种感觉。

卉儿似乎受了极大的惊吓，正要大叫。卓乌眼疾手快，一把捂住了她的嘴。

不知道是不是因为惊吓过度，卉儿竟然咬了卓乌一口。卓乌疼得直咧嘴，卉儿也急忙捂住了卓乌的嘴，生怕他叫出声。

孟川走过卉儿和卓乌身边的时候，他们正互相捂住对方的嘴。有点像哑剧，可谁都不觉得这有多好笑。

直到孟川缓缓走上楼梯，回到自己的房间里。卓乌和卉儿这才像经历了一场生死浩劫一样，瘫坐在地上。

卉儿拍着自己的胸脯，自顾自地说：“现在我知道梅姐姐说的那个黑影是谁了！”

卓乌也想起了那天梅姐对他说的关于走廊里的黑影的事，现在他也知道是谁了，可这并没有因为真相大白而轻松多少。

卓乌忽然问卉儿：“你为什么会出现在这里？”

卉儿忽然没心没肺地笑了，说：“还不是梅姐姐说有个黑影经常在旅馆里出没？我还以为是哪个变态大色狼在打梅姐姐的主意呢，所以我听到动静之后就跟出来了。”

卓乌还是想不通，问：“可是……”

话还没说完，卉儿就打断了他：“别可是了，我刚才可是救了你一命，你知道梦游的人有多可怕吗？”说完不理懊恼的卓乌，径直向那幅画走去。

　　卓乌也急忙跟了过去。卉儿看了半天也没看出个所以然来，问：“这画的是啥呀？太抽象了吧？”

　　卓乌却看出了点门道。这幅画上多出了几笔，那种感觉就像是这幅画上多了一个人一样。

　　“曹教授！”卓乌惊讶地脱口而出。

　　卉儿吓了一跳，紧张地四下看了看，问：“老板，你是不是吓傻了？教授在哪儿？”

　　卓乌指着画说：“在画里！”

　　卉儿还是觉得卓乌吓傻了。卓乌看到卉儿不信，就指着画上的线条说：“你看，这几笔画的是我，这几笔画的是方医生，那个线条是梅姐，那是海哥……孟川刚才画的几笔是曹教授。”

　　卉儿看了半天，觉得卓乌说的还挺有道理，忽然她有点不高兴地问：“我呢？我呢？”

　　卓乌指着画的角落说：“你在这儿。”

　　卉儿有点失望：“为什么别人都这么明显，我却要躲在角落里？”说着，她打了一个哈欠。

　　折腾到现在，卉儿也困了。她和卓乌打了个招呼准备回自己的房间。

　　卓乌有些为难地问：“卉儿，我能不能在你的房间里睡一晚？我自己守着这幅画实在是有点瘆得慌。”

　　卉儿警惕地对卓乌说：“切，早就发现你不是什么好人，蔫儿坏！”

　　卓乌急着解释说：“你想哪儿去了，我是真的害怕。”

　　卉儿笑着说：“害怕你就去找阿海陪你睡吧，和他在一起最有安全感了。"

看来无论卓乌怎么求卉儿，似乎都不会如愿了。他只好回到自己的柜台间里，紧紧地把门锁好。

卉儿临走的时候叮嘱卓乌，孟川梦游的事情谁都不能告诉，就连孟川本人也不能告诉。

卓乌懵懂地点了点头，他对卉儿一直有一种莫名的信任感，她做事总有一定的道理。

这一晚他几乎没怎么睡觉。隔几分钟就会条件反射一样地睁开眼看一看周围，一直到天光大亮，卓乌这才放下心，沉沉地睡去。

卓乌再睁开眼睛的时候已经是早上十点钟了，柜台上的电话响个不停。

"您好，旅馆吧台。"卓乌接起电话，打着哈欠说。

电话那头，孟川的声音迫不及待地挤进了话筒："老……老板，麻烦您快来我的房间……"

卓乌吓得差点没拿住话筒，他现在真的有点害怕这个梦游症患者了。

卓乌硬着头皮走进了孟川的房间里，清醒时的孟川应该没有什么危险。

孟川的手被手铐铐住，另一端仍然铐在暖气片的水管上。

卓乌苦笑了一下，这家伙不知道用了什么办法挣脱了手铐，梦游之后竟然又把自己铐了回去。

"老板，钥匙还在吗？"孟川激动地问。

卓乌从口袋里掏出那把名存实亡的钥匙，打开了孟川的手铐。

"钥匙还在你手里，难道昨晚我没有出去？一切都是错觉？"孟川喃喃地自言自语。

卓乌明知故问："发生什么了？"

孟川摇了摇头。

卓乌想了想，对孟川说："旅馆里偶尔也会发生一些奇怪的事情，比如我房间旁边的那面墙上，莫名其妙地出现了一幅巨大的油画，你说奇怪不奇怪。"

卓乌嘿嘿地笑了笑，那笑声连他自己都觉得很假。他只是用这种方法在暗示孟川，让他想起昨晚发生的一切，如果他还想得起来，那么就证明即使在梦游的状态中，那个人也是孟川。

孟川似乎并没想起什么，但是听到卓乌提到了画，他的神色立刻变得紧张起来。他问："画？什么画？"

卓乌像是很随意地说："就是一幅奇怪的画，上面都是乱七八糟的线条，不过好像是一个个人，其中有一组线条很像……很像海哥呢！"

卓乌本来想说其中有一组线条很像自己，可是他觉得有点晦气，就随口说了句像阿海。

孟川腿一软，坐在了地上，身体不由自主地开始发抖，嘴里不停地在说："阿……阿海？像阿海……"

孟川的精神已经到了崩溃的边缘，卓乌后悔这样刺激他了。

突然孟川用手拉扯自己的头发，嘴里不住地说："他果然又来了，我以为躲进无忧旅馆他就会消失。"

"谁？"卓乌小心地问。

孟川凶狠地瞪了卓乌一眼，咆哮着说："不关你的事，你快出去！"说着他把卓乌推出了房间。

卓乌觉得莫名其妙，不过出来也好，他一点也不想和一个精神崩溃的梦游症患者共处一室。

在楼梯口，若有所思的卓乌和神色匆匆的阿海撞在了一起。阿海手里的午饭也洒落一地。

卓乌大惊失色，他知道自己这次闯祸了，按照阿海的脾气会不会把他当作午饭吃下去？那一刻，他甚至想向阿海下跪道歉。

阿海脸上的肌肉不自觉地抖动着，他的怒气已经难以遏制了。

卓乌面如土色，他知道这顿殴打在所难免了。

阿海一只手拉住卓乌的衣领，另一只手已经举起了拳头。

卓乌用尽全身的力气以最快的速度从钱包里拿出全部的钞票递给了阿海。

这个世界有很多是用钱无法解决的问题，那才是真正的麻烦，比如钱就没办法平息阿海的愤怒。

可是这一次，阿海的拳头硬生生地停下了，他的眼睛一直在盯着卓乌手里的钞票。

阿海脸上的神色变了又变，他从卓乌手里的钞票中抽走了面值最小的两张，然后迅速放进自己的口袋里。

阿海松开了卓乌的衣领，平静地说："老板，你别怕，我只是跟你开个玩笑。"

卓乌可不觉得有多好笑，但还是尴尬地笑了两声，然后担忧地说："海哥，您的外卖怎么办？"

阿海毫不在意地说："一份午饭而已，我出去再买一份就是，你别放在心上。"为了表示友好，阿海煞有介事地拍了拍卓乌的肩膀。

卓乌还在忧心忡忡，阿海却匆匆回到了自己的房间里。

卓乌清理了地上的污秽，他总觉得事情哪里不对劲，以阿海的性格，他倒是情愿被阿海暴打一顿，那样起码会让他心安。

整个下午他都心神不宁，总觉得会有什么事情发生。

常三下午回来的时候，卓乌急忙拦住了他。

"常爷，您上次说的凶兆到底是什么意思？"卓乌急切地问。

常三叹了口气说："你就快知道了。"说完就不再理会卓乌，慢悠悠地向自己的房间走去。

"喂，到底凶兆是什么啊！"卓乌大叫。

"咳咳，胸罩是女人的内衣喽。"曹教授在卓乌身后搭茬。

卓乌气得都笑了。

曹教授用一种玩世不恭的语气说："老板，别那么认真，做人嘛开心就好。"

卓乌说："我都要大祸临头了，怎么能不认真？"

曹教授压低了声音说："谁说你大祸临头了？"像是想到了什么，指了指常三的背影说，"那老家伙给你算命了？"

卓乌略微沉重地点了点头。

曹教授不屑地哼了一声说："别信那个神棍的话，年轻人一定要多读书，别那么迷信，要用知识武装自己。"

卓乌苦笑着说："我都好久不看书了。"

曹教授拍了拍卓乌的肩膀，说："巧了，我这儿有啊！"说着他在自己的商务包里翻了半天，拿出了一份报纸说："呃……我只有这一份报纸，你先拿去救急。"

卓乌哭笑不得，只好接过报纸对曹教授道谢。

回到柜台间里，卓乌展开了那份报纸，里面的内容瞬间让他大跌眼镜。

不知道这是不是曹教授的另一个恶作剧，这份报纸居然是十年前的。

这一份都能称得上是"古董"的报纸不知道还有什么教育意义，卓乌把报纸随手放在柜台上。

卉儿一整天都没出现，晚上卓乌吃过了晚饭就一直留意旅馆的房客们，最晚回来的梅姐也回到了房间里。卓乌马上锁好旅馆的大门，那种会出事的预感一直萦绕在他的心头。

就在卓乌锁完门回身的时候，只见一只沙包一样大的拳头冲着自己挥了过来。

一瞬间整个世界都在旋转，倒下的那一刻卓乌的视线根本没有注意到袭击他的人是谁，他的眼睛一直盯着孟川画的那幅画。

他的心里只想着一件事：也许没有机会看到这幅画完成时的样子了。

然后眼前一黑，卓乌势不可当地晕了过去。从被打到晕倒，大概就两秒钟的时间，从始至终他都没有感觉到疼。

第七章　通缉

晕倒的感觉卓乌并不陌生，只是这一次他不是自然醒过来，而是被疼痛刺激醒了。

卓乌的双手被吊了起来，整个人因此悬空。这个地方卓乌并不觉得陌生，但也令他毛骨悚然。

这里是阿海房间的卫生间。

弥漫在这里的是浓重的血腥味儿，不知道是别人的还是卓乌自己的。

此刻的阿海正在忘乎所以地痛打卓乌，噗噗的声音打在卓乌身上，竟然并没有卓乌想象的那么疼。

卓乌知道自己的身体已经麻木了，鼻子里喷出的血洒在了阿海的衣服上，渲染成殷红的一片。

自己的血弄脏了阿海的衣服，卓乌想跟他道歉。可是嘴巴却被胶带死死地封住。

看到卓乌醒了，阿海眼中那种因为宣泄而变得狂热的目光也收敛起来。

阿海盯着卓乌的眼睛说："我问，你答。敢叫出声我就打死你！"

卓乌虚弱地点了点头。

阿海撕下卓乌嘴上的胶布，卓乌咯出一大口鲜血。

阿海从口袋里拿出了两张钞票，问："这张钱你从哪里来的？"

　　卓乌努力克制头晕的感觉，开始回忆，这两张钞票是白天的时候因为撞翻了阿海的午饭，自己赔偿给阿海的钱，当时阿海只拿走了这两张面值最小的钞票。

　　直到此刻，卓乌才认真地盯着那两张钞票看了又看，发现这两张钞票的一部分都被红色的液体浸泡过，不用猜也知道，那红色的液体一定是血。

　　卓乌摇了摇头，他实在想不起来这两张钞票是从哪里来的了。

　　阿海冷笑了一声："居然偷到我的头上了？"

　　卓乌瞪大了眼睛，难道这几张钞票是阿海的？阿海居然以为他是小偷，这玩笑可开大了。

　　卓乌虚弱地说："海哥……你误会了，我怎么会是小偷呢？"

　　阿海问："那天你进我房间了对不对？还看到了我还没来得及处理的'玩具'。"

　　卓乌想到了那天看到的被阿海打得半死的收银员。

　　卓乌慌忙解释："海哥您听我说，我确实进了您的房间，也看到了那个……那个……"他实在不知道该怎么形容那个收银员。

　　阿海打断了卓乌的话："你错就错在不该拿走'玩具'的钱包。那是我唯一的收入。"

　　虽然卓乌对阿海赚钱的方式不敢苟同，但是他也知道现在自己解释什么都没用了，这个头脑简单的家伙真是一个自以为是的人。

　　卓乌突然又想起了一个细节，当时收银员惊恐的眼神也许不仅仅是向卓乌求助，也许他是在提醒卓乌，在房间里还有一个人，也就是卓乌一直在寻找的那个小偷。那个小偷偷走了收银员的钱包，钱包里的钱因为被收银员的鲜血沾染到了，所以阿海一眼就认出了那几张钞票，那本该是属于阿海的钱。

那个小偷又神不知鬼不觉地将那两张钞票放进了卓乌的钱包里，难道就是为了借阿海的手杀掉他吗？

卓乌在做最后的努力："海哥，这件事是个误会，我们有话好好说。"

阿海又在卓乌身上结结实实地打了一拳，卓乌疼得直吸冷气，脸也憋成了酱紫色。

阿海狞笑着说："好啊，把你的线索告诉我我就原谅你，怎么样？"

卓乌不确定自己是不是听错了阿海的意思，但还是忍着疼痛问："什么线索？"

阿海每说一个字就在卓乌身上打一拳："就、是、关、于、旅、馆、的、线、索。"

一共九个字，阿海却打了十拳，估计是把句号也算上了。

卓乌被打得口吐鲜血，但是疼痛却刺激得他十分清醒。

他气若游丝地说："海哥，我真的不明白你说的线索是什么，你打死我也没用。"

不知道是不是阿海打累了，他坐在椅子上点燃了一根烟。看着卓乌只剩下半条命的样子，似乎对自己的作品很满意。

阿海将烟雾全喷在了卓乌脸上，说："你把线索交出来，我会让你死得痛快一点。"

卓乌摇了摇头，一副放弃了抵抗的样子。

阿海撕开了卓乌的衬衣。

卓乌想，这回赔惨了，这家伙折磨自己还不算完，现在要劫色了。

想到这儿，卓乌忽然笑了，没想到自己死到临头了还有这样的幽默感。要是曹教授在就好了，他一定会喜欢这个笑话。

卓乌的笑容还没绽开，脸上就换了一副扭曲痛苦的表情。

阿海把手里的烟头死死地按在了卓乌的胸口上，那种疼直钻进卓乌的心里。

阿海嘿嘿地笑着说："给你留个记号，你是我的作品。"

胸口上的灼烧感顿时让卓乌想起了另外一件事情。

大概好多年之前，街头巷尾就流传着一个连环杀人犯的"事迹"。

不知道从哪一年开始，在各地的高速公路路边时常发现一具具尸体，这些尸体有男有女、有老有少。唯一的共同点就是这些尸体的胸口上都有一个烟头烫过的痕迹，那应该是凶手有意留下的烙印。

这些年，连环杀手似乎已经成了新闻节目的"常客"。

直到卓乌接手无忧旅馆之后，似乎再也没有听说过和这个连环杀手有关的新闻了。卓乌知道阿海一定就是那个连环杀手。

不用猜也知道，阿海来到无忧旅馆是为了躲避警方的追捕，而阿海在留言板上许下的愿望一定也和这个有关，也许是抹掉自己曾经犯过罪的痕迹吧。

卓乌此刻的惊讶已经盖过了身体上的疼痛，他平静地问："是你？"

阿海怪笑着点头："是我！"

卓乌认命一样地低下了头，早知道会是这样的结果，那天被高利贷追债的时候，真应该从天台上跳下去，那样也许会死得很舒服吧。

阿海嘲笑说："真不知道你为什么会被旅馆选中！"

阿海似乎休息好了，他站起来的那一刻，死亡也无限接近卓乌。

卓乌的直觉一向都出奇地敏感，他像是感觉到了什么，艰难地抬起头，把目光落在了阿海的身后。

就在阿海准备给予卓乌致命一击的时候，卓乌突然说："你的房门没关。"

因为卓乌的脸都被阿海打肿了，他这句话说得含糊不清。

阿海问："你说啥？"

卓乌已经没有力气再说话，脸上却露出了一个古怪至极的表情，不知道是不是因为脸部肿胀变形的缘故，总之在阿海的眼里，卓乌似乎诡异地笑了。

一个死到临头的人为什么还会笑？一股夹杂着寒意的无名火在阿海的心底升起。

忽然有人轻笑了一声，就像是在一个严肃的场合听到了一个有趣的笑话，想笑不能笑，可终究还是忍不住笑出声。

阿海下意识地去看卓乌，但是他很快就发现那笑声来自他的身后。

孟川不知道什么时候站在了阿海的身后，半闭着眼睛，涣散的眼神不知道是在看惊讶过度的阿海，还是在看被阿海打得已经奄奄一息的卓乌。

"你是谁？"阿海不自觉地向后退了一步。

孟川从住进无忧旅馆的那一晚开始，几乎没出过自己的房间，除了卓乌和卉儿，房客们还没和孟川打过照面。

孟川没有说话，此刻的他又进入了梦游的状态，一改清醒时颓废和懦弱的样子，从上到下都透着一股邪魅的味道。

阿海只迟疑了片刻，突然对孟川出手了。毕竟杀人只是阿海的爱好，杀一个还是杀两个，对他来说完全没有区别。

拳头打在孟川的身上，那感觉就像是打在了一具尸体上面。阿海不自觉地皱起眉头。

孟川没有像阿海想象的那样倒地不起，他那瘦弱的身躯承受了势大力沉的一拳，只是后退了半步，脸上一点表情都没有。

阿海作势要继续击打，可孟川突然伸出一只手掐住了阿海的脖子。

阿海从来没想过人手的力气可以大到这个程度，窒息的感觉几乎在一瞬间就让他失去了思考的能力。

在这样的距离之内，阿海对自己的拳头还是很有信心的，他用尽了全力击打在孟川的身上。可并没有像打在正常人身上一样得到回应。

渐渐地，阿海挣扎的幅度越来越小，直到他没有了呼吸，孟川才松开了像钳子一样的手。阿海的尸体像一摊烂泥一样，瘫软在地上。

卓乌将这一切都看得一清二楚，他不知道自己现在的处境是死里逃生，还是从一个地狱掉进了另一个地狱，他怕孟川也会杀了他。

孟川一直站在阿海的尸体前，似乎是在确认阿海的死亡。

卓乌在脑海里闪过了好几个念头。如果现在大声呼救的话，不外乎两种可能，一是有人来救他，然后孟川杀死所有人；二是孟川被吵醒，那样的后果谁都无法预料。

卓乌想干脆还是装死吧，梦游的孟川力气大得惊人，但是不知道智力是不是和正常的时候一样，也许能过关也说不定。

就在卓乌胡思乱想的时候，孟川僵硬地抬起头，半闭半睁的眼睛看向了卓乌。

卓乌屏住了呼吸，眼睛盯着孟川，一动也不敢动。

孟川忽然做出了一个让卓乌很意外的表情。

他的嘴角微微上扬，居然在梦游的状态中笑了。

孟川缓缓地退出了阿海的房间。

卓乌也用尽了最后的力气，终于眼前一黑晕了过去。

再睁开眼睛的时候，卓乌看到了卉儿的脸。

"你醒了，吓死我了，我还以为你被这个家伙给打死了呢！"卉儿指着地上阿海的尸体说。

卓乌的头还很晕，身体像是碎掉了一样，疼痛包裹着全身。好半天他才意识到自己正躺在阿海的床上。

卓乌问："是你放下了我？"

卉儿调皮地眨了眨眼睛，得意地说："不是我还是谁？现在是不是感动得要死？"

卓乌现在最怕听到"死"这个字，他问："你怎么会在这里？"

卉儿扬了扬手里的报纸说："我在你的柜台间里发现了这个。"

卓乌不理解地问："一份报纸而已，还是十年前的。"

卉儿摇了摇头，一副恨铁不成钢的样子。她把报纸翻到一个版面，对卓乌说："你看，这是什么？"

卓乌看到在报纸一个不起眼的版块上有一则通缉令，那正是阿海的照片，虽然十年前的阿海比现在要清瘦很多，但是那凶戾的眼神一直都没变过。

卓乌点了点头，指着胸口上那块被烟头烫伤的疤痕说："嗯，这家伙就是'高速连环杀人犯'。"

卉儿说："难怪关于那个连环杀人犯的新闻这几天突然销声匿迹了，估计现在就连警方手里也没有关于他的任何消息了，真是个狡猾的家伙，居然想到躲进无忧旅馆里。"

她对卓乌的伤势很关心，问："要不要带你去看医生？"

卓乌说："还死不了。"

卉儿拍了拍卓乌，说："你够可以呀，居然能杀死这家伙，他可是标准的坏人啊！"

卓乌被卉儿拍得差点又吐出血了，急忙解释说："不……不是我干的，是孟川！梦游的孟川！"

有了上一次和卓乌一起观察孟川的经历，卉儿倒是对这个结果并不意外。

卓乌想起了一件事儿，问道："对了，阿海在杀我之前提到了'线索'，他想要我手里的线索，那究竟是什么？"

卉儿的脸色忽然变了变，她假装很随意地说："这家伙是变态，谁知道他说的是什么，你别想太多了。真的不用带你去看医生吗？"

对卉儿的反常卓乌倒并没在意，他在意的是另一件事，他问："卉儿，和一具尸体共处一室，难道你不害怕吗？"

卉儿又难得地严肃了起来，看着卓乌的眼睛说："在无忧旅馆里，比这家伙危险的人到处都是，如果连阿海这样的角色都害怕的话，那么干脆就不要在旅馆里住下去了。"

卓乌脱口问道："比如……谁？"

卉儿又扬了扬手里的报纸，说："比如给你报纸的这个人。"

曹教授那张为老不尊的脸立刻浮现在卓乌的脑海里。曹教授给卓乌这张十年前的报纸究竟是何用意？

如果阿海在留言板上许下的愿望是清除他自己一切犯罪证据的话，那么这张报纸很可能就是唯一能证明阿海是通缉犯的证据。

曹教授不露痕迹地把报纸送给卓乌，就是希望卓乌发现那则通缉令。

他是在提醒卓乌注意提防阿海这个人？

还是打算借卓乌的手，举报阿海？

但还有一种可能，就是借助阿海的手除掉卓乌。

这似乎是个复杂的选择题，卓乌想得头都大了。

在卓乌的坚持下，卉儿把他送回了他的柜台间里。

至于阿海的尸体该如何处理，卓乌打算天亮之后再决定，他现在最需要的就是休息。

在卉儿的搀扶下，卓乌回到自己的柜台间前，他环顾了四周，忽然觉得旅馆里似乎有什么变化。

是灯？灯光还是那么昏暗。

是那把老旧的椅子？椅子坐上去还是嘎吱作响。

是那扇门？门依旧像一张等待猎物的嘴。

最终卓乌的视线落在了那幅巨大的油画上。

这幅油画在杂乱的线条之中，出现了一张写实的脸，这本身就是一种反差特别强烈的感觉。更让卓乌觉得不可思议的是，那张脸竟然是阿海。

无论是五官、表情还是眼神的凶狠，在这幅画上都完美地呈现出来。这一定是孟川的手笔。

卉儿对这幅画也越来越感兴趣，当她看到阿海的样子出现在画上，就问了一个让卓乌毛骨悚然的问题："你说下一个出现在画上的人是谁？"

卓乌休息了一夜，精神状态似乎好了很多，但身体上的伤痛还是让他下不了床。

梅姐一大早就去买了一只鸡，给卓乌炖了鸡汤。她一边喂卓乌喝鸡汤一边说："今天一早听卉儿妹妹说老板你摔了一跤，没想到这么严重。"梅姐的眼神中满是担忧和怜爱。

卓乌尴尬地笑了笑，他从来都没和梅姐这么近距离地相处过。

卓乌喝着鸡汤，身体上的疼痛依然让他时不时地直咧嘴，可是心里却美滋滋的，鸡汤好喝，却比不上梅姐身上散发出的淡淡香味儿。

梅姐陪着卓乌说了一会儿话，直到柜台上的电话响了，是孟川。

把梅姐送回房间，卓乌一瘸一拐地来到孟川的房间。

孟川也是一瘸一拐把卓乌让进房间。

还未等卓乌开口，孟川就问："阿海……他……他死了吧？"

卓乌有点意外，看来孟川对自己的行为还是有意识的。但他还是不确信地说："你怎么知道？"

孟川说："因为我还活着，如果我还活着那就证明阿海死了。"

卓乌问："你为什么要杀他？"

孟川突然捂着头，哭着说："不是我，不是我，是'他'！是'他'杀死了阿海！"

卓乌看到孟川的样子，不知道该说什么好，等到孟川的情绪稳定了不少，这才问："'他'是谁？"

孟川好半天才说："'他'是个魔鬼！"

卓乌在心里叹了一口气，心说你不承认也没用，昨晚自己可是目睹了全过程。他不想戳破孟川，毕竟孟川也算是他的救命恩人。

卓乌现在有一件更重要的事情要做，他草草地安慰了孟川两句，然后起身告辞。

临出门的时候，孟川叫住卓乌："老板，您能不能……"

卓乌早就知道孟川的心思，还不等他说完就答道："你放心吧，我会帮你保守秘密的，不会把这件事说出去。"

孟川摇了摇头说："老板，您误会了，我是想您能不能提醒各位房客要注意安全，尤其是提防……提防睡着的我，也就是梦游的'他'！"

卓乌恍然大悟，原来孟川并不是在掩饰自己的罪行，而是他从心里认为梦游的孟川并不是自己，而是另一个人，这已经上升到心理学的高度了。卓乌搞不懂，但还是郑重地点了点头。

再打开阿海的房间，卓乌忽然傻了，他发疯了一样在狭小的房间里找来找去，可依然没有找到阿海的尸体。

卉儿！他首先想到了卉儿。

他敲开了卉儿的房门，卉儿只穿着一件卡通睡衣。

卓乌不由分说，闯进了卉儿的房间然后迅速把门关上。

卉儿大叫着："你干吗呀？流氓！"

卓乌现在已经不在乎卉儿说什么了，他紧张地问："阿海的尸体不见了，是不是在你这儿？"

卉儿生气地回应他："我要一个臭男人的尸体干吗……啊？尸体不见了？"

卓乌问："是不是你处理掉了？"

卉儿举起手表示清白说："不是我、不是我，我又没有做好事的爱好。"

卓乌想了想，说："现在问题严重了，我们该怎么办？"

在卉儿的提议下，卓乌和她一起清理掉了他们在阿海房间里留下的指纹。至于尸体究竟去了哪里，两个人想不到也懒得去想，在无忧旅馆里这不是第一件怪事儿，也不会是最后一件。

这件事过去了几天，没有人问过阿海的行踪，其实对卓乌来说，阿海是房客里最危险的人，也是最不危险的人。阿海的凶恶都展现在明处，那样的人危险却好防范，真正要命的是看不见的、在暗处蠕动着的阴谋。

阿海的尸体也没再出现过。一切都相安无事。唯一让卓乌费解的事情是阿海房间的钥匙不见了，也就是说他再也不能用常规的方式打开阿海的房门了。

如果他想再把阿海的房间租出去，那么就要毁掉门锁。

卓乌想想就算了，反正旅馆里还有很多空房间，他对阿海的房间实在有点忌讳，毕竟自己差一点就死在那里。

这期间曹教授偶尔会来和卓乌聊天，不知道是不是卉儿的提醒，卓乌总觉得这个老人玩世不恭的笑容后面始终悬着一把刀子，他对曹教授保持着一定的距离，怕自己哪一次松懈了，那把刀子会插进他的胸口。

曹教授也注意到了那幅画，看了好久，才吐出两个字："真像！"

卓乌只是瞥了一眼那幅画，就不再理会曹教授了。可心里却在想那一晚卉儿说的话，谁会是下一个出现在画上的人呢？

直到这时，卓乌还没意识到这幅诡异的油画其实是一道"催命符"。

第八章　线索

那一天的天气似乎有些阴冷，乌云黑压压的，厚得像伸手就能摸到，如同在每个人的心里都蒙上了一层阴霾。

一大早孟川就打来电话，告诉卓乌他的泡面吃完了，希望卓乌能再给他买一些食品以及其他的东西。孟川几乎没走出过房间，当然这只是在他清醒的时候。

在楼梯上，卓乌遇到了正要下楼的常三。

卓乌急忙拦住他问："常爷，您要出去？"

常三面无表情地点了点头。

卓乌讨好地笑了笑，说："常爷，您上次说我有大凶之兆，能不能再给我看一次？"

常三把头转向卓乌的方向，平静地说："老板，人的命天注定，命越算越薄，我劝你还是少算命的好。"说完用探路杆推开了卓乌，缓缓地走下楼去。

卓乌在身后又喊道："常爷，我的凶兆还有吗？"

常三没回头，只是说了一句："大难不死，必有后福。"

这句话让卓乌心情大好，他觉得这是一个好的信号。

他提着一大包物品来到了孟川的房间，白天的孟川其实还是挺羞涩的，至少不会让人觉得有什么危险。

在门口，孟川把购物的钱给了卓乌。

卓乌点了点头，准备回去打扫房间。

孟川支支吾吾地说："老板，有个事儿不知道该不该麻烦您。"

从这段时间发生的一些事情来看，无忧旅馆的房客们如果觉得是一件麻烦的事情，那一定会真的很麻烦。

卓乌犹豫了一下，挤出点笑意说："有事儿你尽管说，我就是为大家服务的。"

孟川怯生生地说："那一晚我知道发生了什么，是我杀死了阿海。"

卓乌把手指放在嘴唇上做了一个嘘声的动作，然后紧张地四下看了看说："嘘……那件事都过去了，不要再提那个人了。"

孟川压低了声音，说："老板，不管你信不信，那个人真的不是我，而是我身体里的另一个人。"

人格分裂这种可能卓乌也考虑过，虽然孟川说得有点让人难以置信，可他却觉得孟川说的也许是真的。

孟川看卓乌不说话，以为卓乌是不信任他。他问："老板，您知道什么是'线索'吗？"

卓乌打了一个激灵，这是他第二次在旅馆里听到这个词。

卓乌有点警惕地看着孟川，问："什么线索？"

孟川从口袋里拿出手机，说："那一晚之后，我就收到了一条短信。上面说旅馆的房客中，每个人都有一条关于旅馆的线索。"

卓乌立刻就想明白了很多事情，为什么阿海问他要线索，原来这线索是关于旅馆的事情。

孟川也收到了短信的指示，就像自己也是被短信指引到无忧旅馆来的一样。

卓乌问："这是你的'线索'？"

孟川摇了摇头说："这应该是阿海的'线索'，不知道为什么发给了我。"

卓乌恍然大悟，阿海得到的"线索"就是每个人手里都有一条线索，他猜想如果有人死了，那么这个人手中的线索就会被杀死他的人得到。

这是一个大胆的假设，或许这个假设也正是一条线索，被某一个房客所掌握。

卓乌问："那你的'线索'是什么？呃……如果你不想回答就当我没说。"卓乌说完就后悔了，他觉得这个问题十分无礼。

孟川从口袋里拿出一张卡片说："如果我没猜错的话，应该是这个，我住进来的时候还没有这张卡片，可第二天起床的时候，它就出现在我的床头柜上。"

卓乌看了一眼卡片，字迹是打印出来的，上面写着：无忧旅馆其实是一场游戏，死亡是失败者的代价。

卓乌倒吸了一口冷气，直到回到自己的柜台间里，卓乌还在激动地发抖。他觉得已经隐约触及了一个关于这间旅馆的秘密。

每个人都有一条线索，那么卉儿的"线索"是什么？梅姐的"线索"又是什么？

卓乌好奇究竟每个人都得到了什么信息。

下午的时候，卓乌接待了一对中年夫妇，林先生和林太太。

林先生体贴地拎着所有行李，先将林太太安置在旅馆前厅的椅子上，然后才去做登记。

林太太怀里还抱着一个婴儿，似乎是在襁褓里睡着了，总之很安静。她温柔地和丈夫说着什么，然后两个人一起慈爱地看向了襁褓中的孩子。

林先生对卓乌说："老板，能不能给我一个一楼的房间，我太太的身体不好，住在一楼的话会方便很多。"

卓乌自然没办法拒绝这样合情合理的要求，虽然他并不希望这么早就把一楼的房间租出去，毕竟同一楼层还有那个神秘的房间。

卓乌把110号房间的钥匙交给了林先生，那是在一楼里离104号最远的房间。

办理好入住手续，林先生带着林太太向房间走去，林太太还特意向卓乌点头致谢。

卓乌觉得到目前为止，这一对老来得子的夫妻算是最正常的房客了。

林先生一家刚刚离开，紧接着又来了一位办理入住的房客。

卓乌在心里暗暗高兴，看来旅馆的生意要好起来了，

卓乌接过男人递过来的身份证，他叫陆好。卓乌觉得这张身份证上的照片怎么看怎么奇怪。他抬起头透过玻璃看了一眼站在柜台间外面的男人。

那张脸不仅仅奇怪，他还觉得有点眼熟。

卓乌想不起来自己在哪儿见过这张脸，这种感觉最让他讨厌。他的心里拧成了一个疙瘩，问："住多久？"

陆好说："住一年。"

卓乌听到陆好说话的声音，眉头皱得更深了，明明是个男人，可说话却细声细语的，让人直起鸡皮疙瘩。

交了一年的房钱，卓乌把310号房间的钥匙交给了陆好，那是旅馆里离柜台间最远的房间了。

人有时候就是这么奇怪，对初次见面的人会莫名地生出好感，信任得一塌糊涂；也会对初次相识的人产生诡异的厌恶感，讨厌得莫名其妙。

陆好拿了钥匙准备离开，走了几步又回到了柜台间前，隔

着玻璃问："请问……你是卓乌吗？"

卓乌诧异地看着陆好，这个娘娘腔怎么会知道自己的名字。他惊讶地说："我是，我们认识吗？"

陆好白了他一眼，说："我是你的同学呀，连我都忘了。"

这一个媚气十足的白眼差点让卓乌吐出来，但是他现在更怕"同学"这个词，他是被同学害得差点连命都丢掉。他戒备地说："我怎么不记得有您这么一位同学？"

陆好哼了一声，那声音钻进卓乌的耳朵里，更像是撒娇，让他整个人都不舒服。

陆好说出了卓乌高中班主任的名字，以及一些卓乌在学校时候发生过的糗事。那些曾经的尴尬绝对是陌生人无法得知的，卓乌每次想起来都还会脸红。

卓乌装模作样地和陆好寒暄了几句。尽管那些往事还历历在目，但卓乌敢保证自己的班级里绝对没有一个叫陆好的同学。

陆好走后，卓乌一个人坐在柜台间里发呆，排除了所有的可能，最后卓乌认定了这个自称是他同学的人会在这个时候出现，绝对是一场蓄谋已久的阴谋。

卓乌的脑子乱得厉害，各种事情都交缠在一起，却理不清一点头绪。

在旅馆里，卓乌唯一信任的就是梅姐，他必须找个人倾诉一下，但很快他就否定了这个想法。梅姐是个善良的女人，如果把这些事都告诉梅姐，他不确定梅姐能否接受得了。如果梅姐被吓跑了，那么他不知道自己还会不会再见到梅姐。

于是卓乌决定去找卉儿。

在卉儿的房间里，卓乌把一切都告诉了卉儿。

卉儿盘着腿坐在床上，她似乎对"线索"的事情并不感兴趣，她问："那个陆好真的是你同学？"

卓乌差点从椅子上摔下来，这个丫头关注的点总是这么奇葩。卓乌说："当然不是了，我敢保证他不是我同学，不过他的样子确实有点面熟……靠，我不是来找你说这个的，我是来问你关于'线索'的事情。"

卉儿眨了眨水汪汪的眼睛说："哦，'线索'呀，我也是第一次听说还有这种事。"

卓乌讽刺说："您不是对无忧旅馆了如指掌吗？"

卉儿毫不在意地笑了："哈哈，这才是旅馆最神秘的地方。"

卓乌问："你的'线索'是什么？"

卉儿的笑容瞬间定格在脸上，不过很快她就笑得更灿烂地说："你不问我也想告诉你，那天晚上我刚洗过澡，就发现门缝下被塞进了一张纸条，上面写着：最后的胜出者有选择的权利。"

卓乌脱口问："选择什么？"

卉儿白了他一眼，说："我怎么知道，我又不是胜出者。嘿嘿，不过既然无忧旅馆就是一场游戏，那我一定能赢到最后，到时候我再告诉你！"

卉儿把卓乌推出自己的房间，她告诉卓乌既然他们已经得到了三条线索，那么他们就已经比别人快了一步，她要制订一个更缜密的计划，让卓乌不要打扰她。

远远地，卓乌就看到陆好在柜台间前坐也不是站也不是，那扭捏的样子让卓乌直冒冷汗。

"呦，你可回来了。"陆好看到卓乌之后热情地迎了上去。

卓乌硬着头皮回答："我去和房客说点事情。怎么，找我有事儿？"

陆好拉着卓乌的手，说："我们有多少年没见了，我有好多话要和你说。"

卓乌不露痕迹地抽回手，把陆好让进了柜台间里。

陆好笑着说："呦，还不好意思了，上学的时候你可不是这样的。记得我们班有一个女孩子叫薇薇，当初你追人家的时候可不是这样害羞哇！"

一瞬间往事如同洪水一样涌上心头，薇薇是当时班级里最文静的女生，卓乌不知道从哪一节课开始，关注的不再是黑板上老师写下的知识点，而是坐在不远处的薇薇的侧脸。

一到下课时间，卓乌就会厚着脸皮坐在薇薇旁边，说着一些并不好笑的笑话。

大多数时候薇薇都只是脸红着不说话，有时候她也会忍不住笑出声。卓乌不知道薇薇笑的不是笑话，而是讲笑话的他。

记得有一次体检，卓乌因为害怕打针而迟迟不敢去验血，薇薇拉着他走进了采血室，在卓乌面前薇薇挽起了袖子，针管刺进了她白皙的皮肤里，卓乌看得直咧嘴。那一针好像不是扎在薇薇的胳膊上，而是扎在了卓乌的心上。

薇薇采完血笑着对卓乌说："该你了！"

卓乌只好乖乖采血，他发现原来也不是那么疼。

薇薇看到了卓乌的化验单，原来两个人的血型完全一样，她笑着对卓乌："妈妈说我的血型很特殊，原来你也是这种血型！以后如果我有什么意外的话，你可以给我献血呀。"

卓乌涨红了脸，半天才说出一句："不许胡说。"

薇薇笑得很开心，她对卓乌说："那样我的身体里就有了你的一部分了，傻瓜。"说完她羞涩地跑开了。

只留下了在原地傻笑的卓乌。

年少的情感炙热而又青涩，卓乌在帮老师整理学生资料的时候记住了薇薇的生日。

那一天卓乌破天荒地一大早洗了个澡，他穿上了自己认为最帅气的衣服，还在头发上喷了一些啫喱水。

他要在薇薇生日这天向她表白。

卓乌早早来到了教室里，每进来一个同学卓乌就紧张地站起来，直到第一节课的铃声响起，薇薇也没有出现在教室里。而那封表白的情书早就被卓乌手心的汗水浸透了。

老师在讲台上口沫横飞地讲课，卓乌一个字都没听进去，只是望着薇薇空着的座位发呆。

讲了半天，老师忽然想起了什么，对同学们说薇薇因为家庭的关系，已经转学了。

老师继续讲课，同学们继续发呆、睡觉、记笔记。

卓乌的眼眶却红了，他不知道这一次分离竟成了永别。

起初因为刘超的缘故，卓乌对陆好还是充满了戒备的，而现在卓乌终于承认陆好是他的同学了，尽管他还是没想起班级里哪个同学像陆好这样娘娘腔。不过因为回忆起薇薇的缘故，卓乌的心情也放松了很多，他和陆好在狭小的柜台间里从下午聊到傍晚，从傍晚聊到深夜。陆好不停地说着曾经的点点滴滴，时而引起了卓乌的共鸣，时而又让卓乌唏嘘不已。

直到最后一个房客回到了旅馆里，卓乌也准备锁门了，陆好这才依依不舍地道别。

经过了一天的交谈，这是卓乌第一次发自内心地感到愉悦。

不知道是因为和曾经的同学久别重逢，还是在旅馆里又多了一个可以信任的人。总之卓乌觉得自己并不那么孤独。

他躺在床上，关灯睡觉。

一阵窸窸窣窣的声音像虫子一样钻进了卓乌的耳朵里，他睁开了眼睛，突然发现柜台间的玻璃前有一个人影站在那儿，影影绰绰的样子说不出的吓人。

不用我说你也知道那个人是谁，对不对？

嗯，是孟川。

孟川摇摇晃晃地走到那幅画前，他拿着画笔在画布上画着，诡异的动作看起来好像是在举行某种神秘的仪式。很快，孟川画完了，迈着僵硬的步子回自己房间去了。

黑暗似乎在提醒卓乌现在的处境，他猛然坐了起来。

打开灯，发现画上又多了几道线条，卓乌明白那些线条代表了林先生一家和他的同学陆好。

卓乌开始后悔自己刚才没有询问陆好关于他所掌握的线索。

想到这儿，卓乌忽然想到了一件很反常的细节。他知道了孟川和死去的阿海手中的"线索"，并把这些"线索"都告诉了卉儿，卉儿也大方地告诉了卓乌她手里的"线索"，可是卉儿却并没有询问卓乌所知道的线索。

卓乌挠了挠头，他的"线索"是什么呢？为什么旅馆没有给他提示？难道老板就没有提示吗？或者提示早就已经给出了，自己却没在意？这让他很懊恼。

他发疯地在柜台间里翻来翻去，可一点有价值的东西都没找到。

他在自己为数不多的私人物品里找到了一个日记本，虽然那上面一个字也没有，但是这个日记本里却夹着一张纸，当然这和旅馆的"线索"毫无关系。

那是卓乌还没来得及送出的情书，卓乌知道这辈子估计没有机会再送给那个应该送的人了。

他只是没想到，这么多年了自己依然还保留着这张纸，也依然没有放下那段还没开始就戛然而止的爱恋。

第九章　故人

旅馆里有一个荒废很久的厨房，房客们的三餐基本都靠外卖来解决。

在林先生的帮助下，卓乌用了一下午的时间清理了那个厨房，更换了煤气表中的电池，居然通了煤气。

卓乌买了很多菜，林先生亲自下厨做了一大桌丰盛可口的晚餐，卉儿被食物的香味儿吸引，一直在厨房里晃来晃去，偶尔偷吃一口刚出锅的菜。

晚上，房客们陆续回到旅馆。

曹教授看到旅馆前厅这一大桌子饭菜，忍不住咽了一口口水。在卓乌的邀请下，曹教授也没推辞，欣然坐在了饭桌前。

卓乌去邀请梅姐，梅姐对饭菜倒是不感兴趣，但她还是看在卓乌的面子上下了楼。

常三这一天回来得出奇地早，用他的话说，他算到了今天有口腹之福。

菜的香味儿一直飘到了楼上，连孟川都被香味儿勾住了魂儿，最近他实在不想再吃泡面了。孟川走下来的时候，卓乌吓了一跳，在他的介绍下，大家这才第一次知道旅馆里还住着一位艺术家。

方耀在下班的路上买回了不少啤酒。每个人都喝了不少，梅姐有些微醺，她轻轻靠在卓乌的肩膀上，看着房客们相互胡天侃地。

在酒精的作用下，卓乌发现平日里神经兮兮的房客们也变得不一样了，不再那么神秘了。尤其是梅姐此刻正靠在他的怀里，他真希望这样的时光能永远继续下去。

卉儿酒足饭饱之后居然和曹教授划起拳来，几局下来曹教授竟然一局也没赢，看着他气急败坏的样子，所有人都笑了，就连一直心事重重的孟川也露出了难得的轻松。

陆好推开旅馆的门，急忙对大家歉疚地解释说："不好意思，我来晚了，工作上有点事情刚刚处理完。"

看到梅姐醉倒在卓乌的怀里，陆好忽然皱了皱眉。

林先生站起身来说："来来来，必须罚酒三杯。"

陆好媚笑了一下，在酒杯里倒满了啤酒，连干了三杯。可眼睛一直盯着卓乌和卓乌怀里的梅姐。

一瞬间陆好的脸变得通红，那种似曾相识的感觉又浮上了卓乌的心头。

"不玩了，不玩了。一个小丫头学点什么不好，划拳居然比我还厉害。"曹教授连输了十几局，喝了十几杯酒，气得他胡子都要竖起来了。

卉儿嘲笑说："老家伙，是不是输不起？"

曹教授显然是怕了卉儿，就对方耀说："方医生，要不你陪这丫头玩一会儿吧，挫挫她的锐气。"

方耀礼貌地笑了笑："我怎么能是卉儿的对手呢？再说我的酒量可没教授您么好，一杯下去可就醉了。"

卉儿幸灾乐祸地看着曹教授，举起杯向方耀致意。方耀也礼貌地点了点头。

曹教授讨了个没趣，就把话题转向了孟川，说："小孟平时不喜欢出门啊，是不是在房间里搞创作呀？"

孟川发现大家都看向自己，没来由地紧张了起来，支支吾吾地说："没……没，我就是不太爱出门。"

曹教授端着酒杯坐到了孟川身边，拍了拍他的肩膀说："有机会不如给大家画一幅画吧。"

孟川打了一个冷战，曹教授的话犯了他的忌讳。

卓乌噗的一声把刚喝进嘴里的酒全吐了出来，惹得梅姐一阵轻笑，那醉态十足的样子让卓乌心猿意马。

陆好用眼神剜着卓乌和梅姐，可卓乌却丝毫没有注意。

卉儿忙替孟川解围说："老家伙你懂什么，你当人家是在公园里画肖像的吗？人家那是艺术，艺术你懂吗？"

曹教授也不好意思地说："哦，那是我失敬了，不好意思。"

卉儿看了一眼孟川，饶有意味地说："人家是用生命在作画。"

卓乌下意识地看了一眼身后那幅油画。

曹教授对卉儿真是没办法，不想再和她抬杠。他问林先生："怎么没见您太太？这一大桌丰盛的酒菜多亏您了，我们还没顾得上道谢呢，实在太失礼了。"

林先生有点为难，说自己的太太在照顾孩子。在大家的坚持之下，林先生只好去房间里请他的太太出来。

林太太的怀里抱着孩子，坐在了林先生身边。那个婴儿似乎一直很安静，即使在这样嘈杂的环境里依然没有哭闹。

林太太微笑说："我还要照顾孩子，就以水代酒敬大家一杯，以后我们夫妻俩还要靠大家多关照了。"说着还特意向卓乌举了举杯。

这时卉儿站了起来说："林阿姨，您的孩子多大了，叫什么名字?"说着卉儿走到了林太太身边。

林先生的神态明显紧张了起来。

林太太却不露痕迹地用身体挡住了孩子,还将被子的一角盖在了孩子的脸上说:"这孩子有点怕生人。"

卉儿尴尬地点了点头,又坐了回去。

卓乌注意到曹教授突然做了一个很轻蔑的表情,转瞬即逝。

林太太也觉得气氛变得有些低沉,想转移一下话题。

梅姐在卓乌的怀里扭动了一下,睡着了。

陆好不知道是不是因为喝了酒的缘故,脸色变了又变。他对卓乌说:"哼,这位姐姐都醉成这个样子了,老板你还不快扶她回房间去。"

卓乌觉得陆好的话说得阴阳怪气的,梅姐又醉成这个样子,他扶也不是,不扶也不是。

陆好看到卓乌这个样子,似乎更生气了,又加了一句:"这可是好机会。"

桌上的几个男人都尴尬地看向了别处,只有卉儿捂着嘴幸灾乐祸。

谁都没在意,林太太自从看到陆好的时候,眼睛就一直在他的脸上死死地盯着,她像是鼓起了勇气对陆好说:"这位先生,我们是不是在哪儿见过?"

陆好笑着说:"我最近才回到这个城市,您不可能见过我的。"

卓乌有点意外,他也觉得陆好眼熟,虽然他不记得自己有过这样一个同学。可是林太太也觉得他眼熟,这就有点让人匪夷所思了。

如果一个人曾经遇到过像陆好这样……特别有辨识度的人,我想一定不会认错,至少不会不记得。

林太太又问："陆先生，能不能问一下，您为什么回来？哦，如果我的问题冒犯了您，您可以不用回答。"

陆好神情自若地说："找人。"说着有意无意看了卓乌一眼。

卓乌的目光正好撞到了陆好的视线，他起了一身鸡皮疙瘩。

林太太似乎对陆好很感兴趣，继续问："找什么人？"

陆好依旧耐心地回答："家人。"

林太太问："找到了吗？"

林先生觉得自己的太太问得太多了，语气也越来越咄咄逼人，他拉了拉太太的衣服，然后对陆好抱歉地说："陆先生，我太太可能是太累了，我们先回去休息了，大家慢慢喝。"

梅姐在卓乌的怀里扭动了一下，似乎睡得并不是那么舒服。卓乌急忙调整了一下姿势。

陆好瞪了卓乌一眼，然后对起身准备离开的林太太说："刚找到。"

林太太若有所思地点了点头，又下意识地看了看自己的丈夫。林先生皱着眉，摇了摇头。

林先生和林太太回房间之后，孟川第一个起身离开。

曹教授和卉儿也先后回了房间。

卉儿走后，梅姐突然醒了，似乎醉得并不是那么厉害。她对卓乌说："小卓，你辛苦啦，没事的话我回去睡觉了。"

卓乌红着脸说："要不我送你回去吧？"

梅姐拍了拍卓乌的肩膀，没有说什么，只是略有深意地看了一眼陆好，然后也不理卓乌，直接回自己的房间去了。

卓乌尴尬地看着陆好，陆好却只是冷哼了一声。

方耀帮着卓乌收拾了这一片狼藉的前厅，在这一点上，卓乌觉得有洁癖的人还是挺可爱的。

很快，方耀打扫完毕之后准备回房间了，和卓乌擦肩而过的时候，突然迅速小声地说了一句：小心。

卓乌愣愣地看着他的背影，方耀却像什么都没发生一样，径直走回了房间。卓乌在心里画了一个大大的问号，小心？究竟小心谁？卓乌又想起了方耀房间里的那具尸体。

卓乌觉得他应该小心的是方耀。他发现陆好还坐在前厅的沙发上。

作为一个取向明确的男人，卓乌对陆好一直都是避而远之。

卓乌不知道自己现在该如何是好，两个人尴尬地看着对方，气氛冷得像是要凝固了一样。

终于陆好先叹了一口气，说："你是不是真的把我忘了？"

卓乌根本就没想起来他到底是谁。他想点头，可是又觉得不太合适，于是搜肠刮肚想到了一个理由说："我之前受过伤，很多事情都忘记了，不过你给我一点时间，我一定会想起来的。"

陆好的眼中似乎燃起了些许光亮，站起身说："我等你！"然后一步三回头地走回了房间。

卓乌欲哭无泪，现在的生意实在太难做了。

他看了看时间，时候不早了，他准备锁好旅馆的门就睡觉。看了看门口的留言板，他又想起了林太太和陆好之间诡异的对话，两个人似乎都没什么问题，可语气似乎又不太正常。

卓乌摇了摇头，谁是谁非对他来说都不重要，他现在最关心的就是如何把旅馆经营好。

卓乌刚锁上门，一个人从黑夜中匆匆地钻了出来，脸映在玻璃上，吓得卓乌后退了好几步。

等他看清那个人的时候，卓乌的心仿佛又沉入了冰水之中。

接手旅馆这么久，他似乎忘记了曾经的生活，忘记了自己还背着一笔莫名其妙的高利贷；他以为他欠的债会随着光头哥的死亡而烟消云散。

卓乌在心里苦笑，早知道这样的话，当初在留言板上许下的愿望就应该是帮他还清那笔钱。

此刻，那个长得像老鼠一样的信贷员就站在旅馆的门外。许久不见，他清瘦了不少，眼睛却还是那么小，他看起来更像老鼠了。

老鼠男眼中惊讶的神色一闪而过，隔着玻璃手指卓乌，看他的口型应该在说：是你？

卓乌看到他这个样子，心反而放下了。老鼠男这么意外，证明他事先并不知道自己在这里。那么他来这里究竟是来做什么的？

老鼠男拍了拍门，示意卓乌放自己进去。

卓乌犹豫不定，他不觉得开门是个好主意。

老鼠男似乎知道卓乌一定还对曾经的事情怀恨在心，可是他现在真的是走投无路了。他一边隔着玻璃门哀求卓乌，一边紧张地观察着身后未知的黑暗。

长期以来，老鼠男从容不迫地折磨卓乌的样子，根深蒂固地扎在后者的心里。此刻看着老鼠男焦虑、恐惧、为难的样子，卓乌有说不出的快意。

远处的黑暗中亮起了几点光亮，直到几辆车停在了旅馆门前，卓乌忽然想起自己被光头哥逼得躲进旅馆时的情形，不自觉地动了恻隐之心。

卓乌叹了口气，打开了旅馆的门。

老鼠男几乎是爬着进来的，外面的车上，几个穿着黑色 T 恤的男人走下车，手里拿着各种棍棒，凶神恶煞的样子似乎是要吃了老鼠男。

老鼠男顾不上和卓乌说些什么，急忙走到留言板前，拿起笔飞快地写下了两个字：还债。

这还是卓乌第一次看到除了自己之外的房客在留言板上许下的愿望。

外面几个打手模样的人在旅馆门外犹豫不前。卓乌看到领头的人接了一个电话，表情变得十分恭敬，挂了电话，他愤愤地看了一眼老鼠男和卓乌，然后挥了挥手，带着手下离开了旅馆。

老鼠男瘫坐在前厅的沙发上，长嘘了一口气："得救了！"

卓乌走过去一把拽住老鼠男的衣领，恶狠狠地说："你为什么会到这里来？"

老鼠男就这样任凭他拽着自己，无辜地说："当然是来住店。你现在是这里的老板？难怪我们找不到你。不过也好，既然我们是老相识了，那就好办了。"

卓乌松开老鼠男，把他狠狠地推倒在沙发上，冷冷地说："对不起，我不做你的生意。"

老鼠男自顾自地整理自己的衣领，嘿嘿地笑着说："无忧旅馆从来都不会拒绝客人。"

卓乌一时间不知道该怎么反驳他，气得满脸通红。

老鼠男拿出一沓钞票，递给了卓乌。

看在钱的面子上，卓乌一下就没了脾气。他一边做登记一边问："刚才那些是什么人？"

老鼠男说："公司的人。"

卓乌直到现在才知道银行贷款和财务公司贷款之间的区别。

卓乌问："你不也是公司的人吗？"

老鼠男推了推金丝眼镜故意压低声音说："我用了公司的钱去放高利贷，本来想及时还回去的，可是出了意外，那家伙居然死了。我太了解公司做事的手段，于是我就跑喽。"

卓乌冷哼了一声，他又想起了以前的事。

老鼠男忽然神神秘秘地说："其实我是被一条神秘的短信指引过来的。"

卓乌对这个回答并不意外，我敢肯定现在旅馆中的房客们全部都是收到了那条短信的指示。

卓乌将201号房间的钥匙给了老鼠男，然后不再理他了。

老鼠男对卓乌冷漠的态度毫不在意，他拎着自己的手提箱去寻找自己的房间。

卓乌躺在床上，可是翻来覆去怎么也睡不着，他想起了那一晚卧室里到处都是蛇的景象，这种感觉让他一夜都没敢关灯，一关灯他仿佛就能听到那让人头皮发麻的咝咝声。卓乌想起老鼠男的手提箱，一个古怪的想法钻进了他的脑袋里：那箱子里会不会有一条蛇呢？

隔天是个难得的晴天，梅姐一大早就起床，给卓乌熬了一碗粥，她说怕卓乌宿醉第二天会头疼。

卓乌的心里美滋滋的，一边喝粥一边和梅姐闲聊。

梅姐无意中看到了墙上那幅油画，问道："这个人是谁？"

卓乌以为梅姐是在问画中早已死去的阿海，随口就说："哦，他是阿……"

这句话只说到了一半，就卡在了喉咙里。那幅画上，本来除了一堆代表每个人的杂乱线条之外，就只有阿海是完整的形象，而现在又多了一个完整的脸。

卓乌甚至忘记了口中刚喝进去的粥，含糊地说："他是昨晚住进来的新房客。"

画上那张脸最令人难忘的就是那一双又细又窄的眼睛，给人的感觉好像一只老鼠。

是老鼠男，他的脸出现在了油画上。

一定是孟川，但这一次孟川不是用简单的线条来表现，而是实实在在的肖像。

卓乌敢肯定这其中一定有着更深层的关联，但具体是什么他还参透不了。

和阿海凶戾的眼神相比，老鼠男的神态中更多的是狡诈。

卓乌的心情无比沉重，现在，他一直在等待的第二个人终于在画上出现了。

第十章　寻觅

风平浪静的一个礼拜就这样过去了，旅馆里似乎并没有再出什么事情。

虽然每一位房客依旧十分怪异地生活着，但是他们非同寻常的生活方式在这里本身就是一件正常的事。

在这平淡的七天中，那幅油画上再也没有多出一笔，而老鼠男也一直相安无事。

卓乌有点意外、有点困惑，也有点失望。

这天，常三一大早就坐到了旅馆前厅的沙发上。

卓乌纳闷地问："常爷，您今天怎么不出摊？"

常三说："今天不用出门去找生意，生意自己会来找我。"

这种打机锋似的说话方式，让卓乌由衷地觉得常三是个高人。

他坐在常三旁边的沙发上，想趁着这个机会和常三好好聊一聊，顺便麻烦常三给自己占卜一下未来的运势。

常三微笑不语，卓乌心里暗暗不爽，觉得他的架子端得也太大了。

就在这时，林先生穿着睡衣就跑了出来，看到卓乌坐在沙发上，急忙对卓乌说："老板，出事儿啦。昨晚你留没留意到有什么人进我房间了？"

卓乌的心里咯噔一下，他马上就想到会不会是那个神秘的小偷又现身了。

卓乌忙说："林先生，您先别急，您丢什么了？"

林先生说："我的孩子丢了！"

卓乌一时间没反应过来，难道小偷变成人贩子了？

卓乌结结巴巴地帮着分析："会不会是您的孩子自己走出房间了……"他忽然想到那还是在襁褓中的婴儿，怎么能下地走路呢。

林先生很认真地摇了摇头说："不会的，我的孩子不会自己消失的，一定是有人偷走了他。"

卓乌说："您先别急，我会联系其他房客和您一起找找……"

话音未落，就听到一阵撕心裂肺的哭喊声从林先生的房间里传出来。

卓乌和林先生急忙跑到房间里，见到林太太披头散发地伏在床上，痛哭不止。

这一声哭喊，几乎把旅馆里所有人都惊醒了。大家都跑出来看看究竟发生了什么。

林先生把事情简单地和大家说了一下。

卓乌和卉儿对望了一眼，然后两个人一起看向了孟川。如果有人能悄无声息地进入到房间里，抱走孩子，还不惊醒睡梦中的林氏夫妇，那么最有可能的当然就是孟川。

孟川吓了一跳，急忙摇头，但很快他的表情变得十分困惑，显然连他自己也不确信是不是梦游中的自己将林先生的孩子抱走了。

林先生坐在妻子身边，捂着脸说："如果孩子不见了，我们俩以后该怎么活呀！"

梅姐和卉儿在安慰着林先生和林太太，陆好则在人群的后面冷冷地看着他们，一言不发。

曹教授忽然想到了什么，提醒道："常先生在吗？不如请他算一卦吧。"

卓乌恍然大悟，常三现在还在旅馆的前厅坐着呢。此时卓乌对常三已经佩服得五体投地了，看来他早就算出了今天旅馆中有事发生。

一帮人围着常三，常三却装模作样地捋着胡子。

卉儿急得不行，说道："老头儿，您就别故弄玄虚了。快算算吧。"

林先生也说："是啊，常先生，要是您能帮我找到孩子，我下辈子给您……不，这辈子就给您当牛做马！"

林太太哭成了泪人，泣不成声地说："先生，我求求您啦！"

常三叹了口气，从袖子里拿出一个龟壳，将手中的三枚铜钱塞进了龟壳里。随着龟壳上下晃动，铜钱在里面发出清脆的声音。

所有人围着常三，大气也不敢喘一口，就连林太太也紧张得忘记了哭。

过了好一会儿，常三才把龟壳里的铜钱倒在面前的茶几上，用手摸了摸上面的花纹。

林先生小心翼翼地问："先生，怎么样？"

常三沉吟了片刻，说："灵兽必在山中隐，南珠还须水下寻。"

卓乌问："什么意思？"

曹教授反复琢磨这句话，忽然问："常先生，您是说要找孩子，还得在旅馆之中找？"

常三欣慰地点了点头。

陆好站出来说："既然这样，我们都把自己的房间打开，让大家去看一看，以示清白。"

有人点头有人皱眉，林先生有些歉疚地说："这样不太好吧，会不会太麻烦大家了。"

卉儿大大咧咧地说："孩子的安全最重要，我们不要婆婆妈妈的了。"

方耀忽然开口："林先生说得也有道理，大家还要做邻居，弄得太尴尬也不好，不如这样，我们选一个大家都信得过的人去挨个房间搜一搜。这样既解决了问题，大家又不至于伤了和气。"

大家都觉得这个方法最合适，就推举卓乌逐个房间去查看一下。

为了避免偷走孩子的人有时间转移孩子，所有人决定一同行动。

林太太的身体不太舒服，就让她留在房间休息。卉儿把自己房间的钥匙交给了卓乌，让卓乌自己开门进去搜查，她留下来陪着林太太。

第一个查看的是陆好的房间，所有人都在外面等着，卓乌和陆好走进了房间。

房间里充斥着淡淡的香水味，化妆台上摆满了各种护肤品，竟然比梅姐的还多，卓乌看得直冒冷汗。

陆好转了一圈，指着柜子魅惑地对卓乌说："这个是放外衣的，这个是放衬衣的。"

卓乌象征性地打开柜子看了一眼，然后匆匆合上说："好了，我们去下一个房间吧。"

陆好叫住了卓乌，好心提醒道："老板，还有一个抽屉您没看呢！"

卓乌硬着头皮，打开了那个柜子里的抽屉，瞬间卓乌意识到自己被戏弄了。

陆好捂着嘴乐不可支，说："老板，那是我放内衣的。"

卓乌红着脸走出了陆好的房间，所有人都问他有什么发现吗？

卓乌对着林先生摇了摇头。

林先生眼中失望的神色一闪而过，强挤出点笑意说："我相信陆先生不会做出那样的事。"

陆好不置可否地笑了笑，说："您过奖了，有时候我做出的事儿比这恶劣多了。"

卓乌带着人来到曹教授的房间前，曹教授打开了门，卓乌说了声抱歉，然后走了进去。

曹教授的房间里到处都是书，这倒也符合他的身份。卓乌认真查看了房间里的每一个角落，确信孩子并没有藏在这里。卓乌看到梳妆台上都是大大小小的书，随手拿起一本，是弗洛伊德的《梦的解析》，旁边的几本都是有关心理学的著作，还有一本书竟然是介绍如何催眠的。

他有点意外地说："教授，认识您这么久，还不知道您具体是教什么的呢？"

曹教授不露痕迹地从卓乌手里接过那本书，放回了梳妆台，笑呵呵地说："我是艺术系的教授，主教美术绘画。"

卓乌继续问："那您怎么看这些和心理学有关的书？"

曹教授说："艺术都是相通的，心理学也是一门艺术。"

卓乌不懂装懂地点了点头，走出房间后对着大家摇了摇头。

这一次轮到了孟川的房间，孟川和卓乌对望了一眼，卓乌用眼神在示意孟川，如果真的是他偷走了林先生的孩子最好还是及时承认，这样他还有帮他说话的余地。

孟川咽了一口唾沫，他不确认自己是不是真的做了。

孟川打开门的时候，下了很大的决心。

卓乌和孟川分头在房间里寻找，孟川甚至连马桶的水箱都没放过，用了比搜查别的房间更长的时间。直到门外的林先生有点按捺不住，敲了敲门，卓乌和孟川才走了出来，两个人又对视了一眼，都如释重负地摇了摇头。

卉儿的房间就不用提了，房间里一个字就能概括——乱。

卓乌带着林先生走了进去，草草地查看完毕，卉儿坦荡的举动其实早就打消了林先生对她的怀疑。

三楼的查看已经结束。

到了二楼，阿海的房间一直紧闭着，卓乌也不知道为什么找不到那个房间的钥匙了。

不提阿海的房间，方耀大方地打开了自己的房间，卓乌有点忐忑地走了进去。

还是那股熟悉的消毒水味道，卓乌在方耀的卧室里找了找，没有发现什么。他发现洗手间的门关着，就问道："这里面是什么？"

方耀说："你打开看一看不就知道了？"

卓乌的手摸到了洗手间的门把手，第一个感觉就是凉，沁人心肺的凉。他的脑海中又不可抑制地回忆起当初看到那具尸体时的样子。

卓乌用力拉开了门，但同时也半闭着眼睛。

卓乌的眼睛眯起一条缝，实验室里那张铁架床上空空如也。卓乌暗暗松了口气，但是他又被另一件东西吸引了，那个东西很像常见的冰柜，可是又矮又长，像个棺材。

卓乌指着那东西问："那是什么？"

方耀有点为难地说："那是我存放实验器材的冷柜。"

卓乌像嗅到了鱼腥味儿的猫，他盯着方耀的眼睛问："我能打开它看看吗?"

方耀向前走了一步,卓乌下意识地退后了一步。

方耀知道自己吓倒卓乌了,只好摆了摆手说:"老板,你真的要看吗?"

很平常的一句询问,到了卓乌的耳朵里却多了一丝威胁的味道。

卓乌几乎就要放弃了,可是又想到外面还有那么多人在,方耀也不会对他做什么出格的事情,就壮着胆子说:"看,当然要看! 这是对大家的负责!"

方耀摊开手掌指了指那个冷柜,说:"请便。"

冷柜的盖子比卓乌想象中更重。冷柜打开后,卓乌看到了里面的东西,他的心仿佛被冷柜中肆意溢出的冷气冰封住了。

冷柜里躺着一个人,确切地说是一具尸体。而恰好卓乌又认得那个人。

嗯,你们也认识,是阿海。

阿海的尸体全身泛着青紫色的斑痕,脸色因为低温的缘故布满了淡淡的冰霜。

阿海的尸体出现在了方耀的实验室里,这让卓乌的大脑有片刻的短路。

当他恢复意识的时候,只觉得胃里一阵翻江倒海。方耀眼疾手快,捂住了卓乌的嘴。

方耀笑着说:"你要是吐在我的房间里,也许我会杀了你!"

卓乌惊恐地看着方耀,用力掰开他的手,压低声音说:"他……他怎么会在你这儿?"

方耀耸了耸肩,说:"那一晚他弄出的声音太大了,弄得我都没办法安心做实验,我没想到他在折磨你。"

当时卓乌发现阿海的尸体不见了的时候,真的吓得半死,现在他看到阿海就躺在方耀的冷柜里，忽然觉得自己被方耀戏弄了。

卓乌第一次对着方耀露出了敌意，他说："你没有正面回答我的问题，他为什么会在你这儿？如果你不想回答，我会让所有人都进来问问你！"

方耀被卓乌认真的样子逗笑了，他解释说："没有人会喜欢这样一个邻居的，你说对不对？我本来打算去要求阿海安静一点，可我到了他的房间却发现只剩下了他的尸体。"

卓乌勉强相信了方耀的话，他也觉得阿海很讨厌，不自觉地点头。

方耀继续说："其实那一晚就算你不杀了阿海，我也打算杀掉他。不过老板，我没想到你竟然这么有种。"

卓乌慌忙辩解说："他……他不是我杀的。"

方耀第一次露出了惊讶的神情，他问："那是谁做的？"

卓乌不想把孟川的事情弄得尽人皆知，他摆了摆手说："这件事儿一两句话说不清楚。现在你实话告诉我，林先生的孩子是不是你偷走的？"

方耀忍不住笑出声，说："你不会真的怀疑我吧？我偷他的孩子做什么？"

卓乌说："谁知道！你既然能偷走阿海的尸体，那也能偷走林先生的孩子。"

方耀轻蔑地说："我只对人体感兴趣，那对夫妻的孩子连尸体都算不上，我要来做什么？"

卓乌没明白方耀的意思，正要追问。可方耀却指着冷柜里的阿海说："我们耽误太多时间了，外面的人进来看到这家伙的话我可解释不清楚。"

卓乌无奈地走出了方耀的房间。

很久之后卓乌又想起了今天发生的事，他猛然意识到原来方耀早就知道了那个孩子的秘密。

在常三的房间前，卓乌犯了难，常三在算过卦之后就离开了旅馆，这样贸然走进去的话好像不太合适。他看了一眼林先生，似乎是在征求他的意见。

林先生皱着眉思考了很久，最后一咬牙说："我相信常先生。"

谁会相信一个盲人能悄无声息地偷走一个孩子呢？其实有时候无辜是最好的伪装。

到了梅姐的房间，卓乌没来由地紧张起来。梅姐的房间充满了成熟女人独有的那种神秘感。梅姐把卓乌让进房间，她自己坐在床上，摆出了一个魅力十足的姿势，就静静地看着卓乌在她的房间里看来看去。

卓乌走到衣柜前，说："梅姐，我可以打开吗？"

梅姐微笑着点头说："当然。"

卓乌打开了衣柜，看到里面挂满了各种款式诱惑的睡衣，以及下面整齐码放的贴身衣裤，他的鼻血差点喷出来。

在这样香艳的一刻，卓乌却不争气地想到了在陆好的房间里也看到了同样的东西，可梅姐的内衣无疑更赏心悦目。

看到卓乌在发呆，梅姐轻笑着说："小卓，喜欢哪一件就拿去好了，不要客气。"

走出梅姐的房间，卓乌的脸红得像熟透了的番茄。大家不明所以，梅姐也只是笑笑，没做过多的解释。

陆好却隐约猜到了什么，恶狠狠地瞪了一眼卓乌。

梅姐的房间也没发现有价值的线索。那么现在就只剩下了老鼠男的房间。

在门外，卓乌感觉到了每个人的目光都落在了自己的身上，一股无形的压力让他感觉到了莫名的紧迫感。

老鼠男的房间是最后一间有房客的房间，如果他的房间也没有的话，那么唯一没有搜查的就是卓乌自己的柜台间了。

常三说孩子在旅馆中，孩子就一定在这几间房里。

卓乌知道，到目前为止，常三的预言还没出过错。

第十一章　规则

老鼠男的房间没有一点生活的气息，这让卓乌觉得有点不自在。

就像是楼盘的样板间，虽然装修家电一应俱全，但是没有那种人气儿，充斥着冷漠与虚假。

卓乌不喜欢这个感觉，可是如果在这里找不到那个被偷走的孩子，那么自己也要变成被怀疑的对象了。

卓乌在房间里找了一遍又一遍，老鼠男就安静地坐在椅子上，用嘲笑的眼神看着狼狈的卓乌。

终于，卓乌垂头丧气地说："走吧。"

老鼠男站起身，轻蔑地说："我现在是清白的喽？"

卓乌没有理他，径自向门外走去。

老鼠男继续奚落他："那我们现在是不是去搜搜你的房间呢，老板？"

卓乌停下了脚步，转过身又走回了老鼠男面前，他冷淡地说："不对，还有一个地方我没搜。"

老鼠男皱了皱眉问："什么地方？"

卓乌说："你的手提箱呢？我要看看里面是什么！"

老鼠男的眼神忽然变得慌乱起来，结结巴巴地说："手……手提箱……为什么要看我的手提箱？"

卓乌说："手提箱的大小刚好可以装下一个婴儿，我现在怀疑孩子就在你的手提箱里。"

老鼠男避开了卓乌的眼睛，冷笑说："你这是污蔑，你对我怀恨在心，想借着这件事儿泼我脏水！"

卓乌说："随你怎么说，现在请你打开手提箱，我要检查一下。"

老鼠男的表情很复杂，他用讨好的语气说："老板，以前的事都是我不好，我也是在公司混口饭吃，你大人不计小人过。我的手提箱真的没有必要检查，再说我偷那对夫妻的孩子有什么目的嘛！"

卓乌点了点头，说："好，等你打开手提箱我就原谅你。"

老鼠男见卓乌软硬不吃，气急败坏地说："兔子急了还咬人呢，你不要欺人太甚。否则……否则……"

卓乌冷笑着比画了一个"蛇拳"的动作说："否则就放出蛇来咬我吗？"

卓乌不再理会老鼠男，他在床底下找到了那个手提箱，正要打开，老鼠男突然发难，撞倒了卓乌。

卓乌挣扎着站起来，老鼠男已经扑到了手提箱前。

卓乌对着门外大喊："快来人！"

早就在外面等得不耐烦的林先生第一个冲了进来。

而此时，老鼠男已经打开了手提箱，看他的样子似乎是想把里面的东西拿出来。可是那一瞬间他惊愕得下巴都要掉下来了。

行李箱里，放着一个被襁褓遮挡得严严实实的婴儿。

老鼠男又惊又怕，指着那个襁褓说不出话来。

林先生看到了行李箱里的孩子，脸色阴沉得像是要杀人。他一言不发地抱起了孩子。

陆好扶起了卓乌，关切地问："你没事吧。"

卓乌摇了摇头，对林先生说："快看看孩子怎么样，没事吧？"

梅姐也凑到了林先生身边，想看看孩子的状况。

林先生却一反常态，用襁褓的一角盖住了孩子的脸。他走到老鼠男面前，挥起一拳打在了老鼠男的脸上。

老鼠男被打得天旋地转，好半天才从地上坐了起来。他张口结舌地说："这……不是我做的，我被陷害了。"

林先生抱着孩子穿过人群，要把孩子送回林太太的身边。

卓乌注意到了一个细节，正常的父母谁会抱着孩子去打人呢？那样对孩子太危险了。而那个孩子自始至终也没有哭过一声。

曹教授对老鼠男说："都被发现了，你就别狡辩了。说说吧，绑架人家的孩子你有什么目的？"

老鼠男百口莫辩，求饶似的说："我真的不知道是谁把孩子放在我的行李箱中的。"

卓乌骂道："你放屁，如果不是你把孩子藏起来的话，那你为什么对这个手提箱会那么紧张？"

老鼠男一时语塞，犹豫了一下才说："我的箱子里其实放了别的东西！"

想到这儿，老鼠男发疯了一样在手提箱里找了又找，最后颓然地坐在地上，嘴里喃喃地说："我知道是谁陷害我了……"

孟川小声地问："谁呀？"

老鼠男环视了一圈挤在他房间里的众人，说："是旅馆，是无忧旅馆在陷害我！"

方耀推了推眼镜，饶有兴趣地看着老鼠男。

曹教授盯着老鼠男面前那个空荡荡的箱子若有所思。

梅姐不关心老鼠男，却向卓乌投去了关切的目光，这让卓乌的心里暖烘烘的。

陆好看到梅姐和卓乌在眉目传情，把一肚子的火都发在了老鼠男的身上："你不觉得这样的借口太拙劣了吗？一个大男人竟然对一个婴儿下手。"

老鼠男反唇相讥："一个大男人，说话能不能不要这样娘娘腔？"

陆好最恨别人这样说他，咬着嘴唇说："你！"

方耀突然开口："你的箱子里本来装着什么？"

老鼠男看向方耀，激动地说："你相信我对不对？我告诉你，我的手提箱里本来装着一张机票！"

卓乌问："机票？你拿着机票做什么？"

老鼠男压低了声音："当然是离开了！"

曹教授惊讶地说："离开无忧旅馆？"

老鼠男下意识地看了看四周，似乎是在躲避那不存在的目光。他说："本来是今天晚上起飞，没想到机票换成了林先生的孩子，看来有一个暗中的力量在阻止我离开。"

在这一点上，卓乌同意老鼠男的看法，他也觉得旅馆中一直有一种莫名的势力在引导着一系列事件的发生。

老鼠男继续说："孩子丢了，自然会在旅馆里搜查，当搜查到手提箱的时候，机票的事情也就败露了，这是在敲山震虎，旅馆在提醒所有人不要试图离开。"

梅姐看了看卓乌，欲言又止。

孟川说："我不相信这个人，我们干脆报警算了！"

卓乌点了点头说："拐卖婴儿算是重罪了。"

老鼠男大惊失色，急忙说："我真的是冤枉的，方医生，你相信我的对不对？"老鼠男把最后的希望寄托在了方耀身上。

方耀摊了摊手，说："相信不相信都无所谓，我又不在乎你是不是被冤枉的。"

卓乌拿出了手机。老鼠男大叫着："等一等，你们看看这个。"

老鼠男从上衣的口袋里拿出了一张便笺，那上面写着：在无忧旅馆内发生的任何事都只能在旅馆内解决。

卓乌一下子明白这个纸条是什么了，它是属于老鼠男的"线索"。

方耀对如何处理老鼠男并不关心，他和大家说了一声就回自己房间去了。

孟川也悄无声息地离开了。

曹教授临走的时候还不忘又看了一眼那张便笺。

卓乌又收集到了一条"线索"，他现在也不想再纠缠着老鼠男不放。他和梅姐、陆好一起走出了房间，只留下了一脸沮丧的老鼠男。

梅姐打算去看看林太太，卓乌也正有此意。

陆好白了他们一眼说："那我就不打扰你们了。"然后回自己的房间去了。

在楼梯上，卓乌遇到了正巧上楼的卉儿。

卓乌问："林太太怎么样？"

卉儿看了一眼卓乌身边的梅姐，然后对他们说："我觉得林先生和林太太有问题。"

卓乌和梅姐齐声问："什么问题？"

卉儿说："刚才我正安慰林太太，林先生抱着孩子回来了，说孩子在一个房客的房间里找到了。"

卓乌点了点头。

卉儿接着说："林太太发疯了一样把孩子抱在怀里，激动得又哭又笑。我怕孩子被她捂得缺氧，就好心提醒她。没想到林太太突然变得好凶，对我说她的孩子现在累了，请我离开。那眼神就像只凶狠的狼。"

梅姐紧张地问："后来呢？"

卉儿大大咧咧地说："后来我就走喽，不过……"

卓乌问："不过什么？"

卉儿说："那个孩子自始至终都没有哭过一声，甚至动都没有动一下。"

卓乌很欣慰卉儿也发现了这个细节，他大包大揽地说："孩子的问题就交给我来调查好了。"

他看了梅姐一眼继续说："放心，我会保护你……你们的。"

梅姐娇羞地点了点头。

卓乌把房间的钥匙还给了卉儿，卉儿拉着梅姐去她的房间聊天。

梅姐回过头，用口型在提醒卓乌"小心"。

自从上一次方耀提醒过卓乌要小心，这是第二次有人对自己做出同样的提醒，可卓乌不知道应该小心什么。

夜已经深了，常三收了卦摊回到旅馆里。

卓乌急忙迎了上去，恭敬地对常三说："常爷，您真神了，那孩子果然在旅馆里找到了。您到底是怎么算到的？"

常三慢悠悠地说："老板，这人道和天道是连着的，人在什么时候做什么事这早就注定好了。"

卓乌有点困窘地说："常爷，您说得太深奥了。"

常三说："无论任何事，往前看有无数种可能，这是未来。往后看，只有一条既定的轨迹，这是宿命。我们这些人哪，其实结局早就注定好了。"

常三的话就像是一道闪电，在卓乌的脑海中照亮了一小片天地。当他回过神儿来想去追问的时候，常三已经走远了。

空荡荡的走廊上，只有常三的探路杆敲击地面发出的声音在回荡。

老鼠男鬼鬼祟祟地在楼梯口处探出头，看到常三走过来急忙站住脚屏住呼吸。

如果按照正常的情况来看，作为一个盲人，常三根本不会发现老鼠男的存在。可是人的直觉是这个世界最说不清、道不明的一种感觉。

和老鼠男擦肩而过的时候，常三突然停住脚步，戴着墨镜的眼睛虽然仍像是盯着脚下的路，可是手里却举着那根探路杆指着一个方向。

老鼠男顺着探路杆指着的方向看去，那正是自己房间的方向。他不知道这个瞎子是不是发现了自己，这诡异的动作也让他一时间猜不透常三的用意。不过他这一次说什么也不会再回房间去了。

老鼠男慢慢向楼下挪动双脚，尽量不发出一点动静。他清楚地听到了身后的一声叹息，常三幽幽地说：“良言难劝该死鬼……”

老鼠男回头看向常三，常三已经走上了楼梯。他不知道常三是不是在和他说话，但他觉得常三刚才的话很晦气。

在楼下的楼梯口老鼠男差点又撞上了正在发呆的卓乌。

卓乌不满地说：“你走路不长眼睛吗？”

老鼠男虽然也是一肚子气，但还是堆着笑说：“不好意思老板，我刚才在想事情，没撞到你吧？”

卓乌没好气地摆了摆手，忽然看到老鼠男手里又提着那个手提箱，诧异地问：“这么晚了，你去哪儿？”

老鼠男神神秘秘地说：“当然是离开。”说着他从口袋里拿出了房间的钥匙还给了卓乌。

卓乌问："你的机票不是被人偷走了吗？"

老鼠男神经兮兮地四下看了看，说："没有机票还有车票，我在网上订了一张今晚去外地的火车票。"

自从卓乌接手无忧旅馆之后，住进来的每一个房客或多或少都带着一些神秘的色彩，尽管他们了解到旅馆的种种不同寻常的地方，但是也都心照不宣地接受了这一点，并遵守这里的规定，住得安之若素。

现在有一个人主动打破了旅馆的规矩，就像是在平静的湖面里丢下了一颗石子，泛起的涟漪不知道要多久才能平息，这让卓乌隐约感到不安。

卓乌有点担心地问："你真的要走？"

老鼠男微笑着说："你该不会真的以为我会在这里住一年吧？"

卓乌在心里苦笑，这倒是符合这家伙的性格。但卓乌还有一件事不明白，于是问："你已经在留言板上许了愿，违反了约定会怎样？"

老鼠男忐忑地说："我也不清楚，所以我要连夜离开这里，逃得越远越好。"

卓乌毕竟还是善良的，他说："为什么不坚持住一年呢？到时候可以毫无顾虑地离开这里。"

老鼠男叹了口气说："实话和你说吧，这里的人都是神经病，尤其是那个林先生……唉，算了不说了，我劝你也早点走吧，这里不适合你这种人。"

卓乌指着自己问："我？我是哪种人？"

老鼠男看了看手腕上的表，说："你还记不记得我曾经对你说过，只有一种人是'公司'找不到的。"

卓乌想起了以前的事就气得要发疯，他哼了一声说："死人！"

老鼠男说："其实还有一种人我们找不到，就是躲进无忧旅馆的人。"

卓乌问："你究竟想说什么？"

老鼠男盯着卓乌的眼睛说："你以为杀了一个追债的打手，公司就会把你的债一笔勾销吗？公司只是把你的债停了一年，一年之后会重新启动对你的追债行动。如果你能在一年之后走出无忧旅馆，你依然是个欠债的人。"

卓乌有点慌乱，他盯着老鼠男的脸想确定其说的到底是不是真的。

老鼠男说："你信也好，不信也好。过了今晚，我们不会再见面了。我现在说的一切不过算是对以前发生的事做一点弥补罢了。"

卓乌问："旅馆虽然偏僻了一点，但也不是什么隐蔽的地方，为什么高利贷从没到旅馆里找我要债呢？"

老鼠男说："没有人敢乱闯无忧旅馆，这是对旅馆主人的敬畏。"

卓乌没头没脑地问："对我的敬畏？"

老鼠男扑哧笑出了声，说："你说是你就算是你吧！"

时间似乎快到了，老鼠男也不再和卓乌多说什么了，他推开旅馆的门，又回头对卓乌说："对了，这一年中虽然没人会找你追债，但是利息一直在算。"

卓乌差点晕倒，瞪大了眼睛问："那是多少钱哪？"

老鼠男伸出了三根手指在卓乌眼前晃了晃，说："你三辈子都还不起！"

丢下了这句话，他走出了旅馆，直到身影消失在未知的黑暗中。

早知道这样的话，卓乌当时就将留言板上的愿望写成"还债"就好了。

老鼠男的脸还在油画上，表情还是那么鲜活，卓乌总有一种预感，他和老鼠男一定还会再见面，旅馆不会就这样轻易放走他。

卓乌站在旅馆门口，望着茫茫而又未知的黑暗，浓浓的惆怅如同这夜色一般涌上心头。

第十二章　警告

卓乌准备和林先生一家好好谈一次，至少他要弄清楚孩子的情况。

110号房间内，卓乌有些局促地坐在椅子上，林先生热情地给卓乌倒了一杯水。

卓乌的视线落在了林太太的身上，她正抱着怀里的婴儿坐在床边，不时怜爱地望着怀里的襁褓，口中轻轻哼唱着一首摇篮曲。从卓乌进入房间，林太太自始至终都没有看他一眼，似乎只沉浸在自己的世界里。

卓乌说："不好意思这么晚还打扰你们休息。"

林先生忙说："我们习惯晚睡的，而且今天的事情也多亏了老板你，要不然我和太太真不知道该怎么办。"

卓乌问："孩子没事吧。"

林先生的表情有点异样，说："哦……没事没事。"

卓乌捕捉到了林先生脸上不自然的神态，很随意地说："您的孩子好像不太爱哭闹。"

林先生尴尬地笑笑说："女孩儿嘛，都比较安静。"

是个女孩儿！这还是卓乌第一次得到关于孩子的一点信息。

他站起身来，向林太太那边走去，说："我最喜欢女孩儿了，我猜她一定像您对不对？女孩儿都比较像父亲。"

看到卓乌要去看孩子，林先生急忙伸手拦住了卓乌，很不高兴地问："老板，您要做什么？"

卓乌对林先生的态度很意外，尴尬地站在那里不知道该如何是好。

林先生察觉到了自己的失态，忙解释说："孩子受了点惊吓，已经休息了。改天再看吧。"

虽然卓乌窝了一肚子火，但是事到如今也只好告辞。他看了一眼林太太，林太太依旧对他视而不见。

卓乌转过身准备离开，林太太忽然叫住了他："老板……"

林太太幽幽的声音在这样的深夜里听起来更显得空灵，卓乌觉得自己汗毛都竖起来了。

卓乌看了林先生一眼，然后问林太太："您叫我？"

林先生也急忙走到妻子身边温柔地说："晓柔，都这么晚了，还是让老板回去休息吧，有什么事明天再说好吗？"

林太太好像完全没有听到林先生的话，继续对卓乌说："你看我的女儿是不是很乖？"

那种说话的语气和感觉很像是在自说自话，更像是呓语。卓乌不敢确定林太太是不是在和自己说话。

林太太说："我的女儿好乖的，学习也很努力。我们约定等她考上大学之后就带她去国外玩一玩。"

卓乌的冷汗都要下来了，只好笑着说："林太太您说笑了，您的孩子还是婴儿呢，怎么会去上大学呢？"

林太太忽然看向了卓乌，吓得卓乌打了一个冷战，她的目光在他的脸上聚焦，凌厉的眼神像一根针。

林太太的声音变得有些尖厉："我的孩子还有几个月就高考了，为什么不能上大学？是不是你知道她的病？"

卓乌觉得林太太的精神有点失常，急忙看向林先生。林先生却一直在轻抚林太太的背，试图让林太太的情绪平复下来。

林太太的表情渐渐变得狰狞，对卓乌咆哮道："你是不是觉得我的女儿活不了多久了，你在咒她！"

卓乌慌忙摆手说："林太太您误会了，我们怎么会诅咒一个孩子呢？"

林太太的眼神忽然慌乱了，说："对……对不起，我认错人了，不是你，不是你……"

卓乌下意识地问："认错人了？"

林太太再一次看向卓乌，眼神充满了恨意："是那个死丫头！是她害死我的女儿，如果不是她的话，现在我的女儿也许已经大学毕业了，会和正常的女孩子一样，恋爱、嫁人。说不定我现在都是外婆了！都是那个死丫头！她害死了我的女儿，我要让她死！"

卓乌向门口一点一点倒退。

林太太扑在林先生的怀里一边痛哭一边质问："为什么那个死丫头还没有出现？我们明明已经许下愿望了。"

因为林太太的动作太大，怀里的襁褓就那样摔在了地上。

卓乌大惊失色，脱口叫道："孩子！"

几乎用尽了全身的力气，卓乌两步就跑到了婴儿前，急忙打开襁褓查看孩子是否受伤。

"啊！"卓乌一声尖叫，把襁褓扔出了好远。

在襁褓中的根本不是婴儿，而是一个脏兮兮的布娃娃，其中一只眼睛应该是丢失了，用一枚纽扣补上了；原本是嘴巴的位置，用唇膏重新勾勒了线条，呈现出一种诡异的弧度。

这个布娃娃怎么看怎么恐怖。难怪卓乌一直都没有听到婴儿的啼哭，难怪林太太不让卉儿看襁褓中的婴儿，难怪老鼠男对林先生一家欲言又止。

卓乌吓得跌坐在地上，林太太在林先生的怀里一直痛哭着，林先生像是在安抚孩子一样，哼着林太太刚才哼的童谣。

　　如果不是置身在这个房间内，你是不会想到那个场景有多诡异的。

　　卓乌几乎是连滚带爬地跑出了110号房间。

　　这一晚卓乌彻夜失眠，他担心只要自己一睡着，梦里就会出现那个可怕的布娃娃对他微笑。

　　天蒙蒙亮的时候，卓乌终于抵挡不住阵阵袭来的困意。

　　一阵轻微的响动，卓乌立刻睁开了眼睛。他坐起来揉了揉眼睛，原来是方耀准备去上班了。

　　"不好意思，吵醒你了吗？"方耀歉疚地说。

　　卓乌走出柜台间，到方耀身边说："你早就知道了对不对？"

　　方耀似笑非笑地说："知道什么？"

　　卓乌说："林先生的孩子，你早就知道那孩子不是真的，对不对？"

　　方耀说："哦，你说那对夫妻啊？那孩子一看就有问题啊。你见过不哭不闹的婴儿吗？这不是知识，是常识。"

　　卓乌被说得面红耳赤。送走了方耀，他转身就看到了林先生，吓得后退了好几步。

　　林先生搓着手，想对卓乌说什么，可是又不知道该如何开口。

　　卓乌壮着胆子问："林太太还好吧？"

　　提到了妻子，林先生叹了口气，说："老板，昨晚吓到你了吧。"

　　卓乌点了点头，马上又摇了摇头说："还好。"

　　林先生说："自从我女儿去世之后，晓柔的精神状态就很不好，白天还算正常，一到晚上就偶尔失常。"

卓乌点了点头，表示理解。他问："那个孩子……那个娃娃是怎么回事儿？"

林先生尴尬地说："那是我女儿小时候最喜欢玩的布娃娃，女儿去世之后，晓柔就经常对着那个布娃娃说话。我以为她是思念女儿过度，可没想到突然有一天她抱着娃娃给我看，说我们的女儿活了。我反复告诉她那只是一个娃娃，可晓柔却对我说女儿对她笑了。"

卓乌想起了布娃娃的样子，莫名地打了一个冷战，问道："布娃娃怎么会笑呢？"

林先生苦笑着说："那是我太太自己用唇膏在娃娃的脸上画出的笑脸。"

卓乌不知道怎么安慰林先生，不幸的人各有各的不幸。

林先生接着说："我女儿从小就有先天性心脏病，医生说我女儿活不过十八岁。就在十八岁生日那天，她去世了。"

林先生双手捂着脸，陷入了无尽的悲痛中。

卓乌忽然问："林太太昨晚提到的'死丫头'又是谁？"

林先生的眼中突然变得杀气腾腾，说："她是我们的养女。"林先生的表情变得有些古怪，他继续说："这件事情很复杂，有机会的话我再和你聊吧，我太太快起床了，我要去给她准备早餐了。希望昨晚发生的事，你不要太在意。"

看着林先生钻进了厨房，卓乌知道他一定在逃避什么。

卓乌对林先生的事情也不是那么关心，毕竟每个人都有每个人的烦恼，谁还会为了别人的辛酸而多费一点心神呢？把这一切归咎于社会的冷漠是不公平的，我们所处的本身就是一个冷漠的时代。

卓乌正要回到柜台间里睡一个回笼觉，忽然听到身后有人叫他。

"小卓。"是梅姐。

今天梅姐穿得格外隆重，这个女人的一颦一笑都能牵动卓乌的心头上那块最柔软的位置。

"梅姐，你今天好漂亮。有约会吗?"卓乌发自内心地赞美，可语气中却透着酸溜溜的味道。

梅姐笑得媚眼如丝，这一瞥，卓乌觉得自己的魂儿似乎都不在这副躯壳里了。如果那眼中的柔波像水，那么卓乌甘愿溺死在旖旎的情意中。

梅姐说："朋友送了我两张电影票，正好我今天有空，不如你陪我去看场电影好吗?"

卓乌不知道这到底算不算约会，但是梅姐对他来说就是天使，她的出现扫清了卓乌心中的阴霾。方耀的冷柜里爱装着谁的尸体就装着谁的;老鼠男离开旅馆爱去哪儿就去哪儿;林太太爱抱着什么就抱着什么。反正现在就算天塌下来，也不能阻止自己和心爱的梅姐去看电影!

电影院里黑黝黝的，这种气氛很微妙。

黑暗是最包容的存在，无论是狡诈的阴谋还是羞涩的紧张，都能在黑暗中得以隐藏。

卓乌强装镇定，可心里那份紧张久久无法平息。直到影片开始，卓乌才发现那居然是一部动画片。

不过这并不影响卓乌的心情，只要梅姐还坐在身边，看什么都是爱情片。

好几次卓乌都想鼓起勇气抓住梅姐的手，可终究没有这份胆量。

梅姐的眼睛盯着荧幕，手大大方方地握住卓乌的手。

那一刻卓乌甚至忘记了呼吸，或许这就是恋爱的感觉吧。

梅姐从皮包里拿出一瓶可乐，递给了卓乌。卓乌心领神会地拧开又递还给梅姐。

梅姐把嘴巴放在卓乌的耳边说："你真贴心，不过这是我为你准备的。"

她呼出的气流吹在卓乌的耳朵上，让他心生摇曳，急忙喝了一口可乐稳定了一下心神。

电影究竟讲述了一个什么故事，问卓乌也是白搭，他在电影开始的第十分钟就沉沉地睡去了。

也难怪，他实在太累了，就这样握着梅姐的手，坐在椅子上睡着了。

直到电影散场的时候，卓乌才幽幽地醒来。

卓乌擦了擦口水，想了好久才想起自己这是在哪儿。

梅姐掩着嘴偷笑，卓乌尴尬得恨不得找个地缝钻进去。

梅姐说："小卓，谢谢你陪我来看电影，耽误了你一天时间，我们快回去吧，省得影响你的生意。"

卓乌看到自己的手还牵着梅姐的手，梅姐没有抽回去，他自己也没有放开。他真的想就这样一直坐下去，可是梅姐说得对，旅馆里没有人照看，万一有什么问题可就麻烦了。

梅姐的车有一股醉人的香气，可卓乌却觉得浑身都不舒服，电影院的椅子终究是不如自己柜台间里那张单人床。

想到这儿，卓乌偷偷看了一眼开车的梅姐，不知道如果睡在梅姐的身边会不会更安稳呢？

卓乌在心里暗骂了自己一声，怎么能有这样龌龊的想法呢！在他的心里，梅姐可是无比圣洁的存在。

到旅馆的时候已经是傍晚了，推开门，卓乌发现所有人都挤在前厅里。看着众人焦急的神色，卓乌立刻就明白这是又出事了。

陆好看到卓乌和梅姐一起回来，他的脸色忽然沉了下去。

曹教授看到卓乌急忙拉着他向二楼走去，所有人都跟在卓乌身后。曹教授边走边说："老板，你可回来了，出大事了！"

卓乌被大家弄得一头雾水，忙问："出什么事了？"

卉儿的样子有些虚弱，她疲惫地说："201号的房客回来了。"

卓乌有点惊讶，老鼠男回来了？他脱口问道："他不是离开这座城市了吗？为什么还会回来？"

和众人的慌乱不同，方耀很平静地说："他已经没办法回答你了。"

卓乌不明白方耀是什么意思，他推开了201号房间的门。只见卧室的床上躺着西装笔挺的老鼠男，依旧戴着那副金丝眼镜，只是眼镜后面的双眼早已失去了生命的色彩，整张脸透着一股死不瞑目的狰狞。

卓乌愣愣地指着老鼠男问："死……死了？"

方耀回答说："死了。"

事情发生得太过突然，卓乌的脑子显然还没从约会的甜蜜中回过神来。

卓乌喃喃地问："这是谁干的？"

卉儿突然看向了林先生，如果说杀人动机的话，林先生无疑是嫌疑最大的人。

林先生慌忙摆了摆手，忙解释说："我连这家伙去了哪儿都不知道，怎么会去杀他？"

卓乌当然知道这不会是林先生干的，老鼠男离开旅馆的时候已经是深夜了，旅馆的人绝对不会在这么晚的时候出门的。再说谁会因为布娃娃被偷走而去杀人呢？

卓乌摆了摆手说："我知道是谁杀的他。"

所有人都看向了卓乌，齐声问："谁?"

卓乌说："是旅馆。一直以来我们都遵守旅馆的规定，一是要住满一年，二是夜里十二点之前一定要回到自己的房间。我们不知道违反规定会怎样，而这家伙两条规定都违反了。死亡就是打破规矩的代价。"

卓乌想起了老鼠男曾说过，林先生的"孩子"被偷走，最后在老鼠男藏机票的手提箱里找到，这是旅馆在警告大家，是敲山震虎。而现在老鼠男的尸体出现在这里，这才是真正的警告，真正的敲山震虎。

他感觉到一种深深的寒意，这是更深层意义上的恐怖。

我不说也许你都忘了，在那幅画上出现了老鼠男的脸。画的预示又成真了。

该如何处理老鼠男是个大问题，总不能放在床上，时间会让他变得更恶心。

卓乌将方耀拉到一旁，低声说："要不这家伙就送给你做实验吧。"

方耀很干脆地拒绝说："不!"

卓乌很诧异，问："为什么?"

方耀说："这家伙太丑了，长得像个老鼠，我解剖的时候会有心理障碍。"

卓乌有点无语，无奈地说："靠，你怎么这么麻烦，尸体不都一样，难不成你还想解剖哪个明星?"

方耀饶有兴趣地看着卓乌说："明星就不必了，我对你倒是很有兴趣。怎么样，要不要为了科学献一次身?"

卓乌知道方耀是在开玩笑，但他还是被吓倒了。

大家七嘴八舌地讨论该如何处理这具尸体，最后还是卉儿提议说："不如……不如把……把他埋了……"

这句话还没说完，卉儿突然晕倒在地上。

大家对卉儿的晕倒显然准备不足，本来就沉重的气氛瞬间变得更加慌乱。

方耀上前去查看卉儿的情况，曹教授在一旁认真地问："需要人工呼吸吗？"

卓乌气得推开曹教授，他蹲在卉儿身边问方耀："她怎么了？"

卓乌在心里犯起了嘀咕：难道卉儿也违反了规则？

方耀看了看卉儿的脸色，又翻开了她的眼皮观察了一下她的瞳孔，忽然表情变得十分复杂。他环视了所有人，似乎想在某个人的脸上寻找到答案。

方耀说："她中毒了。"

第十三章　梦游

不管你承认或者不承认，人在大多数的时候是没办法决定自己生或者死，这就是我们常说的"身不由己"。

卓乌第一时间想到了叫救护车，曹教授却抢过了卓乌的手机。

卓乌咆哮着说："你干吗？"

曹教授把手机还给卓乌，耸了耸肩说："就是在这个房间里，我们都看到了那张便笺。"

卓乌想起了老鼠男手里的"线索"：在无忧旅馆内发生的任何事都只能在旅馆内解决。

所以老鼠男的死不能报警，卉儿中毒也不能叫救护车。

老鼠男的尸体已经在告诫旅馆里的人，违反规则的后果是怎样的。

如同黑夜中划过的一颗流星，一瞬间仿佛有什么东西照亮了卓乌的大脑。

他问方耀："你能救她对不对？"

一个人的价值就在于在危急的时刻能否挺身而出。

方耀推了推眼镜，问："我为什么要救她……"

不等方耀这句话说完，卓乌发疯了一样抱起卉儿，在众人诧异的目光中，向方耀的房间狂奔。

方耀心照不宣地打开了房间让卓乌抱着卉儿进去，身后的房客怀着不同的目的也要跟着一起走进方耀的房间。

方耀却挡住了门口，对曹教授说："卉儿姑娘就交给我吧。教授，麻烦您带着大家把201号那家伙处理掉吧。不然的话他很快就会腐烂的。"

曹教授不自然地笑了笑，带着林先生和孟川去处理老鼠男的尸体。

梅姐看起来有些焦虑，她隔着方耀的身体，向房间里看了看。不知道她是在为卉儿担心，还是在心疼卓乌。

陆好酸溜溜地说："男人啊，总是对那些年轻又漂亮的女孩着迷。"似乎是有意在说给梅姐听。

梅姐又恢复了优雅的神色，对陆好微笑着说："无论是年轻漂亮的女孩，还是风韵犹存的女人，大部分的男人还是喜欢异性的。"

陆好一时语塞，狠狠地剜了梅姐一眼，不甘心地回到了自己的房间。

梅姐又看了一眼方耀的房间，她在心里暗暗祈祷，却不知道祈祷的是什么。

在房间里，方耀给卉儿做了很全面的检查。抽血、化验，所有流程都轻车熟路。

和卓乌紧张的表情相比，方耀的神情很轻松，不自觉地吹起了口哨。

卓乌的手心里全是汗水，卉儿躺在方耀放置尸体的铁架床上，仍旧昏迷不醒，看她的样子应该很痛苦，嘴唇发青，呼吸渐渐微弱。

看到方耀不紧不慢的样子，卓乌就急得不行，问："怎么样？她还有救吗？"

方耀把卉儿的血液放进了容器里，又加进了很多卓乌不了解的化学制剂，然后指着容器里的血液颜色，说："很烈性的毒药。"他看了看手表继续说："按正常情况，她还能活一到两个小时。"

　　对于这个结果，卓乌很难接受。这是一种很难用语言来形容的心情，不是悲伤，也不是心痛，更多的是一种兔死狐悲的沮丧。如果连对无忧旅馆了如指掌的卉儿也死了的话，卓乌不知道下一次该轮到谁，很有可能会是自己。

　　方耀看到卓乌失魂落魄的样子，就继续说："不过在旅馆里，任何事情都不能按照正常的思维模式思考问题。在这里没有能不能，只有想不想。"

　　卓乌隐约觉得方耀一定有办法救活卉儿。

　　方耀盯着卓乌的眼睛，很严肃地问："现在告诉我，你想她活还是想她死？"

　　卓乌被方耀看得心里直发毛，却没有躲避方耀凌厉的眼神，他说："废话，当然是希望她活过来。"

　　方耀点了点头，明白了卓乌的决心。他对卓乌说："把她放进那个冷柜里。"

　　卓乌本来燃起的希望差点被方耀这句话给浇灭了。他不甘心地问："你不是说能救她吗？为什么要把她放进冷柜里？再说她现在还活着呢，不要这样残忍好不好？"

　　方耀轻笑了一声，解释说："低温能控制住毒药在她身体里运行的速度。而且这个冷柜并不是仅仅存放尸体的，如果你愿意的话，躺在里面能让你进入类似冬眠的状态，到未来的某一天再用医学技术唤醒你的身体。"

　　卓乌惊愕不已，说道："这好像是科幻小说里的情节。"

　　方耀说："我们现在的科技，都是过去科幻小说里的情节。"

卓乌深以为然，不由得相信了方耀所说的一切。他将卉儿放进了冷柜里。方耀调整了温度。

在这个狭小的空间里，除了冷柜还有一些卓乌不知道的仪器。卓乌好奇地问："这些东西是什么？我怎么从来都没有在医院里见过？"

方耀意味深长地说："当然了，这些都是国际上最先进的科技成果，很多都没有向社会公开。"

卓乌问："没有公开？那你是在哪里买到的？"

方耀说："这是我向无忧旅馆许下的愿望。"

卓乌点了点头。对于这个答案，他应该早就想到的。

如果说老鼠男的死，是无忧旅馆对所有人的警告，那么卉儿的意外又该如何解释呢？

为了能让方耀安心配制出解药，卓乌离开了房间。

坐立不安的卓乌，在旅馆里走来走去。梅姐似乎受了惊吓，卓乌不想去打扰她的休息。他现在心里乱得很，可是又不知道该和谁倾诉。

转着转着，卓乌又回到了旅馆的前厅，他的视线落到那幅催命的油画上，画上依旧只有阿海和老鼠男两张脸，并没有出现卉儿的样子。

卓乌觉得有必要和孟川聊一聊，毕竟他或者另一个"他"是这幅画的作者。

卓乌敲开孟川的房门，孟川把他让了进去。

房间的窗帘难得地拉开了，孟川正坐在月光下读一本很小众的小说。

他给卓乌倒了一杯热水。老鼠男的死似乎并没有给孟川太大的心理负担。

卓乌说："你的精神状态还不错。"

孟川腼腆地笑了，说："人不能总在阴暗的环境里生活，也不能总压抑着自己的内心。"

卓乌注意到孟川说到"压抑"这个词的时候，流露出了淡淡的恨意。

卓乌说："今天我想和你聊聊那幅画的事儿。"

孟川站起身，打开了窗户。初秋的风已有些微凉，此时吹进房间里格外清爽。他看了看窗外，说："我也一直在找一个合适的机会和你说说，嗯，今天就很合适。"

卓乌觉得今天的孟川有点不一样，气场都变了，淡定的模样反倒让卓乌感到咄咄逼人。

孟川深吸了一口气，说："你发现了画的秘密对不对？"

卓乌点了点头，说："画上出现过的两个人都死了，其中有一个人……有一个人还是你亲手杀的。"

这样说不太客观，卓乌马上解释说："不不，是梦里的你。"

孟川微笑着说："都一样，梦和现实谁能分得那么清楚？再说梦里的我难道不是我吗？"

卓乌没想到他回答得这么坦然。

孟川说："从小我就喜欢画画。家里人虽然很支持我，但是经济条件有限，实在买不起画画用的颜料，现实不允许我做这样的梦。后来，我如愿考上了艺术系，就一边打工一边坚持画画。"

卓乌低头喝了口水，孟川讲着自己的事情，却没有一丝感情的波动，就像是在讲述别人的故事。

孟川继续说："教我油画的老师，在国内小有名气。最开始的那段时间，老师对我们悉心指导，我觉得自己好像见到了以前从来都没见过的天地。老板你知道吗？在我心里，老师对我来说就像是神一样值得敬畏。"

卓乌茫然地点了点头。

孟川很满意卓乌的态度，继续说："半年之后，老师无意中说起自己有一个工作室，如果有同学想提高自己的绘画水平可以去他的工作室里进行更系统的学习。那时候我打工赚来的钱除了要交学费，还要购买颜料和画笔，实在没有多余的钱去老师那里学习了。老师并没有说什么。后来在学校的课堂上，老师对我们的指导也不那么用心了，只是让我们自己画，画好了给他看。

"一次课上，我拿了刚刚画好的一幅画给他看，那是我最满意的一张作品。老师当着所有人的面奚落我说：'这幅画你是用脚画的吗?'我羞得面红耳赤，想辩解，可是一句话都说不出来。老师却不依不饶地说：'没有天赋就不要学别人想做艺术家，回家种地对你来说也算是不错的出路，你的手只配拿锄头。'当时的课我没上完就跑出了教室。我躲在寝室里哭了好久，那是我上学以来第一次流泪。后来我才知道，整个班只有我没有去他的工作室学画。

"接下来的日子里，我继续画画，我只想画出一幅让别人刮目相看的作品。我要让老师知道，梦想不可以被侮辱。我要让所有人都跟我道歉。

"那段时间寝室的一个同学在老师的推荐下，凭一幅油画在市里的展览上获了奖。当晚那个同学带着寝室里的人去喝酒庆祝，唯独没有叫上我。不用想我也知道自己被孤立的原因，可是我不在乎，他们不在也好，那样我就能安心画画了。

"可是画笔一直没办法在画布上落下，只要我一专心，我就会想起老师奚落我时，眼中的嘲笑和不屑。我心里忽然有一种恨不得杀了他的感觉，那种恨让我的手不由自主地颤抖。

"不知道过了多久，我在椅子上睡着了。等我醒来的时候已经是第二天，寝室的同学一夜都没回来。可画布上却已经画好了一幅画，那是一张人物肖像，是老师的脸。我吓了一跳，我不记得昨晚什么时候睡着了，也不记得画了这幅画。可这幅画却真真切切地出现在我眼前。画上的老师，眼神中透着不屑，似乎在画里还要嘲笑我一样。

　　"我以前从来不敢这样用颜料，可看这技法和用笔确实是我的风格。"

　　卓乌又想到了油画上阿海眼中的凶狠和老鼠男狡诈的模样，的确很传神。卓乌接口说："你一定把画拿给了老师。"

　　孟川说："不错，我迫不及待地找到了老师，对于这幅画，我想他应该无话可说了。从艺术的角度上看，这幅画已经超越了老师现在的水平。

　　"我永远忘不了老师第一次见到那幅画的时候，眼神里充满了惊讶的样子。我得意地看着他，希望得到他的点评，还有道歉。

　　"老师很快又恢复了他道貌岸然的样子，然后很生气地指责我的画是对现代艺术的挑衅，说我的作品完全是哗众取宠。

　　"我不服，辩解了两句，老师更加生气，还把我的画没收，告诫我以后不许再这样画画。开始我以为老师见到我的画已经超越了他而恼羞成怒，这从侧面肯定了我的画。没想到一个月之后，从学校传来了喜报，老师的一幅油画在国际画展上引起了不小的轰动，老师的身价倍增。直到我看到了老师的那幅参展作品，竟然是我的画。

　　"成名之后，老师带着那幅画反复在国内外参展，我再见到他竟然是半年以后。还没等我去找他，他反而先来找到我。我愤怒地指责他盗用我的画是很无耻的行为。可他却不在乎，他说，他也不怕我把这件事说出去，毕竟我只是一个艺术系的学生，人微言轻，没有人会相信我说的一切。

"我愤怒得恨不得揍他一顿，可这并不能解决问题，我想要回我的画。他却拒绝还给我，他说如果不是他的话，我的画永远都不会引起那样的轰动，也不会被那么多人看到。是他成就了我的作品。

"那一瞬间，我清楚地知道，这个人再也不是那个德高望重的老师，而是一个卑鄙无耻的小人。

"他竟然恬不知耻地对我说，让我和他合作，继续为他作画，他会付给我报酬。等到合适的机会，他会把我的作品推荐到国际知名的画展上。

"我把口水吐到了他的脸上，他毫不在意地擦了擦脸，对我说，如果不和他合作的话，那我这辈子也没办法毕业了，还让我好好考虑。

"我气得浑身发抖，甚至不知道是怎么回到寝室里的。刚走进寝室，三个室友就围住了我。我知道是老师要他们为难我。

"我说我不会妥协，就算砍掉我的手我也不会给老师做'枪手'。三个室友开始对我拳打脚踢。我以为我会就这样被他们打死，如果这样死的话我该多委屈？三个人打累了，对我放下了狠话，如果不答应老师的话，他们每天都会打我一次。"

听到这儿，卓乌的手也跟着一起颤抖，那种愤怒无形地感染了他的情绪。

孟川安抚了一下卓乌，在他的杯子里续上了水，继续说："我知道自己根本斗不过他们，想到了退学，也想到了自杀。在这样的胡思乱想中沉沉地睡去。

"我以为第二天还会被室友们毒打，但是没想到等来的却是老师死在了自己的画室里的消息。

"警察在画室里没有发现嫌疑人的指纹、脚印、毛发，总之一无所获。老师似乎被一个不存在的凶手杀掉了。

　　"少了幕后的主使，室友们对我的威胁算是解除了。

　　"不知道是谁发现了那幅画并不是老师的作品，而是他的学生，也就是我的。我才是那幅画的作者。媒体向社会公布，有一个匿名的号码给媒体发来短信，说那幅画的作者并不是老师，因为在画上作者已经留下了自己的名字。要在特殊的角度去看那幅画，才能在肖像的衣领上看到'孟川'两个字。这一下，整个艺术界再一次为之震动。

　　"我却意外地得到了老师费尽心机才得到的名声，而我也因此成了杀害老师的嫌疑人，在警方几次询问调查无果之后，只能将我无罪释放。那幅画也终于又回到了我的手上。

　　"数不清的艺术品经纪人联系到我，愿意出高价收藏我的作品。而恰巧我也并不想再留着那幅画了，对我来说，那已经是一幅'遗像'。我不知道是谁杀了老师，可我在心里感激那个凶手。

　　"拿到了一笔巨款，我打算退学。毕竟我已经名声在外，在哪里我都能安心作画了。室友们知道我要退学的事情，主动提出要请我吃饭，算是为之前的不愉快赔罪。

　　"我嘴上说已经忘记了那些事情，但我的心里还在恨着他们。

　　"在学校附近租了一间民居做画室，那时候我一门心思要闯出一片天地。可当我面对画布的时候，脑袋里却空空如也，一点灵感都没有。那一夜我喝了好多酒，希望能借助酒精让我再画出一幅惊艳世界的作品。没想到酒还没喝完我就睡着了。

　　"第二天出门的时候，发现学校里拉起了警戒线。我好奇地过去一看，是我的三个室友被杀死在了寝室里。

"那一刻我的心似乎是掉进了冰窟窿里,一股寒气从我的心里生出。我发疯了一样跑回我的画室,在画布上果然出现了三个室友的样子。他们的脸惟妙惟肖,透着他们心底的阴暗。最关键的是我完全不记得什么时候画出了这样一幅作品。

　　"我理所当然地又成了嫌疑最大的人。可这一次依旧没有任何证据能证明是我做了这一切。

　　"后来我最终想到了唯一一个可能性,也许是我睡着了之后,在梦游的状态下画出了那些画。画上出现了那些人的脸一定不是偶然的,既然我能在梦游中画出画来,那么也一定能在梦游的状态下杀掉那些人。"

　　卓乌显然是被孟川的故事吓倒了,他怎么也想不到原来画的秘密是这样的。

　　孟川说:"当时别提我有多害怕了。我烧掉了那张画,可是我却解决不了梦游的问题,我不觉得梦游的我还是我,杀了那么多人,就像是一个魔鬼在我的身体里。我想了几天,决定去报警。可是在派出所的门口,我收到了一条短信:你以为监狱能拦得住你吗?"

　　听到孟川提到了短信,卓乌的心里忽然一动。

　　孟川说:"我不知道是谁给我发了这条短信,也不确定这是不是一个恶作剧。我拨过去,是空号。就在这时,短信又来了:一味压抑,只会让你的情况恶化。

　　"我觉得这条短信说得有道理,如果在监狱里大开杀戒的话,那一定是一场灾难。我就回复短信说:你能帮我?

　　"很快,短信就回复:我不能帮你,但有一个地方可以。

　　"于是短信给了我旅馆的地址。"

　　卓乌再一次确定了旅馆里每一个房客都是收到短信的指示才来到这里的。

卓乌问："旅馆怎么帮你？你的梦游症没有好转的迹象。"

孟川说："我不知道我是怎么住进这里的，等我醒来之后就发现躺在了旅馆的床上。后来和卉儿聊天的时候才知道，我错过了在留言板上许下愿望的时间。"

卓乌忽然想起了那一晚孟川入住的样子，果然像是在梦游一样。他打了一个冷战，没想到那一晚他和"魔鬼"擦肩而过。

孟川说："当画上出现了房客的样子，我知道那个人一定会死。可卉儿不会死，她还没出现在画上，至少不会死在我的手里。"

卓乌一时语塞，他想了想问："'还没出现在画上'是什么意思？难道她以后会出现在画上吗？"

孟川无奈地苦笑着说："也许你们都会出现在画上，如果到了那个时候，你们自求多福吧。"

一句好心的提醒，在卓乌听来却像是露骨的威胁。

卓乌不自然地站起身，说："我要去看看卉儿怎么样了，不管怎么说我会为你保密的。"

孟川也站起身来送卓乌出去，说："老板，很高兴和你聊天，这些秘密憋在心里这么久终于可以和别人倾诉了。"

走出了门外，卓乌说："我也很高兴和你聊天，当然是和清醒时候的你！"

孟川关上门的时候，说了一句话，让卓乌呆若木鸡。

孟川说："你怎么知道现在的我就是清醒的孟川呢？"

第十四章　诀别

　　这个世界如果完全是黑暗的话，那么就无所谓光明与阴影。但是当阴影出现的时候，就一定有光明的存在。卓乌一直在阴影里摸爬滚打，现在他要寻找那道光。

　　他发现不知道什么时候，201号房间，也就是老鼠男曾住过的那间房的钥匙不见了。和阿海房间的钥匙一样，消失得莫名其妙。

　　卓乌正在考虑要不要换锁，方耀突然打电话到柜台，卉儿醒了！

　　从卉儿毒发到清醒也不过用了一天的时间，卓乌对方耀的医术佩服得五体投地。

　　那天刚好是周末。卉儿在房间里裹着毯子浑身发抖，惨白的脸色和青紫色的嘴唇让她看起来有些可怖。

　　卓乌对方耀小声说："她的毒解了吗？怎么这个样子？"

　　方耀推了推眼镜说："冻的。"

　　卓乌想到方耀的冷柜，忍不住打了个冷战。

　　卉儿的声音有些疲惫，她让卓乌把房客们都请到她的房间里，她有话要说。

　　很快，所有人都挤到卉儿的房间，立刻让这本来就不大的空间显得更加拥挤。

旅馆里很少会有房客这样齐全的时候，连平时见首不见尾的常三都来了，不知道是早就算到了今天的事情还是被卓乌强拉了来。

梅姐坐在卉儿身边，用手在揉搓卉儿冻得有些僵硬的手掌。

曹教授说："卉儿姑娘，你没事就好，我们都很担心你的身体。"

卉儿想挤出一点笑意，不知道是不是因为脸上的肌肉还有些僵硬，总之笑得并不是那么好看。

梅姐感激地说："多亏了方医生，如果不是他的话，卉儿妹妹也不会康复得这样快。"

"嘿嘿，临死之人都能救活，在下佩服，佩服！"常三忽然在一旁冷笑着对方耀说。

方耀冲着常三点了点头，并不在意常三的态度，也不在意他是否看得见。

孟川和陆好分别坐在角落里，各自在想心事。

林太太一直没有说话，怀里还抱着那个"婴儿"，完全不理会在场的众人，甚至对林先生也视而不见。

梅姐给卉儿倒了一杯热水，卉儿捧在手里，这才缓缓地说："有人要害我！"

曹教授急忙问："是谁?"但很快他就感觉自己的态度有些敏感，难免会让人觉得他是心虚。于是咳嗽了一声说："我也是为大家的安危担心。"

卉儿虚弱地看了一眼方耀，方耀心领神会地对大家说："卉儿是被人故意下毒的。"

林先生皱了皱眉说："知道是谁做的吗?"

陆好阴阳怪气地反问林先生："知道是谁做的你会怎么处置那个人?"

林先生看了看其他人，说："我听大家的。"

陆好冷哼了一声，不再理会林先生，继续看向方耀。

方耀说："现在还不知道是谁，但是下毒的人是在卉儿的午饭里动了手脚。"

卉儿虚弱地对卓乌点了点头。卓乌的心里一直隐约怀疑到了一个人，那个神秘的小偷。

方耀说："卉儿醒了之后，我送她回到房间里。她说自己中毒那天只吃过午饭，我在卉儿用过的餐盒里找到一些剩菜，经过化验发现里面确实被下了毒。"

曹教授点了点头，说："卉儿姑娘是不是得罪了什么人？要不然怎么会遭受这样的事情。"

卉儿指着曹教授说："如果有人想对我下毒的话，那一定就是你，你一定是划拳输给了我，怀恨在心。"

虽然知道卉儿是在故意开玩笑，但曹教授还是心虚地看了看左右的人，然后慌忙摆手说："呃……卉儿姑娘，这个时候可不敢开这样的玩笑。"

林先生接话道："会不会是旅馆方面做的，201号房间那位先生的死就是个最好的例子。"

陆好似乎一直有意针对林先生，他反驳道："那家伙是违反了旅馆规则才被惩罚的，卉儿做错什么了？"

林先生有些愠怒，看向陆好的眼神也不再那么友善。

方耀说："我有十足的把握，绝对不是无忧旅馆做的。"

梅姐有些担忧地问："方医生，您是怎么知道的？"

方耀笑了笑说："很简单，如果是旅馆下的手，那么我们绝对不会发现证据的。"

卓乌点了点头，无论是当初他许下愿望要光头哥去死，还是老鼠男的死亡，旅馆方面都做得干净利落，绝不拖泥带水。

孟川在一旁怯生生地说:"让……让常爷算一算不就都清楚了!"

方耀满意地点了点头,看来他也正有此意。

卓乌觉得孟川的样子和前一天那副淡定的神情相比似乎有什么不同,现在他又变成了那副唯唯诺诺的样子,尽管这才是卓乌熟悉的孟川。

曹教授一拍巴掌说:"对呀,有常先生在的话,那不就真相大白了嘛!"

卓乌走到常三面前,恭恭敬敬地说:"常爷,还得麻烦您一次,请您受累起一卦。"

常三微笑不语,又从袖子里拿出那个龟壳,依然是那三枚铜钱。

铜钱在龟壳里发出清脆的声音,每个人的神情都变得很紧张。连梅姐也难得地流露出了一丝忐忑。

常三摸了摸从龟壳里掉落的铜钱,沉吟良久。

曹教授忍不住问:"常先生,卦象上怎么说?"

常三轻轻收起铜钱和龟壳,对众人说:"下毒之人就在这个房间里。"

林先生有些不解地问:"常先生,您这不等于没说嘛。"

常三抬起头,戴着墨镜的盲眼看向林先生,饶有兴趣地问:"哦?你很希望我说出那个人是谁吗?"

林先生被常三问得有些心虚,结结巴巴地说:"我……我当然希望了,我不想让坏人在旅馆里搞破坏。"

常三干笑了几声,靠在椅背上一言不发。

卓乌想了想说:"既然这样的话,大家都说一说事发当时都在做什么吧。"

曹教授说:"当天我在上课,是接到卉儿姑娘的电话才回来的，她说旅馆出事了，201号的房客死在自己的房间里了。有三十几个学生可以证明。当然了，在我的课上睡觉的几个同学可以忽略不计。呵呵……"

在这样紧张的气氛里，没有人会觉得曹教授的笑话有多好笑。

方耀说："当时我刚做完一场手术，也是接到了卉儿的电话才回来的。医院里的记录也可以证明。"

卓乌看了看卉儿。卉儿点头说："是的，我刚吃过午饭，在下楼的时候发现201号房间的门是开着的，我好奇地走进去发现床上躺着那个男人的尸体。情急之下我想给你打电话，可你的电话打不通。这才叫了其他人回来。"

卓乌看向梅姐说："当时我和梅姐在看电影，可能是电影院里没有信号吧。我和梅姐可以互相证明。"

梅姐也点了点头。

陆好瞪着卓乌的眼睛似乎要喷出火来，他没好气地说："当时我在房间里睡觉，不像你们有人陪着，没人能替我证明，要怀疑就怀疑我好了。"

所有人都觉得陆好的火发得有点莫名其妙，尴尬得不知道该怎么回答。

曹教授咳嗽了一声，想转移话题就问林先生说："林先生，当时您在做什么？"

林先生想了想说："当时我和我太太在房间里午睡，我们两个都可以互相证明的。"

所有的人都愿意相信常三是无辜的，毕竟没有人怀疑一个瞎子会做出下毒的事情来。

就在大家以为事情陷入了一个僵局的时候，林太太忽然说："他撒谎！"

卓乌下意识地问："谁？"

林太太用手指了指林先生说："他撒谎！"

突然的指认让事情的发展急转直下，林先生慌乱的眼神似乎已经出卖了自己，他呵斥道："你在胡说什么？"

林太太一边拍着怀里的襁褓一边说："那天他根本没有午睡，只有我和孩子在房间里。"说着还用逗弄婴儿的口吻对怀里的襁褓说，"你说妈妈说得对不对呀？爸爸是不是没在房间里？"

卓乌看着林太太认真又带着些许童真的表情，如果不是知道真相的话，真的会以为在她的怀里确实抱着一个婴儿，而不是一个脏兮兮的布娃娃。卓乌觉得后背汗涔涔的。

曹教授用怀疑的语气问："林先生，这是怎么回事？"

林先生冷淡地说："你没有资格和我这样说话。"

方耀说："那么好，请你解释一下为什么要撒谎？"

林先生走到林太太身边蹲下说："晓柔，我们之间的事不要弄成这样好吗？你和大家解释一下，要不然我真的会被当成那个下毒的人。"

林太太好像没有听到林先生的哀求，自顾自地哼着歌，对林先生做了一个嘘声的手势："嘘……别吵到女儿，你自己做了什么你自己清楚。"

这句不清不楚的话，让所有人都再清楚不过了。

卉儿说："是你打电话叫我下来取午餐的，只有你接触过我的食物。"

林先生这下真的慌了，急忙解释说："不是的，是送外卖的在外面敲门，老板又没在，我只好取了外卖放在柜台上。我真的没有在里面下毒，你们要相信我。"

陆好冷冷地说："我们为什么要相信你？"

林先生一时语塞，只好看向林太太，可林太太丝毫没有袒护他的意思。他又将求助的眼神投向卓乌。

　　卓乌看他的眼神也是很冷淡，显然也认定了林先生是谋害卉儿的人。

　　林先生一步步向门口后退，口中还在辩解。

　　常三突然开口说："别让他逃了。"

　　陆好离门口最近，急忙用身体挡住了门口。

　　林先生凶相毕露，对陆好恶狠狠地说："滚开！"

　　本以为陆好会拦住林先生，可没想到被林先生狠狠一推，他就摔了出去。卓乌一直只是觉得陆好有点娘娘腔，原来他的身体也是这样柔弱。

　　孟川被突如其来的情况吓得有点不知所措，缩在角落里直发抖。

　　曹教授看到孟川的样子急得大骂："真没用！"说着一个箭步冲了上去，和林先生扭作一团。

　　可曹教授毕竟年事已高，被林先生一拳打在肚子上疼得蹲在地上直冒冷汗。卓乌正要去和林先生拼命。

　　本来已经逃到了楼梯口的林先生突然停住了脚步。不知道什么时候方耀已经在他的身后出现，而方耀手里正拿着一把手术刀架在了林先生的脖子上。

　　方耀的眼镜在奔跑的时候掉在了地上，这让他的眼神看起来更显得犀利。他冷冰冰地对林先生说："再动我就杀了你！"

　　让卓乌感到意外的是，方耀这家伙居然随身带着手术刀。

　　梅姐扶起了曹教授，孟川和陆好用柜台间里的绳子捆住了林先生。

　　被绑成了粽子一样的林先生又被带回了卉儿的房间里。

　　大家七嘴八舌地讨论该怎么处置林先生。

卓乌觉得这样有些不合适，就对林太太说："林太太，毕竟他是您爱人，您说该怎么处置他吧。"

林太太瞥了一眼倒在地上的林先生，对卓乌说："你们决定就好，总之我不想再见到他了。"

林太太抱着怀里的襁褓站起身来，从林先生的身体上迈了过去，头也不回地走出了卉儿的房间。

如果林太太歇斯底里地为林先生求情，或许大家会考虑放过林先生。可林太太的举动无疑把林先生推向了绝境。那一刻卓乌切身感到了一股阴冷，他想不通究竟是怎样的理由能让一个女人对朝夕相处的丈夫变得这样冷漠，做出如此决绝的决定。

几个人在讨论该如何处理林先生。

梅姐说："不如找一个空房间关着他吧。"

卓乌对这个提议不以为然，毕竟要拿出一个空房间就意味着这个房间不会租出去了。

陆好说："这样的人如果还留着的话对我们来说都是个威胁！"

孟川有些胆怯地问："你们不会是想杀了他吧？太残忍了！"

卓乌和卉儿一起看向孟川，这样的话从他嘴里说出来，连卓乌都觉得可笑。

卓乌说："我不赞成杀了他，毕竟是一条生命，不该这么草率地决定。"

梅姐点了点头，冲卓乌微笑了一下，卓乌在心里乐开了花。

陆好看到卓乌和梅姐眉来眼去的样子，眼眶竟然微微湿润，他气哼哼地说："不行，他差点杀了卉儿，就要得到惩罚。"

曹教授说："不如这样吧，我们来投票决定吧。"

林先生直愣愣地躺在地上，身上的绳子让他动弹不得，就这样静静地听着卓乌他们在决定他的生死。或许是妻子的决绝让他心如死灰，他的眼里一片悲怆。

卓乌率先举起手说："我不赞成杀了他！"

孟川小心地看了看其他人，然后举起了手，小声地说："我也不赞成杀人。"

梅姐也跟着举起了手说："我赞成小卓的决定。"

卓乌看了看其他人，没有人再举手了。

陆好瞪了一眼梅姐说："我赞成杀了他！"

曹教授说："我也赞成杀了他，我可不想每天吃饭的时候还要担心是不是有人给我下毒。"

卉儿也跟着举手，看向林先生的眼神无比阴冷。

陆好看了看其他人，没有人再举手，现在的情况是三比三。

方耀举起双手说："他死不死对我来说都没意义，所以我弃权。"

卓乌有些生气地说："你这个人怎么这样，一点立场都没有。"

方耀耸了耸肩。

卓乌只好看向了一直没再说话的常三，说："常爷，您说句公道话，林先生到底该不该死？"

常三笑吟吟地说："老板，其实他老婆从这个房间走出去的时候，他的心就已经死了，我们的决定不过是庸人自扰罢了。既然如此，我就再送他一程吧。"说着常三举起了手说："我赞成他死！"

卓乌无奈，虽然他觉得一个人的生死不该由其他人来决定，但林先生毕竟犯了错，这是他应得的惩罚。卓乌也只好同意了他们的决定。

其实卓乌没有注意到，在无忧旅馆住了这么久，见过了这么多波折，他那颗善良的心也一步步变得麻木。

　　谁来下手杀了林先生又成了问题，每个人都各怀心思地决定想由自己来动手。

　　最后陆好提议，由旅馆来动手吧。

　　直到几个小时以后，卓鸟才明白"旅馆动手"究竟是什么意思。

第十五章　放逐

林先生的手被紧紧绑在身体两侧，他坐在旅馆前厅的沙发上，安静得像个犯了错的孩子。

孟川觉得这样的场面不适合他，早早地回房间里睡觉了。

常三说他又看不到，他在这儿只会碍手碍脚。

林太太自从下午揭发了林先生，就再也没出过房间一步。

卉儿的身体刚刚恢复，方耀在房间里给她做最后一次检查。

前厅里只剩下卓乌、曹教授、陆好和梅姐。

梅姐意外地留了下来，卓乌以为她见不惯这样的事情。可她却依偎在卓乌身边。

闻着梅姐头发上淡淡的香味儿，卓乌觉得就算这样坐一夜他也不会累。

"哼，你的口水都要滴在人家身上了。"陆好在一旁酸溜溜地说，没好气地看了卓乌一眼。

卓乌急忙擦了擦口水，摆正了姿势。

时间一点一点在流逝，卓乌看着林先生的样子，心中唯一的感觉是可怜。有一件事儿卓乌必须弄清楚，他走到林先生面前问："你为什么要害卉儿？"

林先生苦笑了一声，又陷入了沉默中。

曹教授在一旁说："也许他想把我们都杀掉，杀了卉儿只是因为杀她最容易。"

梅姐在一旁皱着眉说:"如果他不是这样丧心病狂的话,他的爱人也不会大义灭亲。"

提到了林太太,林先生的情绪有些波动。卓乌再去看他的时候,两行泪水已经挂在了他的脸上。

这时候方耀扶着卉儿走了下来。见到卓乌后,卉儿冲他调皮地眨了眨眼睛。

卓乌的心里一阵莫名地感动,他在心里把卉儿当作了朋友,更看作是妹妹。他希望身边每一个朋友都能平平安安。

卉儿坐在了梅姐的身边,像个小孩子一样抱着梅姐的手臂,靠在了她的肩膀上。

方耀站在一边发呆,那种若有所思的表情很少在他的脸上见到,突然他抬起手,摸了摸自己的脖子。

卓乌连叫了他两声,方耀这才回过神来,坐到了曹教授旁边的沙发上。

还有十几分钟就到午夜十二点了。过了那个时间,就是第二天。

陆好看了看手表,说:"时间到了,该做事了。"

曹教授看了看其他人,问:"谁来?"

卓乌连他们要做什么都不知道,问道:"来什么?"

曹教授说:"当然是把这家伙扔到外面去,过了十二点他没有回到旅馆里的话就违反了无忧旅馆的规则,旅馆自然会惩罚他。"

卓乌恍然大悟,原来让"旅馆动手"是这个意思。卓乌和梅姐摆了摆手,示意自己做不来。

方耀在发呆,连曹教授的问话都浑然不觉。这一晚最奇怪的不是心如死灰的林先生,而是方耀。

曹教授问卉儿："卉儿姑娘，你要不要亲自报仇？"

卉儿白了曹教授一眼说："人家现在是个病人，有点人道主义精神好不好？"说着捋了捋耳边的头发。

曹教授又看向了陆好。

卓乌注意到方耀又抬起手，很随意地摸了摸自己的脖子。

卓乌问："方医生，你的脖子怎么了？"

方耀一怔，问："我脖子怎么了？"

卓乌说："你刚才已经是第二次摸你的脖子了，没事吧？"

方耀问："我摸了吗？哦……可能是被蚊子咬到了吧。"

已经是深秋了，哪还有蚊子？卓乌看到方耀的眉头皱得更深了。

曹教授把绳子交到陆好的手里，陆好意外地没有拒绝。

林先生就像一只听话的小狗，跟在陆好的后面，好像根本不知道自己走的已经是一条死路。

外面的气温已经降到了冰点，陆好裹紧了外衣。林先生却并不在意这冻死人的温度。

在无忧旅馆门前不远的地方，陆好把捆得结结实实的林先生绑在了一棵大树上。

整个过程林先生都面无表情，只是在望向旅馆门口的时候叹了一口气，林太太终究还是没有出现。

卓乌有些隐隐地担忧，他怕有一天这些他一直用心维护的房客也会像对待林先生一样，把他也推出旅馆之外。

卓乌推开门对陆好喊道："快回来吧，就剩五分钟了。"

陆好回过头对卓乌感激地笑了笑。

陆好在转身回去之前，趴在林先生的耳边不知道说了什么。林先生的眼睛瞬间睁得像要裂开一样，整张脸因为激动而青筋暴起，嘴里呜呜地在咆哮着。

陆好对林先生甜甜地一笑，然后缓步走回了旅馆。

林先生却像是发疯了一样，在挣脱绳子。

卓乌不知道发生了什么，只觉得林先生现在的样子实在很吓人，他担心绳子根本捆不住他，如果他跑回了旅馆里，那么至少会是一场很难预料的生死决斗。

果然，让卓乌担心的事情还是发生了。林先生真的挣脱了绳子，虽然上半身还被紧紧地绑着，但是双脚却毫无束缚，他拼命地向旅馆狂奔，凶恶的眼神像是要吃掉旅馆里所有的人一样。

曹教授对陆好破口大骂："你他妈是怎么绑的？"

这突如其来的状况显然也超出了陆好的预料，他委屈地说："人家力气小嘛。"

卓乌条件反射一样反锁上了旅馆的门。

可玻璃门在林先生暴怒之下，似乎摇摇欲坠。

卉儿吓得和梅姐抱作一团，连方耀也变得有些微微紧张，卓乌不知道这一次方耀能不能再一次轻而易举地制伏林先生。

就在所有人几乎都做好了搏斗的准备的时候，林先生也跑到了旅馆门口。双方只隔着一道玻璃门。

卓乌看到林先生的头发像杂草一样散乱，双眼布满了猩红的血丝，额头上的青筋凸显出他的狰狞，嘴里似乎在说着什么。但由于他的状态已经十分癫狂，卓乌一个字也听不清。

林先生的双手被绑在了身体两侧，只能用身体去撞玻璃门。

砰的一声闷响，玻璃门纹丝未动，林先生却因为力的作用反而被撞倒在地。

看到玻璃门如此结实，旅馆内的人都放心了不少。卓乌隐约猜到了门上的玻璃也许是防弹玻璃。

可究竟是什么样的地方才会用防弹玻璃做大门呢？

林先生已经在外面咆哮不止，他反复地撞门，却依然徒劳无功。

曹教授发现了什么，对陆好说："小陆啊，他好像是在看你呀！"

卓乌也发现了，林先生像是要滴血一样的眼神一直在陆好的身上聚焦。

梅姐问道："陆先生，您刚才和他说什么了？"

卓乌想起了，正是刚才陆好在林先生的耳边说了什么，这才让林先生突然发疯的。

陆好一脸无辜地说："我也没说什么，我就是告诉他，他再也看不到他女儿十八岁的生日了。"

梅姐叹了口气，说："一个父亲再也看不到女儿成年，确实是挺让人遗憾的。"

卓乌和方耀对视了一眼，他们清楚林先生的女儿其实并不是真正的婴儿，而是一个可怕的布娃娃。只是此刻林先生的样子比布娃娃还要吓人。

曹教授对陆好说："这家伙似乎只对你一个人感兴趣，要不你出去和他聊聊，他这个样子大家今晚都别安心睡觉了。"

陆好气哼哼地跺了跺脚，对曹教授翻了个白眼。

林先生似乎知道自己根本无法撞开这道门，突然跪在地上号啕大哭，旅馆内的人不知道他究竟是怎么了，可卓乌觉得，一个男人的泪水总是能让人悸动的。

梅姐提醒大家，时间已经过了十二点。现在已经是第二天了。

林先生忽然也意识到时间不多了，他开始拼命地用头撞玻璃门，额头敲击玻璃的声音更清晰也更清脆了，每一次敲击都让旅馆内的人由衷地感到惶恐。

林先生看向陆好的眼神也渐渐冰冷，那是来自心底的绝望，像谩骂更像诅咒。

　　卓乌偷偷看了一眼陆好，陆好的眼睛并没有躲避林先生的眼神，而是势均力敌地对视。那一刻卓乌才知道，这个娘娘腔的男人也一定背负了太多的秘密。

　　"有人来了！"方耀突然说。

　　果然，在黑暗中走来了两个穿着黑色西服的人。黑衣人的样子十分普通，保证你见过一次之后绝对不会留下任何印象，可就是这样普通的人，让旅馆内所有人都惊讶不已。

　　两个黑衣人抓住林先生的肩膀，要带着他离开这里。

　　走出了两步，林先生竟然挣脱了黑衣人的双手。又回到旅馆的玻璃门前，用头拼命地敲着。

　　鲜血顺着门上的玻璃流了下来，蜿蜒的痕迹就像一条丑陋的虫子。

　　黑衣人的脸上看不到怒气，但是这一次再抓住林先生的肩膀的时候，明显感觉更用力了。

　　癫狂状态下的林先生，力气也比平时大了很多。他并不想就这样被黑衣人带走，突然其中一个黑衣人一拳打在了林先生的脸上，林先生立刻就像是喝醉酒一样晕了过去。

　　卓乌看得直咧嘴，这一拳看样子可比阿海的拳头有力多了。

　　两个黑衣人一人拽住林先生的一只脚，把他拖入了黑暗中。

　　"他们是谁？"梅姐拉着卓乌的衣袖问。

　　卓乌摇了摇头，他也想知道这个问题的答案。

　　和老鼠男曾经的对话突然在卓乌的脑海里浮现。老鼠男曾提到过"旅馆的主人"，卓乌当时天真地以为旅馆的主人就是自己。现在看来，这个想法实在太自以为是了。

　　或许刚才的黑衣人就是旅馆的主人，或许是旅馆主人的手下。

不过可以确定的是，老鼠男一定也是这些黑衣人杀害并送回旅馆的。

这一天的闹剧似乎终于可以结束了。

曹教授伸了个懒腰，说："真的是老喽，身体不如以前了，我得赶紧回去睡觉，明天还要上课呢！"

陆好似乎有心事，连招呼都没打就回了房间。

卉儿抱着梅姐的胳膊说："梅姐姐，我还不困，我去你房里聊聊天吧。"

梅姐笑着点了点头，然后有意无意地看了卓乌一眼。

卉儿心领神会，她捋了捋耳边的头发对卓乌说："老板，把梅姐姐借给我一晚好不好？"

卓乌顿时羞红了脸，急忙说："你在胡说什么！"

卉儿哈哈大笑，挽着梅姐向她的房间走去。

方耀突然又摸了摸自己的脖子。

卓乌觉得好像哪里不对头，问他："方医生，你今天怎么了？为什么一直在摸自己的脖子？"

方耀皱着眉问："我刚才摸自己的脖子了？"

卓乌摸了摸方耀的额头，说："就在几秒钟之前，你不会不记得了吧？是不是身体不舒服？"

方耀一把推开了卓乌的手，看着他的眼睛，像是在确定卓乌是不是在撒谎。

许久，方耀压低声音对卓乌说："我自己身体的问题我会弄清楚，这件事儿你不要对别人说。"

尽管卓乌有些不明所以，但出于对方耀的信任，他还是点了点头。

旅馆的前厅突然变得好安静，卓乌躺在柜台间里的床上，翻来覆去地想着今天发生的事情。渐渐地，他眼皮越来越沉，梦里反复出现林先生狰狞的脸，黑衣人那重重的一拳，以及不断在重复着摸自己脖子的方耀……

　　在卓乌的辗转反侧中，天终于亮了。

　　早上，卓乌打开了旅馆的门，外面已经飘起了雪花。他走在外面，积雪咯吱咯吱作响。

　　门前的路上隐约还能看到被积雪覆盖着的一条拖拽的痕迹。这似乎是在提醒卓乌，昨晚发生的一切都是那样真实。只是林先生再也不会出现了。

　　卓乌叹了口气，走回了旅馆，今年的冬天来得格外早。

第十六章　年夜

　　相安无事了几个月，卓乌也难得地清闲了下来。旅馆没有再出过意外，再过几天就是除夕了，卓乌要在年三十儿这一天，为房客们准备一顿年夜饭。

　　卓乌和每个房客都打了招呼，其实就算卓乌不提醒他们，他们除了旅馆也无处可去。

　　曹教授一大早拎着洗漱用品准备出门，卓乌知道他又要去学校里的浴室洗澡了。

　　卓乌发现自从曹教授住进旅馆的那天起，他似乎隔一天就会去学校里的浴室洗澡。卓乌也问过他，为什么不在房间里的浴室洗澡？

　　曹教授总是说学校里的浴室有一种文化氛围，不仅能沐浴身体，更能沐浴心境。

　　卓乌当然不会相信这牵强的解释，但是少一个人在旅馆洗澡的话，他也乐得节省一笔水费。

　　渐渐地，卓乌发现了一件更奇怪的事情。那天凌晨时分，熟睡中的卓乌被火警的警铃声惊醒，他看到了旅馆里飘起了淡淡的烟。

　　他一个激灵坐了起来，失火了！

　　卓乌疯狂地敲开了每一个房客的门，大家都睡眼惺忪地集中在了旅馆的前厅里。

最后卓乌发现原来是卉儿在房间里用老式的电火炉在吃宵夜，汤水不小心淋到了电线上，造成了电线短路，这才引起了虚惊一场的火灾。

房客们见没火情，又纷纷回到各自的房间里。

卓乌看到每个人，包括方耀和常三都穿着睡衣。而曹教授却穿着一件考究的西装走在最后面。

"曹教授！"卓乌叫住了曹教授。

曹教授问："老板，找我有事儿？"

卓乌问："教授，这么晚了，您准备出去？"

曹教授一怔，有些不高兴地说："我为什么要出去？这个时间走出旅馆的话，那不是找死吗？"

卓乌也意识到自己的失言，忙向曹教授道歉。

曹教授打了一个哈欠，冲卓乌摆了摆手，转身上了楼梯。

卓乌觉得曹教授的行为实在太过反常，一个人睡觉的时候一定会选择最舒服的方式。穿着正式又严肃的衣服睡觉，从哪个角度看都不是一件很舒服的事情。

那么只有一种解释，曹教授是在躲避什么，他用这样的方式包裹住自己，即使在最私密的时候，曹教授的自我保护也是密不透风的。

卓乌想到了一个让他深以为然的可能，曹教授反常的举动会不会和其掌握的"线索"有关？

曹教授有足够的理由去担心某一件事，以至于不得不彻夜用一种特别的方式来保护自己，掩饰自己最私密的时刻。

可具体令曹教授感到担忧的东西究竟是什么，这就不是卓乌能揣测的了。

再回到床上的时候，旅馆外的天边已经微微发亮。卓乌抓紧最后的时间，想睡一个安稳觉。可过了几分钟，他又爬了起来，在衣柜里找到了一件更保守也更厚重的睡衣穿上。虽然不怎么舒服，但是心里却有一种莫名的踏实感。

旅馆里似乎到处都是秘密，但是房客们的古怪倒是显而易见的。卓乌早就见怪不怪了。

农历的大年三十儿，卓乌一大早就买回了春联和鞭炮。林太太这一天一反常态地走出了房间，帮着卓乌布置起旅馆来。他们把旅馆布置得喜气洋洋。

林太太要帮着卓乌为大家准备一顿丰盛的年夜饭，看着林太太走向厨房的背影，那温和的样子差一点让卓乌忘记她是一个精神有问题的病人。

常三一大早就出门了，不知道在这一天里还有什么人会来找他算命。

卉儿和梅姐出门买回来包饺子用的材料，两个人一边说笑一边包着饺子，看起来就像是一对亲姐妹，看到她们这样和睦，卓乌也觉得十分欣慰。

孟川还窝在房间里，最近他梦游的次数明显减少了。

曹教授看到卉儿和梅姐在包饺子，自告奋勇要帮忙。

方耀今天休息，看到每个人都在忙碌着，自己只好拉着卓乌去旅馆门外贴春联。

卓乌站在椅子上，方耀在下面指挥。

卓乌还在调整春联的位置，忽然听到方耀在他的身后小声说："老板你不要回头，你要记住我下面的话。"

卓乌下意识地想回头，可是听到了方耀的嘱咐，硬生生地把准备转动的脖子停住了。他发现方耀站在自己的身后，而自己的位置刚刚挡住了旅馆里正在包饺子的三个人的视线。

方耀继续说："老板，我能信任你吗？"

卓乌微微皱了一下眉，这算什么问题？就算自己不值得方耀信任，卓乌也不会说出来。

还不等卓乌点头，方耀轻笑了一声又说："其实在这个旅馆里我最相信的人就是你。不过现在我好像没有那么多的时间了。"

卓乌小声说："没有时间是什么意思？"他的脸还面对着玻璃门，声音却是在对身后的方耀说。

旅馆内的曹教授突然抬头看了一眼卓乌，卓乌吓了一跳，立刻又装模作样地调整春联的位置。卉儿嘲笑曹教授包的饺子实在太难看了，曹教授尴尬地笑了两声，继续低头包饺子。可他时不时地斜着眼睛看向卓乌。

卓乌的心一紧，也不知道自己欲盖弥彰的表演是不是骗过了曹教授。

方耀对刚才的一幕浑然不知，他说："这段时间我觉得我的身体似乎出了一点问题。"

卓乌小声问："你病了？"

方耀说："比病了还严重。"

卓乌还要问下去，方耀制止他："你别说话，认真听我说。"

卓乌轻轻点头。

方耀叹了口气说："如果我出了意外，在我衣柜里从右边起第三件西服的左边口袋里，有一个日记本，那上面的信息或许对你有用。"

方耀丢下这句话就回到了旅馆里。

卓乌一个人傻傻地站在外面，方耀的话让他有太多的问题要问，可是现在他的心里更多的是感动。尽管他不知道究竟发生了什么会让一直从容淡定的方耀觉得自己命不久矣，但是在生命的最后一刻，方耀选择信任他，卓乌在心里想，这大概算得上友谊了吧。

无忧旅馆方圆一公里的范围内基本没有什么建筑，荒凉得萧索。城市里的鞭炮声音传到这里几乎细不可闻。但夜晚华灯初上，卓乌在旅馆门口挂了两个红灯笼，显得年味儿十足。

常三回到旅馆的时候，正巧赶上林太太从厨房里端出最后一道菜，不知道是不是他早就算好了时间。

无忧旅馆里所有的房客都到齐了，卓乌在前厅支起了一张圆桌，大家围在一起享用这一顿丰盛又特殊的年夜饭。

卓乌在每个人面前的杯子里都倒了一杯酒，说了一些不咸不淡的场面话，然后提议大家敬林太太一杯，这顿饭大部分都是出自林太太的手艺。

林太太也不扭捏，将杯里的酒一饮而尽。她面色微红，显然是不胜酒力，她腼腆地说："大家快动筷子吧，也不知道我的手艺合不合大家的胃口。"

所有人都恭维着说了些什么，可就是没有人去夹菜。虽然每个人都怀着不同的心思出现在无忧旅馆里，但是同样的戒备始终不曾放下。

尤其是卓乌，他见识过林太太发病时的样子，吃这样一个人做的菜他还是有些忐忑的。

彼此之间陷入了一种诡异的沉默中。

林太太微笑着夹了一块肉到嘴里，对大家说："大家快吃吧，别客气。"

看到林太太吃了第一口，就像是定格的视频按下了播放键。气氛总算是缓和了过来，不得不说林太太的手艺真的超赞，连常三也忍不住多吃了几口。或许是被除夕之夜那种祥和的气氛所麻痹，没有人注意到平时林太太一直形影不离的那个"婴儿"此刻并不在林太太的怀里。

酒过三巡，曹教授讲了几个荤段子，把这顿年夜饭的气氛推向了高潮。

卓乌笑吟吟地看着大家。上一次大家围在一起吃饭的时候好像就在不久之前，可是这一次却少了林先生，这让卓乌多少有些感慨。

林太太在一旁微笑着看大家，卉儿和梅姐在一旁说着悄悄话。陆好似乎有心事，一个人坐在那里自斟自饮。曹教授在对孟川劝酒，孟川只好向方耀求助，方耀不推辞，帮孟川把酒喝了。

就在这时，方耀的手很随意地摸了一下自己的脖子。

这样一个细小的动作，没有人会去在意，可卓乌的心却猛然抖动了一下。方耀又做出了这个莫名其妙的动作，卓乌不知道这意味什么，但肯定和方耀口中那个"比病了还严重"的情况有关。

卓乌正要提醒方耀，只见林太太站起来说："厨房里煮了饺子，年夜饭少了饺子怎么能算过年呢？"

很快，林太太从厨房里端出了一大盘热气腾腾的饺子。

卉儿夹起了一个形状怪怪的饺子放到了曹教授的碗里说："老头儿，这饺子一看就是你包的，你负责解决它！"

曹教授白了一眼卉儿，吃掉了碗里的饺子。

梅姐贴心地给常三的碗里夹了几个饺子，说："常先生，小心烫。"

常三微笑着对梅姐点了点头。

梅姐又给卓乌夹了饺子，看向卓乌的眼神也充满了爱意。

陆好气哼哼地把双手交叉放在胸前。梅姐看到他这个样子，尴尬地说："陆先生，您也尝尝饺子吧。"

陆好冷冰冰地说："不吃！"

气氛忽然又变得十分微妙，孟川和方耀不去理会他们之间的纠葛，自顾自地低头吃饺子。

梅姐看了看卉儿，为难地说："怎么了？我们包的饺子不好吃吗？"

卉儿吃得腮帮子都鼓了起来，嘴里含糊不清地说着什么，看她的吃相就知道，饺子的味道没得说。

陆好一指卓乌的碗说："我要吃他碗里的饺子！"

卓乌像个孩子一样，捂着碗说："我不，这是梅姐给我的！"

陆好咬着嘴唇狠狠地瞪了一眼卓乌，眼眶已经微微湿润了。

梅姐急忙把卓乌碗里的饺子递给了陆好，陆好这才心满意足地吃了起来，还挑衅一般地对卓乌扬了扬下巴。

卓乌气得不行，说："我真是欠你的！"

方耀突然开口问林太太："林太太，您怎么不吃饺子？"

林太太的脸色一直挂着浅浅的微笑，对方耀的话置若罔闻，她看着大家却一言不发。

卓乌的心咯噔一下，难道林太太在这个时候犯病了？

方耀突然伸出手，眼睛死死地盯着自己的手掌。

卓乌担心地问："方医生，您怎么了？"

这是卓乌第一次在方耀的眼神里捕捉到了一丝惊慌。方耀扫视了所有人一圈之后，眼神又落到了自己的手掌上，他像自言自语一样说："麻了……"

卓乌正要问麻了是什么意思，只觉得一股麻酥酥的感觉从脚底开始，一直蔓延到了全身。

他要站起来，但脚下一瞬间没有了知觉，瘫软地摔倒在地上。

就像是多米诺骨牌一样，圆桌上所有人接二连三地倒在了地上，连常三都没能幸免。

卓乌觉得自己的舌头都隐约发麻了，他问方耀："方医生，这是怎么回事？"

方耀说了一个很学术的名词，卓乌根本没记住，方耀告诉他那是一种能够麻痹肌肉的神经毒素。

曹教授在地上很痛苦地说："那个我知道，很多国家都用它来拷问特殊的犯人。但是经过训练的特工能够用意志抵抗这种毒素。"

说了也白说，至少在旅馆内没有人能有特工的体质。

卉儿冷冰冰地问："为什么林太太没事？"

大家看向林太太，她依然稳稳坐在椅子上，笑眯眯地看着地上的房客们。

梅姐说："饺子，是饺子。林太太没吃过饺子！"

卓乌对曹教授说："教授，这饺子您是怎么包的？毒药馅的？"

曹教授气得嘴唇直哆嗦，好半天才说："又不是我一个人包的，梅小姐和卉儿丫头也包了，你怎么不问问她们？"

常三倒在地上不说话也不动，不知道他是不是晕过去了。

梅姐说："小卓，不是曹教授，是林太太在饺子上做了手脚。"

方耀艰难地指着地上掉落的一个饺子说："你们看，上面有针孔，饺子是煮熟后被注射进毒药的。"

卓乌对林太太说："你为什么要这么做？"

林太太的眼神忽然变得凌厉起来，说："我为什么要这么做？凭什么你们可以快快乐乐地过年，而我的女儿就要受那样的苦！"

曹教授缓缓地说："您女儿受苦和我们有什么关系？您为什

么要害我们？”

林太太就像是完全没听到曹教授的质问一样，依旧自顾自
地说：“我女儿如果活到现在，也许也能和你们一样，工作、
恋爱。可是现在什么都没有了。”说着她捂着自己的脸号啕
大哭。

卓乌觉得这样的说辞有点耳熟，和那一晚在林太太的房间
里她说的一样。

卓乌语重心长地说：“林太太，我们和您女儿并不认识，您
女儿发生了什么都和我们无关，希望您能清醒一下。”

林太太说：“哼，无关？怪就只怪你出现在无忧旅馆里，明
明我已经许下了愿望，为什么无忧旅馆还没有实现我的愿望？
欺骗我的人都要死，旅馆骗了我，我就要毁掉它！”

常三在一旁嘿嘿地笑了：“自作孽不可活啊。”

曹教授像是抓到了一根救命稻草，忙问：“常先生，您有办
法救我们对不对？”

常三不说话，一丝冷笑让他满是沟壑的脸看起来有些阴鸷。

林太太从房间里拎出了一桶汽油，她看着躺在地上的众人，
有一种睥睨众生的感觉，这是十年来她第一次由衷地感到开心。

看到那桶汽油后卓乌大惊失色，骂道：“你这疯婆子，你要
烧了我的旅馆？”

林太太狞笑说：“旅馆？不光是旅馆，你们这些人都要给这
间出尔反尔的旅馆陪葬！”

梅姐问：“你在留言板上许下什么愿望了？”

林太太拎着汽油桶，抬起头看着旅馆的四周，就像是在寻
找一双不知道在哪儿的眼睛。她歇斯底里地喊道：“我再给你
最后一次机会，把那个小贱人送到我面前，否则我就烧掉这间
旅馆，和它同归于尽！还要这些人一起陪葬！”

回应她的当然是无声的沉默。

似乎是对这样的结果早就心知肚明，却依然天真地存有一丝希望。林太太痛哭了一阵儿，然后拧开汽油桶的盖子，将汽油淋在离她最近的孟川身上。

中毒之后的孟川一直没有像大家一样保持清醒而是昏睡了过去。

卓乌急得大喊："小孟，小孟！快醒醒！"

曹教授叹了口气说："都到这时候了，这家伙居然还有心情睡觉。"

汽油淋到梅姐身上的时候，卓乌心疼得要死，可浑身上下一点力气都没有。

梅姐对卓乌轻轻摇了摇头，说："林太太，您有什么要求可以和我们说，旅馆满足不了您的愿望，也许我们能做到也说不定。您说对不对？"

林太太想了想，恶狠狠地说："除非你们能找到那个小贱人交给我。"

卓乌说："好，我答应你，我保证找到你要找的人！"

林太太摇了摇头，神经兮兮地又哭又笑，然后继续向房客的身上淋汽油说："我和我爱人耗尽了家财也找不到那个死丫头，你们又凭什么？"

本来卓乌只是想先稳住林太太，可是没想到精神已经崩溃的林太太却并不上当。这一次卓乌觉得自己的生命有可能会结束。

卉儿突然问了一个问题："林阿姨，林叔叔不是对我下毒的人，对不对？"

只见林太太身体一抖，手中的汽油桶也掉在了地上。

她哭着说："不错，那天他确实和我在房间里。他和你这个臭丫头无冤无仇怎么会对你下毒。"

卓乌一时间难以接受这个事实，他竟然和其他房客合谋害死了一个无辜的人。尽管这只是他的妻子借刀杀人的把戏，但是卓乌还是很难过得了良心那一关。

林太太瘫坐在地上喃喃地说："他不该阻拦我的，如果他同意我的计划，我也不会等到现在才对旅馆展开报复。我等不及了，我真的等不及了。"

梅姐苦口婆心地劝慰说："林太太，您不要一错再错了，现在停手的话，我想大家都会原谅你的。"

林太太喃喃地说："现在停手你们就会原谅我？"

曹教授忙说："对对，我们会原谅你，我们就当今晚的事没发生过。"

林太太大声咆哮说："那我的女儿会原谅我吗？我先生不同意我为女儿报仇，那我就连他也除掉，为了我的女儿，我什么都做得出来！"

她再一次站了起来，披头散发的样子就像是从地狱出来索命的恶鬼。

汽油桶还剩下最后一点汽油，林太太全部浇到了自己的身上。

卓乌知道这个女人真的疯了。

方耀突然开口问："你要找的人究竟是谁？"

林太太表情忽然变得有些呆滞，说："我要找我的女儿！"

卉儿诧异地问： "你女儿？那个婴儿？她不是在房间里吗？"

卓乌小声说： "那根本不是什么婴儿，那其实是一个布娃娃。"

卓乌顾不得向卉儿再解释什么，忙对林太太说："你的女儿不是已经死了吗？你要我们怎么找到一个死掉的人？”

林太太歇斯底里地哭喊：“是我另一个女儿，就是那个小贱人害死了我的亲生女儿！我要亲手杀了她！”

不管卓乌怎样哀求、劝告，林太太都置若罔闻，她把所有的怒火都迁怒于无忧旅馆，那是她最后的希望了。她已经沉浸在那个一心只为复仇的世界里。

林太太忽略了一点，点燃汽油需要火源。她简单回忆了一下，只有曹教授是吸烟的。

此刻的曹教授仿佛是砧板上的肉，只能任由林太太宰割。林太太在他的口袋里找出了一个打火机。

一点微弱的火光仿佛照亮了一条通往地狱的路。

第十七章　解围

火光在林太太的狞笑中摇曳着。卓乌已经开始想象自己葬身火海时的样子，到那时这座神秘的无忧旅馆也会变成炼狱吧？

曹教授忽然说："薇薇！"

林太太手里的打火机应声而灭，她犹疑地问道："你说什么？"

曹教授吞了一口唾沫，趁自己的舌尖还没有完全麻痹急忙说："你的女儿叫薇薇对不对？"

卓乌觉得"薇薇"这两个字无比熟悉。

林太太瞪大了双眼，走到曹教授面前揪着他的衣领大声问道："你怎么知道那个小贱人的名字？你知道她在哪儿对不对？"

曹教授说："我不知道薇薇在哪儿，但是我知道薇薇的男朋友在哪儿！"

终于得到了一丝线索的林太太，激动得手都开始发抖了，难以置信地问："在……在哪儿？"

曹教授用手指了指卓乌。

卓乌惊讶地看着他们，嘴里有些含糊不清地说："你可别乱说，我现在还是单身呢！"

曹教授急切地说："哎呀，老板你现在就别隐瞒了，你曾经是不是有一个女朋友叫薇薇?"

卓乌一下就想起了当初上学的时候,那个他暗恋的女同学,她就叫薇薇。那一封还没来得及送出的情书此刻就安安静静地放在卓乌的钱包里。

卓乌支支吾吾地说:"我……我是有一个同学叫薇薇,但是我还没来得及和她表白呢!"他又看向林太太,难以置信地问:"你是薇薇的……养母?"

林太太的眼神变了又变,好久才咬牙切齿地说:"你果然认识那个小贱人!"

薇薇是被领养的,卓乌也是和薇薇在一次闲聊的时候偶然得知的,不过薇薇似乎并不想谈论自己的身世,也不想谈论领养自己的家庭。

卉儿说:"老板,现在都这样了,你就别较真了,你快告诉林阿姨薇薇到底在哪儿?"

卓乌像看神经病一样看了一眼卉儿,说:"我们都十年没联系了,我怎么知道她在哪儿?"

林太太疯狂地撕扯卓乌的头发,猩红的双眼瞪着卓乌说:"你快告诉我她在哪里,要不然我第一个杀了你!"

好在毒药已经麻痹了卓乌的身体,疼痛对他来说并不是那么敏感了。

一直没有出声的陆好突然恶狠狠地对林太太说:"你放开他!要不然我不会放过你!"

林太太看了一眼陆好,狞笑着说:"你别急,等我杀了他之后,下一个就杀你。不知道为什么,我第一次看到你的时候就觉得你很讨厌。"

梅姐虚弱地说:"林太太,我有一个建议。"

林太太看了一眼梅姐,嘴里哼了一声。

梅姐继续说："如果你只是想找人的话，为什么不求助一下常先生呢？常先生天赋异禀，我们都是亲眼所见的。"

这句话像是惊醒了梦中人，林太太暗自懊恼，居然忘记了还有一个料事如神的算命瞎子。

林太太走到常三面前，尽量用一种温和的语气说："常先生，不知道你愿不愿意帮我起一卦，算一算我要找的人究竟在哪儿？"

常三躺在那里一动不动，因为戴着墨镜，林太太没办法确定他是清醒的还是已经昏迷了。

林太太伸手要去摘常三的墨镜。

常三忽然开口说："嘿嘿，来了。"

林太太问："谁来了？"

曹教授也长长地出了口气，自言自语地说："终于得救了！"

这时其他人也都注意到，不知道在什么时候，旅馆门口出现了两个穿着黑色西装的人。

卓乌不确定这两个人是不是那一晚拖走了林先生的人，但是卓乌知道曹教授说得对，终于得救了。

两个黑衣人依旧面无表情地站在门外，透过玻璃门冷冷地看着旅馆内发生的一切。

卓乌想起那一晚黑衣人打在林先生身上的那一拳，如果也打在林太太的身上那该有多痛快！他已经迫不及待地希望黑衣人进来惩罚林太太。

那一晚林太太在自己的房间里，并没有看到这两个黑衣人是如何拖走林先生的。不过林太太对这两个人的出现也觉得意外，她一动不动地看着门外的人。

门外的人也只是静静地在冷眼旁观。

卓乌的心又沉到了谷底，他想起了那一天卉儿取外卖时，送餐员甚至不敢走进旅馆。此刻这两个黑衣人也许正是那个神秘的"旅馆主人"的手下，但他们也没有走进旅馆的权利或者胆量。

黑衣人的虚张声势最终还是被林太太识破了，她肆无忌惮地用脚踩着卓乌的头，对门外的人扬了扬下巴。

面对这样的挑衅，外面的黑衣人依然无动于衷。

林太太不再理会门外的两个人，她心里清楚，只要不那么冲动烧掉这间旅馆，外面的人一定不会干涉自己的行为。而现在自己已经抓住了一点线索，烧不烧掉这间旅馆已经不那么重要了。

卓乌从来没觉得这样屈辱过，从他的角度刚好能看到每个人的表情。

方耀躺在地上若有所思；曹教授的眼神里都是慌乱；梅姐刻意避开卓乌的眼神，显然是不忍心看到他被人这样糟蹋；卉儿皱着眉不知道在想什么；常三戴着墨镜，可嘴角一直挂着莫名其妙的微笑。

最可气的是孟川，他竟然发出了轻微的鼾声。

林太太在方耀的身上翻出了他随身带着的那把手术刀。

用刀尖指着卓乌的鼻子，林太太问："我再问你一遍，小贱人在哪儿？"

卓乌说："我真不知道，就算你杀了我我也不知……"

这句话还没来得及说完，林太太手里的手术刀就捅进了卓乌的肚子里。

林太太的表情那么随意，以至于卓乌连害怕的表情都没做出来。

在今天之前，卓乌对于自己的人生有无数种设想，即使当初被光头哥逼得走投无路，差一点跳楼的时候，他的内心其实对生活依然抱有希望。只是他从未想过自己的生命会在这一天戛然而止。

周围的几个人都愣愣地看着刚刚发生的一幕。

"不！小猪！"陆好撕心裂肺地号叫。

林太太表情麻木地拔出刀，然后再插进卓乌的肚子里。卓乌仅有的意识在想，幸亏自己已经没有知觉了，要不然被林太太这样虐待，疼也会疼死吧。

血汩汩地流了一地，就像是一朵妖艳的花在地上渲染绽放。

卓乌觉得眼皮越来越沉，可是大脑却越发清醒，身体上各个位置也渐渐有了知觉。不知道这是不是回光返照，临死之前，他对林太太竟然没有一点恨意，却对另外一件事儿耿耿于怀。

曹教授怎么会知道林太太的养女是薇薇？他怎么会知道自己和薇薇的关系？

卓乌最后的视线落在曹教授的脸上，曹教授也正惊恐地看着他，好像卓乌的死也完全超出了他的预料。

卓乌觉得这个人隐藏得实在太深了，不过这对自己来说已经没关系了。

陆好哭号不止，他用尽全力将自己麻痹的手伸向卓乌，他和卓乌隔了几米的距离，可是对现在的他来说实在太远了，就好像生与死之间其实只隔着一把手术刀的长度，但那已然是咫尺天涯。

卓乌觉得陆好哭得像个女人，那声音真的太难听了，他居然在叫自己"小猪"。那是他的外号，因为"卓乌"两个字如果快速读起来很像"猪"，在卓乌的记忆里只有一个人会这样叫他。可是那个人是谁呢？

卓乌闭上了眼睛，这个喧嚣的世界终于能够安静一会儿了。

林太太从卓乌的身体里抽出手术刀，转而将刀尖指向了一旁的曹教授说："你到底还知道什么？"

曹教授望着寒意森森的手术刀，他知道只要说出"不知道"三个字，自己的下场一定就会和卓乌一样。

曹教授看了一眼梅姐，梅姐的表情相当凝重。他又看了一眼陆好，陆好还在为生死不明的卓乌而放声大哭。

曹教授似乎下了很大的决心，说："林太太，我知道薇薇在哪里，她就在无忧旅……"

话说了一半，曹教授忽然闭上了嘴巴。

林太太焦急地问："她在哪里？你说清楚！"

曹教授的眼睛死死盯着林太太的身后。

林太太只想从曹教授的嘴里得到她需要的信息，完全没有注意到身后不知道什么时候出现了一个人。

是孟川！

常三嘿嘿地笑出了声，在这样的气氛里发出这样的声音让人觉得毛骨悚然。

林太太皱着眉对常三说："老东西，你笑什么？"

直到孟川走到林太太身后一步远的距离时，林太太才察觉到孟川的存在。

"谁？"林太太惊叫了一声，手里的刀下意识地刺向身后。

孟川的眼睛半闭半睁，可是动作却出奇地快。他的手稳稳地抓出林太太的手腕，刀尖就在孟川的肚子前，再也不能前进分毫。

林太太大惊失色，叫道："是你？"

孟川露出了一个诡异的微笑，另一只手像一条毒蛇一样迅速掐住了林太太的脖子。

林太太的脸一瞬间变成了酱紫色，表情异常痛苦。孟川似乎很享受她这样的表情，脸上若有若无的笑意变得更浓了。

他手上的力度越来越大，竟然一只手提起了林太太。

曹教授看得背后直发毛，没想到看起来瘦弱的孟川居然有这样大的力气。

林太太双脚悬空，用力地胡乱蹬踏，渐渐地，她挣扎的幅度越来越小。

只有梦游时候的孟川自己知道，和杀死阿海相比，杀死林太太实在太轻而易举了。

林太太的尸体像是扔垃圾一样被孟川丢在地上，死不瞑目的双眼正巧对着曹教授，看得曹教授一阵心寒，只是那双眼睛里已经没有了生命的光彩。

这时候，门外的两个黑衣人转过身离开了旅馆，彼此之间自始至终都没说过一句话。

孟川微眯的眼睛在每个人的脸上扫了过去。躺在地上的人心里都莫名地一紧，他们不知道孟川下一步要做什么。

这时候，陆好用尽了全身的力气挣扎着坐了起来。不知道是药效已经过去了，还是全靠他的意志在支撑。

陆好一点一点地向卓乌身边挪去，眼中的泪水像是断了线的珠子。

方耀微微动了动手指，已经有了一点知觉。他急忙对陆好说："你能抬得动他吗？"

陆好一怔，立刻重重地点了点头。

方耀说："你把他拖到我的房间里，快！"

陆好咬着牙站起身来，艰难地把卓乌扛在了肩膀上，几乎是挪动一般，向方耀的房间走去。

只有在场的几个人才知道，陆好是用怎样的毅力在支撑。

孟川对这一幕视而不见，他径直走到那幅油画前，从口袋里拿出了一支画笔，开始在那幅画上专注地画着什么。

方耀也咬着牙站了起来，他看了看自己的手，还不是那么灵活，他不确定自己能不能完成一场紧急的手术，可是如果不试一试的话，卓乌就真的死定了。

方耀看了一眼身边的卉儿说："你能动了吗？"

卉儿看了一眼身边的梅姐，然后点了点头。

方耀说："那好，跟我来吧，我需要一个助手。"

方耀和卉儿互相搀扶着跟在陆好的身后。旅馆的前厅里只剩下了梅姐、曹教授和常三。和之前千钧一发的时刻相比，现在突如其来的安静让他们有一种恍如隔世的感觉。

梅姐心事重重地看着曹教授，问道："你为什么会知道那么多事情？"

曹教授勉强站起身来，看了一眼虚弱的梅姐，冷冷地说："哼，我知道的远不止这些。"然后一步一步向自己的房间走去。

梅姐用一种复杂的眼神看着曹教授的背影，渐渐地眼神越来越冷，变得杀气十足。

曹教授走后，常三也站了起来。他背对着梅姐，说："中毒的感觉不好受吧？"

梅姐冷冷地问："常先生，您这什么意思？"

常三指了指天花板说："我们做的任何事在冥冥之中都有一双眼睛在盯着，善恶到头终有报。有时候报应来得很及时对不对？"说完他就不再理会梅姐，和其他人相比，常三的动作要灵活得多，就像他从来都没有中毒一样。他干笑了两声，然后也走回了自己的房间。步子虽然迈得缓慢，却游刃有余。

梅姐试了几次，依然手脚无力。不知道是不是心理作用，她总觉得死去的林太太正在看着她。

梅姐只好别过头去，正好看到孟川刚刚在那幅画上画出了一张人的脸。

正是林太太披头散发的样子，那张脸仿佛在画上活了一样。

梅姐看得心惊肉跳，她感觉画上林太太冷冰冰的眼睛又在看她了。

第十八章　救赎

冰冷的铁架床，躺着身体渐渐冰冷的卓乌。

方耀活动了一下双手，麻痹的感觉还在，但是他对自己的医术有足够的自信，这并不能阻碍他完成一场一直期待的手术。

陆好在一旁哭哭啼啼地问："方医生，他还有救吗？"

方耀没有时间理会陆好，也顾不得自己浑身上下都是汽油味儿。他扒开卓乌的眼皮，看了看瞳孔。卓乌已经进入深度休克的状态。

卉儿用剪刀剪开了卓乌的衣服，露出了一个个触目惊心的伤口。

因为失血过多的关系，卓乌的脸色无比苍白。

方耀低沉地说："要尽快给他输血，他是什么血型？"

本来是方耀的自言自语，陆好却在一旁接口道："我知道他的血型，Rh 阴性血。"

方耀猛地抬起头看向陆好，惊讶地问："熊猫血？"

"熊猫血"是 Rh 阴性血的俗称，是一种很罕见的血型，拥有这种血型的人在世界人口占比非常低。

陆好点了点头。

方耀的嘴角开始不自然地抖动，如果是这样的话，那么卓乌这一次是死定了。

这绝望的感觉并没有延续多久，陆好挽起袖子，露出了雪白的手臂说："抽我的血吧，我也是 Rh 阴性血。"

那一瞬间方耀简直不敢相信自己的耳朵。没想到在同一天、同一个房间里出现了同样稀有罕见的熊猫血拥有者。

其实任何的巧合背后，都有一个更为深邃的联系，不信的话你好好想一想。

方耀顾不上惊愕，急忙从陆好的身体里抽出了足以救活卓乌的血液。

补充了血液之后，在那些先进的医疗仪器和卉儿略显笨拙的帮助下，卓乌的身体状况勉强稳定了下来。

方耀对伤口逐一进行缝合，可是在心脏上的那道伤口虽然不大，却刺中了他心脏的一小部分。那是实实在在的致命伤。

方耀忽然觉得很无助，他来到无忧旅馆，并在旅馆的帮助下得到了那么多先进的医疗设备，就是期待一场能让他感到无能为力的手术。

这是他对自己能力的充分自信，他渴望挑战。可是医院里的手术对他来说几乎像游戏一样简单，他觉得自己一只手就可以完美地完成一场手术。

不知道从哪一天开始，方耀再也抑制不住心中的那份渴望，他开始自己为自己创造难度。最开始的时候他会挑选一些流浪汉作为下手的目标。

方耀用各种方法伤害他们，然后再用自己的医术将他们治好，这是自己和自己的对弈。但方耀很快又陷入了瓶颈，他对自己的能力太了解了，所有的伤口似乎都是为了迎合他所掌握的技术而造成的。

方耀开始苦恼，这样他永远都不能再向前迈进一步了。

那一天他突然有了一个疯狂的想法，他要给自己做一次手术。前提是要伤害自己。

他知道这是一个失败就是死亡的赌局，自己唯一的筹码就是自以为是的医术。

当手术刀正要刺破方耀的皮肤时，一条短信像是算好了时间一样钻进了他的手机里。

在手机的指引下，方耀怀着一个近乎悖论的目的住进了无忧旅馆。

即使上一次卉儿身中剧毒，方耀也依然没有感受到一丝挑战，他游刃有余地化解了卉儿体内的毒素。

然而这一次，方耀切身地感受到了那种无助又绝望的感觉。不仅仅是伤口的位置足够刁钻，除了移植器官没有别的办法，还有卓乌的血型实在特殊，短时间内要找到相同配型的器官简直是痴人说梦。

那份高傲的心气消弭了大半，毒药带来的麻痹之感再一次包裹住了方耀的双手。

大量血液从身体里抽离，让陆好感觉到头晕目眩。但他还是强支撑起身体，走进了方耀的实验室。

看到方耀在铁架床前发呆，陆好焦急地问："方医生，怎么还不开始？"

方耀的眼神涣散游离，已经临近崩溃的边缘，完全听不到陆好的话。

卉儿突然伸出手，温柔地抚摸着卓乌苍白的脸。

"你干什么？"陆好愤怒地问。

卉儿瞥了一眼陆好说："老板是个好人，虽然笨了一点，但他也许是无忧旅馆里最单纯的人了。你说是吗？"

陆好冷冷地回应："我比你了解他！"

卉儿一边用手指来回抚摸卓乌一边说："如果不是在旅馆

里，也许我真的会喜欢上他也说不定。"

陆好杀气腾腾地说："你再敢碰他，我就杀了你！"

卉儿调皮地冲陆好吐了吐舌头说："就算你杀了我又能怎样，如果我的心脏能移植给老板，你尽管来杀我好了。那样老板醒了之后就能记住我一辈子了。"

这句话让陆好和方耀的脑子里同时闪过了一道闪电，方耀的脸上出现了一丝癫狂的笑容，有点像刚才的林太太。

这一刻对方耀来说，卓乌能不能活不重要，旅馆里任何人的生与死也都不重要。重要的是卓乌能不能在自己的手里活下去。陆好和卓乌拥有同样罕见的血型，陆好是再合适不过的"器官捐献者"，或许陆好并不情愿献出自己的心脏，可是方耀至少有十几种办法能"说服"陆好。

陆好看到方耀的眼神就明白了一切。他问："方医生，卓乌还能坚持多久？"

方耀冷静地说："在现在医学的定义上，他已经是一个死人了。不过对于我来说，在一个小时之内，如果有合适的器官，我保证能救活他。"

陆好点了点头说："给我二十分钟准备一下。"说完他不顾方耀是否拒绝就走到其卧室里找出了纸和笔，飞快地写着什么。

十几分钟之后，陆好又回到了实验室里，把一封信交给了卉儿说："等他醒了把这个交给他。你们不要偷看。"

卉儿接过那封信，哀求说："就看一眼行不行？"

方耀一把抢过信纸放进自己的口袋里，说："放心，我会交给他。"

陆好对方耀感激地笑了笑，然后躺在卓乌隔壁的铁架床上。

方耀给陆好注射了麻药，忽然想到了什么。

方耀问："你还有什么没有完成的心愿或者感到遗憾的事情

吗？有机会的话我会帮你完成。"

陆好摇了摇头说："我唯一的心愿就是要我的仇人死，旅馆已经完成我的愿望。遗憾的事嘛……我唯一的遗憾就是那一年没有和卓乌一起过完那个夏天。"

在麻药的作用下，陆好陷入了昏迷，一滴泪从他的眼角滑落。

方耀没有浪费一点时间，他手中的手术刀切开皮肤的时候稳，摘取器官的时候准，凌厉的眼神中透着狠劲。

卉儿在一旁看得心惊肉跳，这种难度的手术她根本无法插手，方耀自己一个人完成了全部的手术，甚至连最后的缝合都堪称完美。

手术结束后，方耀和卉儿坐在房间里的沙发上休息。

这时候一阵敲门声传来，是曹教授。

"我刚才在处理林太太的尸体，来晚了。老板现在怎么样？"曹教授开门见山地说。

方耀闭着眼睛没有理会曹教授，他似乎还在回味刚才那一场荡气回肠的手术。

卉儿哼了一声，说："你还好意思问，如果不是你的话，那疯婆子也不会对老板下手了。"

曹教授急忙道歉："都怪我、都怪我，我也是想先稳住她，让旅馆有时间来救我们，没想到这间旅馆是想看我们自生自灭。连累了老板我也很自责。"曹教授把一个礼盒放在了茶几上说："这不，学生送给我一盒长白山的野生人参。我赶紧拿过来给老板补一补。对了，老板没事吧？"

卉儿笑了，说："老狐狸，你不是什么事都知道吗？"

曹教授直冒冷汗，求饶似的说："卉儿姑娘就别为难我老人家了，我什么都不知道啊，老板的事其实我是蒙的，谁知道这事儿它赶巧了。"

卉儿挑了挑眉毛问:"哦?是吗?"

曹教授说:"可不是吗,你想啊,连常先生都不知道的事情,我怎么会知道呢?真的是蒙的!"

卉儿冷冷地看着他问:"如果孟川的梦游症没有犯,你还会再向那个疯婆子透露什么呢?你知道真正的薇薇其实一直都在无忧旅馆里对不对?"

曹教授被说得面红耳赤,他在心里反复思忖,究竟是死不承认还是撕破脸皮。

方耀忽然开口:"教授,您有烟吗?"

曹教授如蒙大赦,在口袋里翻出香烟和打火机。说:"有有有……差点让那个疯婆子烧死。以后我戒烟了,这些全给你吧。"

方耀点燃了一根香烟,完全不在乎自己浑身上下还沾满了汽油。其实作为医生最懂得自爱,很多人都是不吸烟的。方耀笨拙的姿势显然也是第一次吸烟。

一阵剧烈的咳嗽之后,方耀忽然笑得无比开心。

卉儿有些担心地问:"方医生你还好吧?"

方耀笑着摆了摆手,他知道没有人能明白自己此刻的心境,那种释然也不是用语言能解释清楚的。

卉儿问:"他什么时候能醒过来?"

方耀说:"不知道,看他的造化了。如果你真的想知道的话,可以去请常先生算一卦。"

卉儿若有所思地点了点头。

方耀站起身来,就这样躺在了床上说:"我太累了,先睡一下,你们自便吧。"他连外衣都没有脱下,那上面都是汽油味儿,可是他并不在乎。自从完成了卓乌的手术之后,方耀似乎变了一个人，他已经把一切都看得无所谓了。

曹教授识趣地离开了方耀的房间，卉儿也正要出去。

方耀却突然问："卉儿姑娘，你觉得刚才的手术怎么样？"

卉儿转过身，竖起大拇指说："很棒，方医生的手在老板的身体里不像是在做手术，更像是在作画。那场手术好像是一场表演。"

这句极致的恭维话并没有让方耀感到欣慰。

他依然很随意地问："你不感觉到恶心吗？"

卉儿的笑有点僵硬，她说："不会啊。"

方耀说："很多刚毕业的护士第一次进手术室的时候也会恶心得吐出来。"

卉儿笑嘻嘻地说："我才不会吐出来呢，那样对方医生太不尊重啦！"

方耀不再说什么了，露出了一个意味深长的笑容，片刻之后响起了轻微的鼾声。

就像做了一场冗长的梦，卓乌在三天之后才醒了过来。

这三天方耀的心情很复杂，他担心卓乌会一直昏迷下去，那样手术也只能算成功一半。

所以卓乌睁开眼的那一刻，方耀心里那块石头才落了地。

卓乌用了一分钟才认出眼前这个头发乱糟糟的、满脸胡茬、一身烟味儿的男人竟然是方耀。

卓乌虚弱地问："方医生，你失恋了？"

方耀笑着问："你不是应该问'我怎么没死'才对吗？"

卓乌忽然瞪大了眼睛，他想起了当时被林太太痛下杀手的那一幕，惊慌地问："我怎么没死？"

方耀点燃一根香烟说："我给你换了个心。"最近他的烟瘾越来越大。

卓乌难以置信地看着方耀说："不可能，我的血型那么特殊，根本不会找到合适的器官。"

方耀吐出一个烟圈说："我骗你干吗？"夹着香烟的两根手指随便指向了一旁柜子上的一个玻璃瓶，里面用福尔马林泡着一颗已经毫无血色的心脏。

自己看自己的心脏，这是一种谈不上有趣，但是却很诡异的体验。

在方耀的搀扶下，卓乌勉强走下了铁架床，虽然那上面被方耀重新铺上了柔软的被褥，但是躺在上面还是很不舒服。

胸前那几处伤口传来剧烈的疼痛，特别是心口上那条像蜈蚣一样的伤疤让卓乌这才相信自己真的是死里逃生了。

卓乌问："你在哪里找到的心脏？该不会那么巧你准备了和我血型一样的心脏吧？"

方耀说："我又不是常先生，不会未卜先知。自然是有人自愿献出了心脏。"

卓乌忙问："谁？"

方耀指了指角落里那个冷柜。

卓乌看了一眼方耀，方耀扶着他一点一点挪了过去。

方耀帮他打开了冷柜，陆好的尸体正安静地躺在那里。方耀特意调整了冷柜的温度，让陆好看起来仿佛睡着了一样安详，又不至于腐烂。

卓乌惊讶地说："是他？"

那一瞬间，好多想不通的地方都联系在了一起。

卓乌被林太太刺伤的时候，陆好喊他"小猪"，那是薇薇给卓乌取的外号，因为卓乌两个字读得快了就变成了"猪"。

上学体检的时候，薇薇发现卓乌的血型和她一样，都是罕见的熊猫血。

薇薇说："以后我发生意外的话，你可以给我献血呀。"

卓乌涨红了脸，半天才说出一句："不许胡说。"

薇薇笑得很开心，她对卓乌说："那样我的身体里就有了你的一部分了，傻瓜。"

陆好第一次见到卓乌的时候，问："你真的不记得我了？"

卓乌的心好疼，尽管那颗心原本并不属于自己，但是疼痛的感觉却同样刻骨铭心。

难怪陆好每次看到卓乌和梅姐在一起的时候，眼神里都充满了愤怒。她的心一定好疼，她一定在心里觉得卓乌背叛了她，背叛了当初纯真而青涩的爱恋。

卓乌愧疚难当，可是他想不通为什么当初的薇薇变成了陆好。为什么那么甜美的女孩子变成了一个男人。

卓乌很少哭，至少很少发自内心地悲怆。一滴泪落在了陆好的脸上，这点滴的温存再也不能唤醒那个卓乌曾经爱过的人了。

卓乌想不通，既然薇薇早就认出了自己，为什么不把实话说出来。

或许薇薇一直在提示卓乌，陆好的"好"字，拆开就是女子。难怪卓乌一直觉得他有点娘娘腔，那是因为陆好本来就是一个女孩子。

陆好的身体里少了一颗心，她再也不会心疼了。没想到当初戏谑的玩笑一语成谶，卓乌的身体里已经有了薇薇的一部分。

第十九章　身世

方耀把口袋里那封信递给了卓乌。

卓乌颤颤巍巍地展开了信纸，那上面隽秀的字体让他一眼就认出了是薇薇的笔迹。

　　小猪：

　　当你看到这封信的时候，我已经不在了，不知道你还记不记得我。别为我的死而伤心，也别为我的死而记恨任何人，很高兴现在你的身体里有我的一部分了。不知道你会不会怪我自作主张，我希望你能原谅我，原谅我那年夏天的不辞而别。

　　我给你讲一个故事吧。

　　有一个小女孩她没有名字。

　　出生的时候，算命的说她活不过十八岁，乡下的父母便狠心地将她遗弃到一个冷漠的城市里自生自灭。她在没人留意的角落里悄悄地长大，她的心里也一直害怕，害怕那个她已经被预言的死期。

　　那天夜里，几只野狗在离她不远的地方凶狠地看着她。等野狗寻找到了足够的食物离开之后，她才敢在垃圾堆里翻找今天的晚饭。

一辆车停在了街边，她不认识那辆车的牌子，只记得那辆车的车灯有多刺眼。

　　一个男人出现在了她的面前，男人抽走了她手指上的血，她号啕大哭。男人甩下一张钞票消失在了夜色之中。她看了看那张钞票上耀眼的红色，停止了哭喊，她知道那张钞票可以换来很多食物，与饥饿相比，手指上的疼痛算得了什么？

　　几天之后，一辆豪华的轿车停在了她的面前。一对衣着光鲜的夫妇笑眯眯地看着脏兮兮的她。

　　"跟我们回家吧，孩子。"女人摸了摸她满是虱子的头，和蔼地说。

　　她看了看男人，又看了看女人，然后小心地点了点头，毕竟还是个孩子。

　　从此这个城市里少了一个乞丐，多了一个公主。

　　小雅第一次见到她的时候，躲在爸爸妈妈的身后，用眼神怯生生地看着一切。

　　"她是谁？"小雅用稚嫩的手指指着她问。

　　"以后让她跟你玩好不好，她就是你的姐姐了。她叫薇薇，林薇薇。"爸爸笑着说。

　　小雅没有说话，只是冷冷地瞪了薇薇一眼。

　　薇薇有生以来第一次感觉到了家的温暖。

　　她的卧室很大，床很软，比她曾经睡过的所有街道都舒服。

　　饭菜也是出奇地可口，她敢保证任何一家餐馆的厨师也做不出这么鲜美的味道，尽管薇薇只吃过餐馆的剩菜，最重要的是再也没有野狗和她争抢食物了。

　　林先生和林太太对薇薇出奇地好，薇薇也叫他们爸爸、妈妈。

尤其是林太太，对薇薇的呵护简直无微不至，就像是亲生的孩子一样。那是一种让人不忍心怀疑的温柔。

薇薇每天过得很开心，却又小心翼翼地，生怕自己的动作太大会惊醒这个童话一样的梦。

唯一让薇薇觉得不舒服的是每天看着小雅上学、放学，自己却只能在家里忍受小雅临走时对她做的鬼脸。

"爸爸，我可不可以像小雅一样去上学？"薇薇小声地问林先生。

"不急、不急，等过段时间你就可以和小雅一起上学了！"林先生笑笑说，可眼中却是她还读不懂的复杂。

一次偶然的机会，薇薇听到林先生和林太太的对话。原来小雅从小就有心脏病，医生说恐怕活不过十八岁。

那一晚薇薇失眠了，她总是在想如果小雅死了那么她就是这个家唯一的小公主了，她会接替小雅的一切，漂亮的裙子、高档的玩具、慈爱的父母……难怪爸爸总说不急、不急。

晚饭过后小雅坐在客厅的地板上玩着自己心爱的洋娃娃，看见薇薇走了过来，小雅瞪了她一眼转过身接着摆弄玩具。

薇薇拽了拽妈妈的裙摆，又指了指小雅面前的一堆玩具小声说："我也想玩！"

妈妈愣了一下，马上从地上拿起一个玩具塞到薇薇的手里，说："玩吧、玩吧。小雅的也就是你的。"

小雅哇的一声哭了出来，说："妈妈，你不要小雅了？"

薇薇得意地看着号啕大哭的小雅，肯定了自己的想法。

小雅越来越讨厌薇薇了，每次看她的眼神都像是要杀了她一样。

薇薇也害怕过，可是每次她都在心里安慰自己说："不急、不急。反正先死的是你！"

她每天都盼着小雅过生日，因为过完十八岁生日，也就是医生预言的死期。

薇薇忘记了，她的生日和小雅在同一天。

在薇薇反复的哀求下，她终于可以和小雅一起上学了。虽然她的功课落下了很多，但是她比任何人都用心，她明白自己能得到这个机会是多么来之不易。

在高中时，薇薇遇到了一个叫卓乌的男孩子，也就在那个夏天，薇薇决定把自己的心交给那个腼腆又傻里傻气的男孩。

终于等到了小雅的十八岁生日，全家人都围坐在生日蛋糕前，为小雅唱生日歌。气氛无比温馨。

"许个愿吧！"林太太笑着说。

小雅看了薇薇一眼，然后双手合十闭上了眼睛。

薇薇不用猜也知道，小雅的愿望一定是希望薇薇能够在她的生命里消失。

突然小雅感觉胸口一阵憋闷，然后钻心地疼，还没来得及睁开眼睛就陷入了黑暗。一家人乱得像锅粥，很快救护车把小雅送进了医院。

林先生看了薇薇一眼，说："走吧，去看小雅最后一眼。"

薇薇的心忽然一阵忐忑，接触到卓乌后让她的心境也产生了变化，她不再期待小雅的死亡，她更希望有一天能和卓乌在一起，走完人生的路。

薇薇临走时看了一眼还在蛋糕上摇曳的烛光。她忘记了今天也是她十八岁的生日。

薇薇不知道她和小雅有着同样的血型。其实她不知道的还有很多。

在医院里，小雅被推进了抢救室。

薇薇不明白为什么小雅需要抢救，却要自己也穿上病号服呢？

林太太在抢救室前守候着，林先生则带着薇薇做了一次全面的检查。这些年来，每隔几个月林先生和林太太就要带着薇薇做一次检查，薇薇只当是他们对自己的关心。

这时候一个大夫模样的人找到林先生问："准备好了吗？"

林先生看了一眼薇薇说："准备好了。"

大夫带着薇薇向一间手术室走去，薇薇有点害怕。于是对大夫撒谎说想去洗手间。

大夫看了一眼林先生，林先生犹豫了一下，还是点了点头。

薇薇很害怕，她不知道大夫要对她做什么，她想找到林太太，毕竟她在心里已经将林太太当作自己的妈妈了。

在走廊的拐角处，薇薇突然听到了林太太的声音，她正在和一个大夫对话。

大夫说："太太，作为医生，我有必要再一次提醒您，这样的器官移植手术并不被法律所允许。"

林太太冷笑："收钱的时候怎么不这么说？"

大夫尴尬地说："好，但是我还要再说一下，即使手术成功了，器官的捐献者也会因此死去，您确定要这样吗？"

林太太说："废话，我当然知道。不过我们养了她这么多年，她也该回报我们了。再说如果不是我们收养了她，她说不定早就饿死在街头了。我们给了她这么多年安逸的生活，也算是对得起她了。"

薇薇捂着嘴，眼泪却不可抑制地流了出来。她不敢相信自己的耳朵，平日里温柔慈爱的妈妈，怎么突然就变成了狠心恶毒的女人？

薇薇不敢再在医院停留，她回到家里换了衣服，又拿出了自己积攒的零花钱，买了一个手机。

她给林先生发了一条短信，大致的内容是：你女儿在我手里，如果想要回女儿的话，就拿出五百万。

这一场自导自演的绑架戏，理所当然地骗过了林先生和林太太，他们急需赎回薇薇，用薇薇的心脏来换小雅的命。

收到钱的薇薇匆匆忙忙地离开了这个城市，甚至来不及和卓乌道别。

林太太和林先生并没有等到薇薇，愤怒之下，他们报了警。警察在监控器下看到了取钱的薇薇。

林太太和林先生怒不可遏，紧接着又一个噩耗传来。小雅因为没有及时移植健康的心脏而去世。

这一下，出离的愤怒变成了无边的仇恨，林太太和林先生发誓要找到薇薇，要把她碎尸万段。

薇薇了解林先生的财富，即使她跑到天边也总有一天会被他们找到。

她想到了一个不是主意的主意，她用从林先生那里得到的钱去做了变性手术。从一个女孩变成了一个男人。

薇薇用了十年的时间来适应自己的新身份和性别。

这十年间，林先生和林太太也从未放弃过对她的复仇，可是这个世界已经没有了叫薇薇的女孩子，而是多了一个叫陆好的男人。

角色的转变，不仅仅是在性别上，而是在双方的博弈之间。

薇薇想起当初自己所受到的欺骗，恨不得杀了林先生和林太太。可是凭自己的能力还做不到这一点。

于是满心杀意的陆好在一条神秘短信的指引下来到了无忧旅馆。

按照旅馆的规矩，陆好本可以许下一个愿望，这些年来他一直都没有忘记卓乌，他多想再见一次卓乌，他打算在留言板上许下这个愿望。

可是他又怕了，怕卓乌见到他现在这个样子会连当初仅有的回忆也消弭得荡然无存。他舍不得毁掉那份美好。于是他许下一个愿望，希望林氏夫妇死掉。

陆好没想到这间旅馆的老板就是他朝思暮想的卓乌。他不敢相认，而卓乌也没有认出他。

即使这样，陆好依然觉得很开心，每天能和卓乌见面，他已经心满意足了，只是看到卓乌和别的女人那样亲昵，还是让他无法接受。

陆好不怪卓乌，他现在已经没有资格对卓乌的生活指手画脚了。

现在林氏夫妇终于死了，陆好的心愿也完成了。而卓乌却因此命悬一线。陆好愿意用自己的心脏去救卓乌的命。

这也是薇薇一直想逃最终却无法逃脱的宿命。

这就是薇薇和陆好的故事。卓乌，这些年薇薇一直没有忘记你，而这一次，她却希望你能忘记她，去过你自己的生活。

答应我，不要让别人再欺负你了。没有我照顾你，你要学会照顾自己。

一个无法回到过去的人绝笔

第二十章　谜杀

卓乌的手不住地颤抖，泪水一点一点打湿了信纸。

方耀拍了拍卓乌的肩膀说："他说他唯一的遗憾就是那一年没有陪你过完那个夏天。"

卓乌捂着脸号啕大哭，方耀也不安慰他，只是在一旁静静地吸烟。

卓乌的钱包还在口袋里，方耀帮他翻出钱包。卓乌从钱包的夹层里拿出一张皱巴巴、已经微微泛黄的稿纸。那是他写了一夜却最终没有机会送给薇薇的情书。

在陆好的尸体前，卓乌断断续续地读完了这封情书。

这个世界上没有什么能比得上一个男人的泪更让人动容了。

在方耀的搀扶下，卓乌回到了自己的柜台间里。那才是他熟悉的感觉。

常三却坐在前厅的沙发上，像是一直在等着卓乌一样。

方耀扶着卓乌坐在常三身边的沙发上。卓乌说："常爷，您现在能给我算算命了吧？"

常三捋着下巴上的胡子，笑吟吟地说："老板啊，你的命太大了，这回就算是我想算也算不了。"

卓乌苦笑说："常爷，您说笑了。"

常三意味深长地说："你的命啊，我算不了，只有天能算！"

卉儿挽着梅姐的手走了下来，梅姐看到了卓乌想去抱抱他。可卓乌一想到薇薇，他的心就莫名地痛。

他不露痕迹地避开了梅姐的拥抱，只是点头微笑。

梅姐一怔，难掩脸上的悲伤。

卉儿一拳打在了卓乌的肩膀上说："行啊老板，命真够大的。"

卓乌疼得龇牙咧嘴，一直躲在梅姐和卉儿身后的曹教授急忙拦住卉儿说："哎哟，轻点轻点，大病初愈的人怎么能禁得住你这一拳呢？小心伤口裂开。"

卉儿白了曹教授一眼说："这家伙能活过来我也出了一份力，方医生你说对不对？"

方耀微笑着点头。

卓乌微笑着对卉儿说："谢谢你。"

卉儿倒是不好意思地说："你怎么变得像个女人一样婆婆妈妈了？"

这句话又刺痛了卓乌的心，此刻在他胸膛里跳动的原本就是一颗属于女人的心。

方耀替卓乌解围说："好了好了，让他休息吧。大家别打扰他了。"

卓乌躺在自己的床上，自从住进无忧旅馆，自己好像总是徘徊在生死边缘。这不是第一次了，但是他告诉自己，这绝对是最后一次。

他在心里答应薇薇，不会再让别人欺负自己。

卓乌调整了一下位置，身下有什么东西硬硬地硌着他的腰。他伸手去摸，摸到了自己的手机。

原来那天他把手机落在了床上。几天来没有一个电话，倒是一条短信，日期是三天前。

短信的内容是：310，第二次来到无忧旅馆的人不可以在留言板上许愿，也不会得到任何线索。

310 是陆好的房间号码，也就是这句话其实是陆好手里的“线索”。

当初孟川杀死了阿海，阿海的线索就以短信的形式发到了孟川的手机里。

这一次陆好的心脏移植给了卓乌，理论上陆好是因为卓乌才死去的，所以陆好的线索理所当然地发给了卓乌。

卓乌盯着手机屏幕很久，他反反复复阅读了好几遍这句话，难道旅馆里有人是第二次来到这里吗？

这种猜测让卓乌隐隐感到不安。

一个星期之后，方耀给卓乌的伤口拆了线。卉儿非要跟着卓乌一起去方耀的房间。卓乌拿她没办法，只好由着她。

方耀又给他做了一次全面的检查，并没有出现排斥反应。

卓乌摸了摸自己的胸膛，感受到了心脏跳动的力量。

卓乌说：“方医生，我想用我的方式处理……他的尸体。”卓乌不知道此刻该叫他陆好，还是该叫她薇薇。

卉儿和卓乌准备从冷柜里抬出陆好的尸体，可是尸体实在太重，卓乌的身体还没有完全恢复，累得卉儿满头是汗。

卉儿擦了擦头上的汗，把耳边的头发捋了捋，噘着嘴说：“方医生快过来帮忙啊！”

方耀说：“好！”他的手却下意识地摸了摸自己的脖子。

卓乌又见到了这个动作，他隐约有一种不好的预感。

曹教授和梅姐已经在旅馆外堆起了一堆干柴，陆好的尸体此刻就安安静静地躺在上面。

方耀在干柴上淋了汽油。

初春的天气还很冷，冷风将卓乌手中的火把吹得只剩下一点火光。本来卓乌还想说点什么，算是对薇薇的祭奠，也算是对自己过往的哀悼。可是话到嘴边却一个字也说不出口，他将火把扔到了干柴上，火光冲天而起，瞬间吞没了陆好的尸体。

卓乌从钱包里拿出了那封情书，也一同扔进了熊熊燃烧的火焰中。

大火过后，陆好的尸体也只剩下一抔灰烬。卓乌早就准备好了一个小瓷罐，把陆好的骨灰都放了进去。

卓乌的身体还很虚弱，卉儿自告奋勇要帮卓乌抱着骨灰罐。

毛手毛脚的卉儿刚走出一步就脚下一滑，曹教授眼疾手快，扶住了她，可她怀里的骨灰罐却摔在了地上。

卓乌心疼不已，急忙抱起来查看，好在没有碎，只是摔出一道裂缝而已。

卉儿急忙不好意思地吐了吐舌头。卓乌只是微笑，并没有责备她。

卓乌忽然想到了一个问题，就问梅姐："那一晚是谁从林太太手里救了你们？"

想起那一晚，梅姐似乎还心有余悸。她看了看大家说："是小孟救了大家。"

卓乌顿时就明白了一切，他抬起头看了看孟川的房间。

此刻孟川也正透过窗子看向窗外的人。

回到柜台间，卓乌把陆好的骨灰放置在柜台下的格子上。

有一件事卓乌特别好奇，孟川杀死了林太太，那么也就是说林太太手里关于无忧旅馆的"线索"已经在孟川的手里了。他想知道林太太的"线索"是什么。

一直等到深夜，卓乌思前想后觉得还是应该去找孟川聊一聊。

卓乌刚站起身来，就看到方耀穿戴整齐地走了过来。

他的头发梳得一丝不苟，不知道用了多少啫喱水，远远看去油汪汪的。脸上的胡茬也刮得一干二净，得体的西服前还煞有介事地扎着领结，似乎是要出席很隆重的晚宴。

卓乌看了看手表，已经是夜里八点钟了。这个时候还出门的话，不知道在十二点的时候能不能及时赶回来。

看到方耀的表情有点古怪，卓乌问道："方医生，这么晚你还出去？"

方耀隔着柜台间的玻璃对卓乌说："出去？去哪儿？"

卓乌一头雾水地说："不出门你穿得这么正式干吗？"

方耀的神情有点呆滞，机械地重复着卓乌的话："我穿得这么正式干吗？"

卓乌察觉到今晚的方耀很反常，他皱着眉问："你怎么还问上我了？我怎么知道你为什么穿得这么正式？"

方耀也皱起了眉，他似乎忘记了他要来干什么了。想着想着，他的眉头渐渐舒展开来，他说："哦，我想起来了，我是来找你的！"

他笑得很开心，像是终于想起了一件很愉快的事情。

卓乌问："找我？有事吗？"

方耀说："有，有人让我送给你一件礼物。"

卓乌有点意外，问："什么礼物？"

方耀说："你等等，我找一下。"

卓乌就在柜台里看着外面的方耀在认真地翻找自己的口袋。

直到方耀拿出那一把他一直随身携带的手术刀，然后狠狠地插进了自己的脖子里，那正是他反复下意识触摸的地方。

血喷到柜台的玻璃上，卓乌觉得整个世界都变成了妖冶的红。

方耀说："喜欢这个礼物吗？"因为手术刀切开了喉咙的缘故，他的声音听起来十分诡异，但是他脸上邪魅的笑容更让卓乌毛骨悚然。

等到方耀倒地身亡，卓乌的表情还是愣愣的，张着嘴，那声呼喊就卡在喉咙里，吐不出来也咽不下去。他整个人都吓傻了，他根本不敢相信方耀就这样死了。

喷在玻璃上的鲜血，顺着蜿蜒的痕迹向下蔓延。

其实人的生命，远比你想象的更脆弱。

第二十一章　跟踪

　　方耀死了，他曾救活了很多人，却再也无法救活自己。

　　梅姐的尖叫声惊醒了呆若木鸡的卓乌，他疯了一样跑出柜台间。方耀的尸体就横在那里，那把手术刀还插在他的脖子上，血从恐怖的伤口中汩汩地流着；他的眼睛睁得老大，可脸上却一直挂着神秘的微笑。

　　房客们除了常三，都被梅姐的尖叫声吸引了出来。

　　卓乌感到无比悲伤，方耀是他的救命恩人，也是旅馆里他为数不多的朋友。旅馆中的房客一个接着一个死掉，而现在轮到了方耀。

　　曹教授问："老板，发生什么事了？"

　　卓乌悲痛地说："方医生，他自杀了！"

　　孟川摇了摇头说："如果自杀能解决问题的话，我们就不会出现在无忧旅馆了。"

　　卉儿咬着嘴唇说："不错，方医生即使是自杀，那也一定是被人害的。"

　　梅姐问："小卓，方医生临死的时候和你说了什么？"

　　卓乌说："他说有人要他送我一件礼物。"

　　卉儿好奇地问："礼物是什么？"

　　卓乌抬起头，看着他的这些房客，说："礼物就是方医生的死！"

　　其实方耀的死早有预示，卓乌想起了那天方耀悄悄对他的嘱咐。他猛然站起身，对房客们说："你们处理一下方医生的尸体，我有事情要办。"

　　他用最快的速度跑到了方耀的房间，他知道，每当有房客出现意外的时候，房客的房间钥匙就会离奇失踪，不知道这是不是旅馆的规矩之一。

　　方耀其实早就发现了自己的问题，他曾经对卓乌说过，自己的状况比病了还要严重。

　　在方耀的衣柜里，卓乌找到了西服里的日记本。

　　日记本的第一页用打印的字体写着一句话：在房客中间，有一个人是旅馆安排的卧底。

　　卓乌脑子里轰的一声，一直以来他都在寻找那个神秘的小偷，原来所谓的"小偷"就在房客中间。就是这个人偷走了卉儿收集了无忧旅馆资料的手机，就是这个人害得卓乌差点被阿海杀掉，就是这个人把林先生的"婴儿"放在了老鼠男的手提箱里……

　　可是这个人究竟是谁呢？

　　本来局势复杂的程度已经远远超过卓乌所能理解的范围，他知道旅馆的房客中有人是第二次来到无忧旅馆，现在又多出了一个卧底，这让本来就错综复杂的局面更加扑朔迷离。

　　卓乌接着翻看方耀的日记。除了一些琐碎的日常，大部分都是方耀对那个卧底的分析。

　　他首先排除了卓乌，因为旅馆不可能会选择这样笨的人去做卧底。

　　方耀总结出的嫌疑人有三个。他第一个怀疑的是曹教授。这个人明明有很深的城府，却偏要装出一副玩世不恭的样子。

曹教授知道卓乌的情况，知道阿海是十几年前的通缉犯，也知道林先生一家的情况，甚至知道陆好就是薇薇，这件事儿也一直让卓乌耿耿于怀。

方耀第二个怀疑的是常三。常三无疑是旅馆里最神秘的人，同时他也是让方耀最摸不清的人。

第三个怀疑对象让卓乌很意外，竟然是梅姐。梅姐或许是房客中最无害的那一种人，温婉知性。可是这种柔弱在方耀看来，更像是一种高级的伪装。

方耀的调查似乎没时间进行下去了，后面很长的篇幅都是在说自己的情况。卓乌第一次告诉方耀他反常的行为之后，方耀判断自己可能是被催眠了，催眠他的人在他的心里埋进一种暗示。

这种暗示的结果无外乎只有两种，伤害别人或者伤害自己。

当然，卓乌已经知道了结果。

在日记的最后，方耀还在告诫卓乌，他翻阅过一些相关的资料，心理暗示需要通过催眠的方式来完成，而要成功避免被人催眠，最有效的办法就是痛！

日记到了这里戛然而止。卓乌决定要把方耀没有完成的事情做完。

离开方耀的房间，卓乌知道用不了多久，这间房门再也无法打开了，和方耀有关的一切都将会和这个房间一起被封存。

那才是和方耀真正的永别。

曹教授和孟川把方耀的尸体埋在了旅馆不远的地方。梅姐和卉儿把旅馆前厅的血迹都清理干净了。

深夜，卓乌躺在床上，却总能闻到淡淡的血腥味儿。他一闭上眼睛，就能看到方耀微笑着将手术刀插进自己脖子的画面。

天总算亮了，常三悄无声息地走了下来，在柜台间前站了一会儿，似乎是在倾听里面的动静。

卓乌就这样冷冷地看着他。

或许常三以为卓乌还在睡着，于是悄悄地走出了旅馆。

卓乌一下就跳下了床，也走出了旅馆，在常三身后远远地跟着。

卓乌跟了几条街，远远看到常三上了一辆公交车。卓乌急得直冒汗，这么偏僻的地点，又是这么早的时间，去哪里找一辆车跟着常三呢？

就在这时，梅姐的车停在了卓乌身边。

卓乌也来不及解释什么了，匆忙钻进了梅姐的车里。

梅姐笑着说："小卓，瞧你急得这满头的汗，你要去哪里我送你。"

卓乌对梅姐说："梅姐，跟上前面那辆公交车。"

梅姐并没有多问什么，载着卓乌紧紧跟在公交车的后面。

在城市相对繁华的一条街道，常三走下了公交车，在一个空地上摆起了卦摊。

梅姐看着远处的常三问："小卓，你怀疑常先生？"

卓乌认真地点了点头说："我怀疑方医生的死，和常爷有关。"

卓乌并没有把方耀的"线索"告诉梅姐，也没告诉梅姐她也是方耀怀疑的房客之一。不知道是不是移植了陆好心脏的缘故，自从卓乌清醒了之后，他对梅姐并不再像以前那样热切，他一直在有意无意地和梅姐保持距离。

常三的生意似乎并不那么好，整整一天他的卦摊都无人问津。

梅姐买回来食物和水，递给了卓乌。

这时候梅姐发现卓乌的手腕上贴着一个创可贴，关切地问：

“小卓，你的手怎么了？”

卓乌紧张地用袖子遮住创可贴说：“没什么，一点小伤。”

看到卓乌在认真地监视常三，梅姐也不再问什么了。

梅姐也盯着常三看了好久，似乎是觉得有点无聊，就问卓乌：“小卓，你怎么会来到无忧旅馆当上老板的？”

“躲债。”卓乌实话实说。

或许是觉得这样生硬的回答听起来有些敷衍，于是问梅姐：“你呢？为什么会来无忧旅馆？”

这似乎是一个容易触动梅姐内心最柔软位置的话题，她的眼眶微微湿润，这让卓乌觉得自己说错话了。

梅姐微笑着摇了摇头说：“其实我是来找我妹妹的。”

卓乌问：“旅馆现在只有你和卉儿是女人，难道卉儿是你妹妹？”

梅姐难过地摇了摇头。

卓乌又有一个大胆的假设，试探着问：“该不会你妹妹也做了手术？是小孟还是曹教授？呃……不会是曹教授，即使做了手术改了性别也不会更改年纪……”

卓乌很认真地胡说八道逗笑了梅姐。

梅姐说：“我妹妹已经失踪五年了，最后一次得到妹妹的消息是她在无忧旅馆里发来的照片。”

卓乌问：“五年前的无忧旅馆？”

梅姐点了点头，说：“我找了她五年，就在我准备放弃的时候，突然收到了一条神秘的短信，短信上说，如果想找妹妹，必须到无忧旅馆里才行。紧接着我又收到了一条彩信，是一张模糊不清的照片。”

说着梅姐把手机递给了卓乌，卓乌看了一眼照片，感觉头发都要竖起来了。

照片上的背景一片昏暗，看样子应该是在晚上照的。画面上是一个穿着白色睡衣的女人，或许是拍摄器材闪光灯的原因，照出来的女人双眼全都是反射的光亮，看起来就像是这个人的眼睛里都是眼白一样。

"这……这是你妹妹？"卓乌惊恐地问。

梅姐说："嗯，你再好好看看，看看她房间的门牌号。"

卓乌壮着胆子又仔细地看了一眼，果然看到女人身后影影绰绰好像是一扇门，而门牌号是304。卓乌惊叫道："是卉儿的房间？"

梅姐说："没错，五年前我妹妹就住在卉儿妹妹现在住的房间。"

卓乌想起了梅姐第一次知道304号房间有人住时，她那惊慌失措的样子。

梅姐的眼中满是黯然，她说："我按照短信的指示，找到了无忧旅馆。我在留言板上许下的愿望是希望再见到妹妹。或许是要求太过分了吧，这个愿望一直都没实现。"

卓乌想安慰梅姐，却又不知道该说什么好。

经过这些事情，卓乌对无忧旅馆算是有了一些了解。一个孤零零的女孩子住在这样凶险的地方，怕是凶多吉少了。

聊着聊着，已经是深夜了。

卓乌也困得直打盹儿。突然梅姐摇醒了卓乌，说道："小卓，常先生不见了！"

卓乌发现，原本在卦摊前坐了一天的常三现在已经不见了，他盯了常三一整天，刚刚只是闭目养神一小会儿，却看丢了目标，这让卓乌感到无比懊恼。

卓乌和梅姐赶紧走下车，四下里找了找，依然没有常三的踪迹。

两个人无奈又钻回车里，打算先回到旅馆再说。

"两位是来接我回去的吗?"常三的声音在汽车后座上响起。

梅姐和卓乌都吓了一跳，急忙回过头去。常三正笑吟吟地坐在后面。

梅姐支支吾吾地说:"哟，这么巧啊常先生，我和小卓也是刚刚才到这里。既然这样的话我们一起回去吧。"

常三微笑着说:"那麻烦你们了。"

一路上卓乌有意无意地透过后视镜看向后面的常三，他没有表情，也看不到他的眼神。

梅姐的车开得很慢，卓乌看了看手表，已经是夜里十一点三十分了。

卓乌几次想提醒梅姐开快点，否则时间就来不及了。

焦急中，他看到后视镜里的常三露出了一个阴森森的微笑。

总算是有惊无险地回到了旅馆里，卓乌一直悬着的心也终于放回了原处。

常三并没有问梅姐和卓乌他们为什么要跟踪自己，或许对于他来说，答案早就在心里了。他自顾自地回到房间里。

卓乌和梅姐相视一笑，都觉得这一天有些荒唐。

卓乌准备休息了，他和梅姐道了声晚安。

梅姐忽然神色变得有些焦急，说:"我的手包不见了!"

卓乌问:"是不是落在车里了?我去找找看。"

梅姐感激地说:"那麻烦你了。"

不知道从什么时候开始，梅姐对卓乌也开始生分地客气起来。

卓乌看了看手表，还有十分钟才午夜十二点。时间完全来得及。

初春的夜很凉，凉得让人感觉冬天好像又杀了回来。

卓乌在梅姐的车里找了一圈，什么都没发现。

他抬起头，目之所及的空地上，有几个零星散落的小土包。卓乌知道那些土包里埋着曾经在无忧旅馆里住过的房客们。

就在这时，他忽然想起了一直都被他忽略的一件事儿。

如果林先生是因为不同意林太太毁掉旅馆的计划，从而被林太太陷害，最终以对卉儿下毒的"罪名"被大家流放到旅馆之外。

也就是说林先生是无辜的，那么下毒的就另有其人。

卓乌再一次回忆起每个人都提到的不在场证据。卓乌突然觉得脑袋天旋地转，梅姐！梅姐不在场的理由其实并不充分。

那一天他们去看了一场莫名其妙的电影，而在电影开始的时候，梅姐给了卓乌一瓶可乐，喝过可乐之后，卓乌就沉沉地睡去，直到电影结束后才被梅姐叫醒。

那么卓乌睡觉的这段时间，梅姐是有时间回到旅馆里下毒的。如果真的是这样的话，那么那一场幼稚的电影，和那一瓶喝了就会入睡的可乐也许都是梅姐实施阴谋的道具。

梅姐是卓乌最不希望怀疑的人，可是这件事他越想越觉得梅姐似乎在隐瞒什么，他要和梅姐当面说清楚。如果真的是卓乌怀疑的那样，卓乌宁愿像被阿海毒打一顿那样，也不希望自己曾经付出过的真挚感情就这样被梅姐玩弄于股掌之中。

顾不得梅姐落在车里的手包，卓乌匆匆忙忙地回到旅馆里。

旅馆的门意外地锁上了。

卓乌急得满头是汗，是谁在搞这样拙劣的恶作剧？

梅姐一脸歉疚又伤心地出现在旅馆之内，正隔着门上的玻璃看着门外的卓乌。

卓乌急忙敲了敲门，在外面大吼："梅姐，快把门打开，时间来不及了。"

还有不到三分钟的时间，就是午夜十二点了。卓乌知道违反规则的后果。

远处的黑暗中，他隐约看到了两个人影在朝着他一步一步走来。

卓乌头皮开始发麻，又是那两个穿着黑色西装的人。

黑衣人抬起手腕看了看时间，显然是在等待着卓乌违反旅馆定下的规则后，任由旅馆以自己的方式去处理他。

卓乌用力地拍着门，梅姐含着泪对他摇了摇头。

卓乌愣愣地看着梅姐，不敢相信曾经那么温婉动人的梅姐竟然在最后的关头要置他于死地。

什么手包落在了车里，什么有两张电影票，这一定都是梅姐早就计划好了的。

可是卓乌想不通，为什么梅姐会费尽心机要害死自己呢？

梅姐在旅馆内用口型说：对不起。

卓乌依然张牙舞爪地挥动手臂，他在向梅姐求饶。

梅姐的泪水挂满了脸颊，可是依旧对卓乌的哀求置之不理。永远不要低估一个女人的决心，也不要小觑女人的决绝。

可能是时间快到了，黑暗中两个黑衣人开始慢慢向卓乌走来。

卓乌慌了神儿，却又不知道该如何是好。

梅姐转过身，背靠在玻璃门上，身体一点一点向下滑落。梅姐是发自内心地伤心，或许在曾经的某一段时间里，她对卓乌的感情也曾真挚过。

卓乌也累了，索性也学着梅姐背靠在玻璃门上。他坐在地上，看着两个黑衣人在等待最后的时刻到来。已经不足一分钟了，而自己的生命也不足一分钟了。

卓乌的脑子很乱，他在想，如果真的有来世的话，那么他会在梅姐和薇薇之间做何选择呢？

想着想着，卓乌就笑了。在这样危急的关头，他居然还有心思去思考这样无稽的事情，他真的服了自己。

梅姐站起身，对着玻璃门外的卓乌说些什么。卓乌一个字也没听见。

梅姐哭得梨花带雨，最后在玻璃门上深情一吻，然后擦着眼泪向旅馆内走去。

卓乌看着玻璃上的唇印，他忽然好想去吻一吻，这是他第一次见到梅姐之后，一直在心里渴望的事，可他却没有胆量付诸实践。

这一次他多想真的吻一吻梅姐，可是那个吻隔着一个生与死的距离。

玻璃门明明这样薄，可卓乌却觉得十分遥远。

时间已经进入倒计时了。

卓乌索性闭上眼睛开始享受人生的最后时刻。

不知道是什么东西砸到了卓乌的头，他这才猛地睁开了眼睛。

一条绳子从天而降，就落在他的眼前。

那仿佛是来自天堂的呼唤，而绳子的另一端系在卉儿的房间里，她把头探出窗外，对卓乌调皮地眨了眨眼睛。

卓乌揉了揉眼睛，后来他曾经对卉儿发誓说，他看到了卉儿身上闪烁着天使一样的光芒。

第二十二章　反戈

几乎是用尽了全身的力气，卓乌顺着绳子爬上了三楼。

卓乌大口大口地喘气，还不忘看向窗外的黑衣人，两个人面无表情地转身离开，消失在浓浓的夜色之中。

"老板，大半夜不睡觉你在干吗？"卉儿穿着睡衣，盘着腿坐在床上，笑嘻嘻地问。

"干吗？我差一点就被害死了。"卓乌躺在地板上，心有余悸地说。

卉儿说："那我又救了你一命。嗯？你手上的伤口是怎么回事？"卉儿指着卓乌手腕上的创可贴问。

卓乌不露痕迹地挡住了伤口，答非所问："这绳子是怎么回事儿？"

卉儿神秘兮兮地说："自从上一次林先生被丢到旅馆外之后，我就在房间里准备了一条绳子。我怕有一天你们也会把我扔到旅馆外，所以这条绳子平时一直垂在旅馆外的墙壁上，我特意在绳子上涂了和外墙一样的颜色，不仔细看的话不会被发现的。"

卓乌终于平复了情绪，对卉儿说："我欠你一条命。"

卉儿走下床对躺在地上的卓乌说："我不用你感激我，我只要你知道我不会害你，这就够了。"

卓乌感激地对卉儿笑了笑，不过被梅姐背叛之后，卓乌已经不敢相信任何人了。刚才那种看淡生死的豪情万丈已经不见了，取而代之的是一种出离的愤怒，是一种哀怨的恨。

"我知道是谁给你下毒了。"卓乌很严肃地说。

卉儿被卓乌严肃的表情逗笑了，说："你这么紧张弄得我也紧张起来了。我早就知道，是梅姐姐。"

卓乌瞪大了眼睛说："你知道?"

卉儿眼中的光亮有那么一刻变得黯淡，连声音都带着一丝不易察觉的哽咽，她说："梅姐姐说我很像她的妹妹，她住进无忧旅馆就是为了找回自己的妹妹。"

卓乌问："这和她要下毒有什么关系?"

卉儿笑着说："那一天我和梅姐姐在房间里喝酒聊天。梅姐姐喝了很多酒，她醉得又哭又笑，拉着我的手说，只有在一年之后成为无忧旅馆的胜出者，她才有可能见到妹妹。也许胜出的唯一条件就是杀掉所有人吧。我不过是她下手的第一个目标而已。"

卓乌看到卉儿眼中闪烁着晶莹的泪花，他觉得这个女孩所受的委屈并不比自己小。他安慰卉儿说："现在我成了第二个目标!"

卉儿笑着问："你接下来打算怎么办?"

卓乌说："报仇!"

卉儿有些惊惶地问："你……你要杀了梅姐姐?"

卓乌说："她可以杀了我们，我们为什么不能杀了她?"

卉儿一时语塞，好半天才说："可……可是我们并没有真的死掉啊，而且梅姐姐也很可怜的，她做这些事情一定有她的苦衷。"

苦衷，这样的词不过是那些卑鄙的人为自己做卑鄙的事情而想出的借口。

卓乌想想就气得要发疯，或许平日里梅姐那种楚楚动人的样子都是伪装出来的吧。

卓乌走出了卉儿的房间，临出门的时候对卉儿说："不管你在里面听到了什么，都不要出来。"

卉儿吐了吐舌头说："你现在的样子好凶哦！"

卓乌看不到自己满是血丝的眼睛，也看不到自己杀气腾腾的表情。

走廊里，卓乌在想究竟用什么办法来惩罚梅姐对他做的一切，他不允许梅姐再伤害旅馆里的任何人。其实这只是卓乌对自己曾经付出的真心遭到了背叛而产生的报复心理。

卓乌想用刀，可是血溅出来之后，实在太难清理了。方耀死亡的场景还时常出现在卓乌的脑海里，他现在有点晕血。

或者干脆像阿海一样，像打沙袋一样毒打梅姐。卓乌想想就算了，毕竟一个男人这样虐待女人实在说不过去。

想来想去，他还是决定用梅姐对待自己的方式处理她。他要把梅姐扔出无忧旅馆。

从三楼走到二楼，卓乌觉得自己的恨已经是一把藏不住的刀，森寒无比。

在 206 号房间门前，卓乌深吸了一口气，用力抬起脚向房门踹去。

旅馆的房门比卓乌想象的还要结实，门不但没开，反而让自己的腿差一点就骨折了。

这样不是办法，卓乌担心巨大的声音会吵到房客，尽管这一层的房客除了卓乌要杀掉的梅姐之外，就只剩下常三了。

卓乌看了看房门上的门镜，他敢断定，此刻梅姐一定躲在房间里怕得要死。想到那个场面，他就觉得有一种说不出的快意。

卓乌一瘸一拐地走下楼，他要回到柜台间里找到 206 号房间的钥匙。

在一楼的走廊里，卓乌远远就闻到了一股熟悉的香水味儿，是梅姐常用的那一款。

难道梅姐还在旅馆的前厅？卓乌带着杀意快步走到了前厅，他刚一露面就急忙又退回了走廊里。他看到孟川的一只手正掐住了梅姐的脖子。

卓乌大惊失色，孟川又在梦游了。自从上一次为了自保而杀死林太太，孟川的梦游症很久都没有犯过了。不知道孟川为什么会在这个时候梦游，而且会对梅姐下手。

梅姐显然也对孟川的出现而感到惊慌失措，她的表情十分痛苦，想咳嗽、想呼救，可一切声音都被孟川掐在了手里。

这时，梅姐的视线正好和卓乌偷看的目光相对。

梅姐顾不得思考为什么本应该被旅馆处理掉的卓乌会再一次完好无损地出现在旅馆里，她艰难地伸出手，在向卓乌求助。她好像忘记了刚才差一点就把卓乌推向了一个万劫不复的境地。

卓乌就这样冷冷地看着梅姐，眼里再也没有任何波澜。

梅姐痛苦到了极点，手开始在孟川的身上乱抓，可是那样对孟川来说根本算不上伤害。

卓乌以为梅姐会被孟川就这样掐死，可是孟川却突然松开了手。

梅姐跪倒在地上干呕不止，劫后余生的庆幸并没有持续多久，一条绳子突然勒住了她的脖子。梅姐再一次感受到了死亡的威胁，她用力拉扯脖子上的绳结。绳结却越挣扎勒得就越紧。孟川把绳子的另一端抛向前厅天花板的吊扇上。

孟川的手突然加力，就像是钓鱼一样，梅姐被高高地吊了起来。孟川缓缓挪到了吊扇开关的位置，随手打开了吊扇，是风力最小的那一挡。

绳子被旋转的吊扇紧紧绞住，梅姐一边旋转一边乱蹬着双脚。

孟川不再理会将死的梅姐，转过身向那幅画走去。卓乌知道孟川又要去画那幅"催命符"了。只是不知道这一次谁会出现在画上。

梅姐？卉儿？常三？曹教授？还是……卓乌？

卓乌没时间去理会孟川，他悄悄关了吊扇的开关，溜到梅姐身下，用力托住了她，并解开了她脖子上的绳结。

好半天梅姐紧闭的双眼才缓缓睁开。

看到卓乌正抱着自己，梅姐的眼眶瞬间就红了。不等卓乌开口，梅姐就抱住了他。

"小卓，我那样对你，你还愿意救我。我错了，我不奢望你原谅我，但你能再给我一次机会吗？我们重新开始！"梅姐抱着卓乌，泣不成声。

卓乌一动不动，也一言不发，就是这样静静地被梅姐抱着。

渐渐地，梅姐发现卓乌似乎有些不同了。以前的卓乌，如果被梅姐这样抱着，早就心跳加速，面红耳赤了。

可是现在的卓乌淡定得让梅姐感到陌生。

梅姐放开卓乌，悲痛地问："小卓，你还怪我是不是？"

卓乌却说："你看孟川的画，是不是很有意境？"

梅姐回过头去，看到孟川微睁着双眼，全神贯注地在舞动画笔，好像梦游的他又沉浸在一个更为复杂的世界里。

梅姐擦了擦眼泪，问："小孟他为什么要杀我？"

卓乌摇了摇头，他到现在也没弄清孟川杀人的规律，但是这幅画是个提示。

卓乌说："现在他并不是你我熟悉的孟川，我觉得梦游的他更像是一个可怕的魔鬼。"

梅姐说："那他醒了之后，对自己做过的事情都不记得了吗？"

卓乌笑了一下说："嗯，他当然不会记得梦游时做过的事情，不过他用特殊的方法记录了下来。"

卓乌的笑让梅姐的心里升起一种不祥的预感。

梅姐讨好似的问："哦……是什么办法？"

卓乌指了指那幅画说："画画呀，你看他现在画的人像谁？"

梅姐顺着卓乌手指的方向看去，看着看着，她觉得一阵心寒，她壮着胆子问："小孟现在画的人是……是我？"

卓乌的笑意更浓了，说："没错，我再告诉你一个秘密吧。"

梅姐的身子本能地向后闪避了一下，问："什么秘密？"

卓乌把头靠在梅姐的肩上，在她的耳边说："被孟川画到画上的人都会死！"

梅姐颤抖着看向卓乌，卓乌却将地上的绳子捡了起来，然后勒住了梅姐的脖子。

梅姐大惊失色，她意识到卓乌是想杀了她。她忽然觉得卓乌不再是她认识的那个人了，他淡定又决绝的表情让她不寒而栗。

梅姐从未想过，卓乌的改变与她的背叛有直接的关系。

梅姐求饶似的说："小卓我真的知道错了，我再也不敢了，我们合作吧，一起在无忧旅馆里生存到最后好不好？"

卓乌微笑着双手发力，把梅姐一肚子的说辞都卡在了喉咙里。她的脸因为窒息而变得无比狰狞。

在地上挣扎的梅姐再也没有了曾经的那份优雅，卓乌手上的力气一点一点加重。

梅姐在生命的最后一刻也没有想明白，既然卓乌有心杀她，为什么刚才还要救下自己。

其实道理很简单，一分钟之后发到卓乌手机的短信可以完美解释他这自相矛盾的行为。

短信只有一句话：206：只有一个人能活着离开无忧旅馆。

卓乌有些轻蔑地看了一眼梅姐的尸体，她刚才说要和卓乌一起合作，在无忧旅馆中生存下去。可是从这条"线索"来看，只有一个人才能活着离开无忧旅馆，即使在生命的最后一刻，梅姐依然在骗他。

转念一想，这条"线索"让卓乌从头到脚感受到了一股深深的寒意，从手头上已经收集到的线索来看，无忧旅馆就是一场自相残杀的游戏。

卓乌考虑该如何处理梅姐的尸体，不过他很快就有了一个完美的计划。他决定不再去触碰梅姐的尸体，而是让她就横陈在旅馆的前厅，等第二天的时候，他叫醒所有人，有了那幅画上梅姐的形象，所有人都会认定是孟川做的，甚至连孟川自己都会深信不疑。

卓乌删掉了刚收到的短信，他有了一个大胆的假设，如果能收集到所有的线索，那么一定能解开无忧旅馆的秘密。

旅馆里并不是所有人都像孟川和卉儿一样慷慨，愿意把自己手中的线索和卓乌分享，那么得到线索的唯一方法似乎只剩下一个：杀光所有人。

这个想法刚在卓乌的脑子里冒出，他忽然一怔，自己为什么会冒出这样的想法？从什么时候开始自己也变成了一个满心杀意的人？

是在被阿海毒打之后？是在移植了陆好的心脏之后？还是

被梅姐背叛之后？

卓乌现在的变化连他自己都感觉到可怕。

孟川的画就要画好了，卓乌索性坐在沙发上等待着。

过了几分钟，孟川终于画好了最后一笔。卓乌看了一眼，孟川把梅姐那份风情万种描绘得淋漓尽致，让卓乌不禁又产生了那种心动的感觉。

可是感动过后，谁还会为已经逝去的人再多费一点精力呢。

卓乌伸了一个懒腰，这一晚他太累了。

孟川却仍然没有离开的动作，他依旧站在那幅画前，若有所思。

卓乌以为孟川画完之后在那里睡着了，毕竟他本来就是在梦游的状态中。

卓乌不敢轻举妄动，万一这家伙杀得兴起，自己可没有把握从他的手里逃走。

每一步卓乌都走得十分小心，他一点一点挪着步子来到孟川的身边。从侧面看去，孟川的眼睛依然是微眯的，可嘴角却挂着一丝若有若无的笑意。

突然，孟川手里的画笔又开动了。

卓乌吓得退后了一步。

画笔在画上飞快地描绘着，卓乌越看越心惊。

很快，曹教授和蔼的笑容、常三神秘莫测的模样、卉儿俏皮可爱的鬼脸全都出现在了画上。

在这一晚，他居然画出了旅馆所有的房客。

画完了卉儿，孟川依旧没有停手的迹象。

卓乌想了想，忽然明白下一个他就要画出自己了。

卓乌可不想自己的脸出现在这幅画上，他用尽了全身的力气去抢夺孟川手里的画笔，这一刻他已经不在乎会不会惊醒梦游中的孟川了。

如果有必要的话，卓乌会选择杀掉孟川。

可是理想总是被残酷的现实一击即碎。孟川只用了一只手就挡住了卓乌。

孟川揪着卓乌的衣领，把他提了起来。

卓乌双脚悬空，想去踢孟川。可孟川却用力一扔，把卓乌远远地抛了出去。

卓乌被摔得七荤八素，作为一个男人，被人用这种方式给扔了出去其实是种耻辱，幸好这个时间没人会来"参观"他的狼狈。

卓乌不敢再靠近孟川了，这一次他能把自己扔出去，下一次他也能杀掉自己。

卓乌静静地看着孟川一点一点画出自己的样子，近距离看着自己的肖像，这是一种说不出的体验，卓乌却觉得很不舒服，孟川把卓乌画得有点蠢笨，或许这就是卓乌在他心里的形象。

卓乌打算等孟川走了之后就把自己的样子涂抹掉，或者干脆烧了这幅画算了。

画好了卓乌，孟川依旧站在油画前，似乎还要继续画下去。

卓乌很纳闷，旅馆里可以画的人已经都被他画了上去，为什么他还不回房间。

似乎是感觉到了卓乌的诧异，孟川突然扭过头，对着卓乌诡异地笑了。然后他拿起笔，在一个不起眼的角落里画出了自己的样子。

卓乌惊愕得差点叫出声来。难道他打算杀掉所有人之后，再杀掉自己吗？

这家伙果然是个魔鬼，卓乌情不自禁地向后退了一步。

画完了最后一笔，孟川小心翼翼地把画笔放进怀里，然后僵硬地向房间走去。

画上的孟川，将自己懦弱的样子很传神地展现了出来。

卓乌定定地看着那幅画，他忘记身边还有梅姐的尸体，忘记这一晚他经历的一切，忘记了他所有的疲惫。

卓乌终于见到这幅神秘油画最终的样子了，可是这并不是他期待的结果。冷汗顺着他的额头流了下来，身体开始不受控制地颤抖。

他知道，孟川要大开杀戒了。

第二十三章　暗藏

天蒙蒙亮，卓乌就扛着梅姐的尸体向旅馆外走去。

幸亏无忧旅馆是在郊外，否则的话连掩埋尸体的地方都不够了。

费了好大的力气卓乌才挖出一个不大不小的土坑，毁尸灭迹却足够了。

做完了这一切，卓乌觉得自己有必要和孟川好好聊聊，既然他是那幅画的作者，他一定也会有解决的办法。

还有一点，卓乌想知道林氏夫妇手中的线索究竟是什么。

卓乌觉得，每一条线索浮出水面的时候，就会加速结束这一场杀戮游戏。他有一种预感，如果能找出那个神秘的卧底，或许就不会再有那么多人死去。

卓乌走回旅馆内，正巧遇到了准备出门的常三。

卓乌像平时一样和常三打招呼，常三点了点头算是回应。

突然，常三像是被点了穴道一样站在前厅里，手里的探路杆啪的一声掉在了地上。

"常爷，您怎么了？"卓乌吓了一跳，急忙问。

常三喃喃地说："这画……"

卓乌有点意外地说："您能看到这幅画？"

常三缓缓蹲下身，去寻找那根探路杆，卓乌急忙捡起来递到常三手里。

常三说："我看不到画，却能感受到那幅画的气息，好重的杀气啊。"

卓乌在心里叹了口气，如果是一年之前他听到这样的话早就吓得半死了，在无忧旅馆这将近一年的时间里，他不知道是自己变得勇敢了，还是变得麻木了。

卓乌看着常三离去的背影，每一步走得似乎都很沉重，显得心事重重。难道这幅画的出现让料事如神的常三都感觉到意外？

卓乌想到方耀怀疑的三个对象中，梅姐已经死掉了，常三实在太神秘莫测，现在只有曹教授的嫌疑最大了。

敲了好半天门，孟川才睡眼惺忪地把卓乌让进了房间里。

孟川揉了揉肩膀说："昨晚不知道做了什么梦，好像画了一夜的画，现在肩膀又酸又痛。"

卓乌说："嗯，你昨晚把前厅那幅画画完了。"

"什么？"正要坐下的孟川又霍然站了起来。

卓乌吓了一跳，急忙向后退了一步，昨晚他被孟川扔出去的感觉还让他心有余悸，身体还在隐隐作痛。

"画完了是什么意思？"孟川惊恐地问。

卓乌说："画完了就是画完了，旅馆的房客包括你和我都在画上。"

孟川颓然地坐在了地上，他捂着脸说："完了，完了。我以为只是一场梦，原来他真的要对我下手了。"

卓乌问："他是谁？"

孟川摇了摇头说："你们快跑吧，不然就来不及了。"

卓乌苦笑一声说："跑得再远，晚上还不是要回到旅馆，难道我们有胆量违反旅馆的规则吗？"

孟川不说话了，他现在脑子里一片空白。

卓乌走到孟川身边问："其实我来找你是想看看你的手机，杀了林太太之后，你应该得到了她的'线索'。"

孟川茫然地抬起头对卓乌说："我的手机不见了。"

卓乌立刻就想到了那个神秘的小偷，也就是无忧旅馆的卧底。他问："不见了？被偷走了吗？"

孟川说："自从上一次我给你看过阿海的线索之后，手机就不见了。"

卓乌喃喃地说："怎么会这样？"

孟川沉默一下，然后幽幽地说："我知道，手机是被'他'藏了起来。"

卓乌问："他？梦游的你？"

孟川点了点头，似乎并不太想回忆起梦游时候的状态。

卓乌接着问："你……他为什么要把手机藏起来？"

孟川紧张地四下看了看，似乎是在逃避冥冥之中那一双躲藏在暗处的眼睛。他说："其实我一直都觉得我的身体好像被一个人控制着。"

卓乌问："你是说'他'？"

孟川知道卓乌说的'他'是谁。

孟川摇头说："不，我们其实一直被另一个人控制着。我想'他'一定也发现了这个情况，所以在杀掉阿海之后，'他'就把手机藏了起来。我不知道'他'为什么会这么做，但是我相信一定有'他'的道理。"

卓乌发现了一个逻辑的悖论，他看着孟川的眼睛，有些咄咄逼人地问："你说是梦游的你藏起了手机，可是你又是怎么知道你梦游时候的状态的呢？"

孟川不断躲避卓乌灼灼的目光，他痛苦地说："其实……其实我一直都能看到。"

卓乌一怔，问："看到什么？"

孟川双手抱着头，用力地摇晃脑袋，似乎是想把那些不愉快的记忆从大脑里抽离出去。再抬起头的时候，眼泪已经挂在了他的脸上。

卓乌有点内疚，他觉得自己不应该这样逼孟川。

孟川说："其实'他'做的一切我都能看到，从'他'杀了欺骗我的导师、杀了欺负我的室友开始，我都能看见，我想阻止，可是梦游的时候，'他'才是身体的掌控者。我不想看也不敢看，可是我无能为力。我觉得这是'他'对我的折磨。"

卓乌说："那一晚'他'在阿海手里救了我，昨晚'他'把我摔出去，你都看到了？"

孟川点了点头。

还有一个问题卓乌没有问，昨晚自己杀了梅姐，孟川是不是也看到了。

卓乌想了想，还是有一点说不通："既然你能看到，为什么不知道'他'把手机藏在哪儿了？"

孟川的眼神里流露出了一丝惶恐，他说："我刚才说了，我一直都觉得有人在支配我和'他'的行为，我没办法改变什么，但是'他'不同，我了解'他'，'他'不会向任何人屈服。'他'把电话藏起来一定是'他'自己的意志所决定的，'他'瞒过了支配我们的人，也瞒过了我。因为如果我知道的话，那么这就不再是秘密了。"

卓乌分不清孟川的话是不是真的，毕竟到目前为止，他的话虽然有些离奇，但却能自圆其说。

孟川说："老板，我希望你能继续锁住我。"

自从上一次手铐没有锁住孟川之后，卓乌就不再每天例行公事一样地去锁住他了。

卓乌说："没有这个必要了吧，手铐根本锁不住'他'的。"

孟川说："这一次不同了。如果不锁住我，你们都会死。"

孟川拿出了一条细长的铁锁链，和一只笨拙的老式铁锁，卓乌用锁链捆住了孟川的手脚，又在他的身体上绕了几圈，最后用那只铁锁锁住了接口。

卓乌几乎把孟川锁成了一个粽子，即使孟川是一只熊也绝对挣脱不了这样的束缚，这下两个人都放心了。

看着孟川用一种诡异的姿势躺在床上，卓乌感到心酸，这个看似懦弱的男人究竟要有怎样的决心才能背负这样的压力。

走出孟川的房间，已经是傍晚了，整整一天两个人都没吃过饭，可是卓乌并不觉得饿，他现在感觉头都大了。旅馆里有一个卧底，有一个第二次来到旅馆的人，还有一个控制了孟川的人。

卓乌能保证自己是无辜的，也就是说除了自己和孟川，剩下的三个人每人都有隐秘的身份？

或者这三个人其实是一个人，这是卓乌最希望看到的，毕竟他还是非常信任卉儿的。

卓乌怀疑曹教授就是旅馆的卧底，因为他好像什么事情都知道，阿海的身份、卓乌的过去以及林氏夫妇和陆好的纠葛……

卓乌还怀疑曹教授同时也是控制孟川和利用暗示导致方耀自杀的人，卓乌的脑子开始忍不住回想上一次在曹教授的房间里看过的那些关于催眠和心理学的书。

走到前厅，卓乌看到卉儿、常三坐在沙发上，曹教授则站在那幅油画前，一手托着下巴，不知道在想些什么。

直到卓乌走近之后，才听到曹教授缓缓吐出两个字：完美！

卉儿气哼哼地说："我们命都快没了，你还有心思看画？"

曹教授不以为意地说："人总会死的嘛，况且能和大家同年同月同日死，我本人不胜荣幸。"

卉儿气得直骂："屁！你这么老，我和你同年同月同日死多亏啊。常爷你说是不是？"

卉儿看向身旁的常三，常三却微笑不语。

卓乌有些奇怪，现在所有人都出现在了催命的油画上，这明明是生死存亡的时刻，为什么这三个人却一脸轻松，看不到一丝恐惧。

曹教授不理会卉儿的揶揄，问卓乌："老板，孟先生还好吧。"

卓乌说："我把他锁住了，这一次他不会再梦游了，大家今晚都睡个好觉吧，我们明天再想办法解决这幅画的问题吧。"

几个人都没有离开的动作，这时常三忽然问："老板啊，今天怎么没见到梅小姐呀？"

卓乌觉得常三的问题似乎另有深意，也许他已经算出了梅姐死在了自己的手里。卓乌的脾气也上来了，这是他第一次用如此生硬的语气回答："我又不是她的什么人，她在哪里又不会通知我。"

卓乌有意无意地和卉儿对视了一眼，有了前一晚心照不宣的约定，两个人都心领神会地保持彼此间的沉默。

常三嘿嘿地笑了，对卓乌略带怒气的态度不以为意，继续问："老板，我没有别的意思，只是现在天都黑了，也不知道梅小姐能去哪儿。"

卓乌哼了一声说："自然是去她该去的地方。"

常三像是恍然大悟一样，说了声"哦"，然后靠在沙发上，沉吟不语。

曹教授这个时候说："老板，其实我刚才看到这幅画的时候也吓了一跳，联系之前孟先生的一些举动，我们觉得他是想杀了我们。所以我叫来了常先生和卉儿姑娘。我们一起研究了一个应对的办法，正要和你商量商量。"

卓乌隐约猜到了曹教授的办法，但还是问："什么办法？"

曹教授说："我们打算先下手为强，在孟先生杀掉我们之前，我们先处理掉孟先生。"

卓乌皱着眉问："怎么处理？像处理掉林先生一样把小孟放逐到旅馆之外吗？"

曹教授说："老板你说笑了，怎么能像对林先生那样草率呢。"

卉儿白了曹教授一眼说："婆婆妈妈，怎么这么啰唆！老板，我们的计划就是杀掉孟川，但是不能再把他推出旅馆之外了，因为夜里的孟川不是我们能左右得了的，所以即便要动手也会在明天白天的时候。"

卓乌的心沉到了谷底，这些人果然是要杀掉孟川，可孟川毕竟在阿海的手下救过自己的命，这让他很难过得了良心那一关。

卓乌语重心长地对卉儿说："孟川已经被我锁住了，他绝对不会再做出伤害别人的事了。"

卉儿低着头，不去看卓乌的眼睛。

曹教授说："老板，你是知道的，孟先生连麻痹神经的毒素都不怕，区区一条铁链真的能困住他吗？我们不能用自己的生命去冒险。"

当时孟川是怎样杀死了林太太救了大家，卓乌没有亲眼看到，不过从卉儿的口中得知，孟川进入梦游状态的时候，林太太下的毒对他来说似乎真的没有效果。

卓乌一时间找不到反驳的理由，却还是想阻止他们对孟川的决定。

卓乌问常三："常爷，您也是这个意思吗？"

常三用沙哑的声音说："老板啊，你我都清楚孟先生的身体住着一个'魔鬼'。那幅画中凛冽的杀意连我这个瞎子都能感受到。留他在旅馆里，就是把一颗随时都会爆炸的炸弹带在身边。我曾经给自己推算过命运，卦象上说我不会死在旅馆之内。既然天意如此，你我又何必逆天而行呢？"

卓乌颓然地坐到沙发上，对于拯救孟川的命运，他真的尽力了。尽管这和他的想法背道而驰，可有时候现实就是这样让人无可奈何。

似乎是得到了自己想要的答复，曹教授和大家道了声晚安，就回到了自己的房间里。

卉儿想安慰一下卓乌，可他却疲惫地摇了摇头。

常三缓缓地站起身，并不想对卓乌再多说什么，只是自言自语地说：

"无忧，无忧，至死方休！"

第二十四章　断腕

　　夜里，卓乌躺在床上辗转反侧，他不知道第二天房客们会怎样对待孟川。

　　如果孟川死了，那手机的下落就更没有人知道了。

　　想到这儿，卓乌忽然想到了一点，如果由自己来动手杀掉孟川，那么孟川所掌握的线索是不是就会被自己得到呢？

　　可是他和孟川并没有化解不开的仇怨，相反孟川还曾经救过他的命。

　　怀着这样矛盾的心理，卓乌渐渐睡去。

　　梦里卓乌梦到了孟川，他躲在房间的角落里躲避着所有人虎视眈眈的眼神。

　　孟川哭着对卓乌说："你为什么要杀我？"

　　卓乌慌忙解释说："不是我要杀你，而是其他人……"

　　他看了看左右，忽然发现身边的房客们都不见了，只有自己手里拿着一把刀，把孟川逼到了角落里。

　　卓乌吓得扔掉了刀，孟川却缓缓站起身来，眼神也越来越凌厉。卓乌情不自禁地后退了一步，孟川的手闪电一样掐住了卓乌的脖子。

　　卓乌惊恐地说："你是'他'？"他分不清眼前的人是孟川还是"他"。

孟川冷冷地看着卓乌，和刚才卑微怯弱的样子判若两人。他用一种古怪的声调问："你为什么要杀我？"

卓乌一下就醒了过来，他的心扑通扑通地飞快跳着。摸着自己的心脏，他觉得有点难受。

卓乌不敢想是不是心脏又出了问题，方耀已经不在了，如果真的出了问题也没有人能救他了。他现在无比想念方耀。

黑暗又狭小的柜台间里似乎有什么不同，卓乌的神经也变得紧张起来，他在仔细聆听黑暗中细微的蠢蠢欲动。

一声细小而清脆的声音从柜台间的柜子里传来。

卓乌惊叫道："谁在那儿？"

突然一阵气流扑面而来，那是有人在他面前跑过而带起的风！

卓乌大惊失色，一边后退，一边打开了墙上的开关。

瞬间亮起的光让卓乌的眼睛有些刺痛，他急忙冲出了柜台间，冲着走廊大喊一声："谁！"

一道身影在楼梯口一闪而过。

卓乌追了一步就硬生生地站住了，他不敢再继续追下去，他不知道等待他的究竟会是什么，谁才是猎物还说不定呢。

那个人的身影让卓乌似曾相识，他反复在记忆中寻找，却始终拼凑不出一幅完整的画面。

是卉儿？可那明明是一个男人的背影。

是曹教授？曹教授怎么会有那么矫健的动作。

是常爷？常爷的年纪太大，又是个瞎子。

是孟川？孟川现在已经被锁得严严实实。

是……死去的某一个人？卓乌赶紧晃了晃脑袋，把这样恐怖的想法甩出去。

不过他还想起了一个人，一个曾经在旅馆里出现，又没有人见过的人。

　　我不说你们是不是都忘记了，曾经在 104 号房间的窗外，卓乌看见房间内出现过一个陌生人。卓乌怀疑刚才跑上去的就是那个神秘的人。

　　他一边思索，一边走回自己的柜台间里。正要躺下，忽然看到那个安放陆好骨灰的罐子被移动了，罐子的盖子也被打开了。

　　或许因为陆好也就是薇薇，是卓乌曾经的恋人，或许是认为陆好是自己心脏曾经的主人。总之卓乌并不忌讳把陆好的骨灰放在柜台间里。

　　卓乌想到，刚才那个神秘人一定是在自己睡着之后悄悄潜入柜台间里搜寻什么东西。最终怀疑那个东西被自己藏在了骨灰罐里。

　　卓乌想了好久，都没想出自己究竟有什么东西值得被别人这样费尽心思地寻找。

　　手机！一瞬间卓乌不知道为什么想到了这个理由。神秘人一定是想找到孟川的手机，或许是认定手机被卓乌得到了，或许是找遍了旅馆的角落，最后认定被孟川藏在了卓乌的柜台间里。总之那个人一定是想拿到孟川的手机。

　　卓乌想想都有些后怕，幸好那个人只是偷偷摸摸地来找东西。如果那个人的目的是要卓乌的命的话，此刻卓乌或许已经身首异处了。

　　看到骨灰罐的盖子都被掀开了，一股莫名的怒火升到了他的心头。

　　卓乌在心里想，无论这个人是谁，他都要死！

　　清晨第一缕阳光照进旅馆的时候，卓乌这才发现，这旖旎的春光似乎并不能粉饰人性中的阴暗。

卓乌走进 305 号房间的时候，孟川依然用那种极不舒服的姿势躺在床上，他的眼睛盯着天花板，心里不知道在想些什么。注意到卓乌走进来之后，他这才看向卓乌，脸上挂着疲惫的微笑。

这个可怜的人直到现在也没意识到自己的生命就快走到尽头了。

卓乌打开了孟川身上的锁链，孟川火急火燎地钻进了洗手间。过了好半天才如释重负地走出来。

"我给你买了早餐，吃一点吧。"卓乌把走了好远才买到的早餐放在茶几上。

孟川感动得嘴唇在颤抖，卓乌却不忍心看他这个样子，找了个借口走了出去。

门外，曹教授、卉儿和常三已经守候在门口了。

"让他吃完早餐吧。"卓乌有些伤感地说。

曹教授点了点头。

四个人站在 305 号房间门前一言不发，气氛沉闷得像要窒息一样。

常三缓缓开口说："时辰到了，送他上路吧。"

卓乌没有动，曹教授从卓乌手里拿走了孟川房间的钥匙，打开了房门。

孟川一脸诧异地看着门口的几个人。

曹教授说："孟先生，有一件事我们需要您配合。"

孟川懵懂地点了点头。

曹教授指了指床上那条铁链说："还得让您再受苦，我们要把您绑住。"

孟川站起来，有些敌意地看着面前的几个人说："你们要干吗？"

常三嘿嘿地笑着说："你已经猜到了我们要做的事情，不是吗？"

孟川惊恐地指着他们说："你……你们到底要干什么？"

曹教授说："我们只是想保护大家的安全，只能牺牲你一个人了。"

孟川愤怒又惊恐地说："你们果然想杀了我！"

曹教授说："你的画我们都看到了，被你画到画上的人都死掉了，我们不想成为你预言的牺牲品，希望你能理解。"

孟川退到角落里说："理解个屁，我不跟你们说，叫老板来。"

卓乌从三个人之间走到孟川面前，红着眼眶说："我劝过他们，可是……"

孟川绝望了，他哽咽着说："老板，你也想杀我？"

卓乌不知道该怎么说，只好把头别过去，不去看孟川伤心而绝望的眼神。他想起了昨晚梦中的孟川，那声绝望的质问让他良心难安。

孟川突然像是一头受惊的豹子一样，飞快地一跃而起，从卉儿和曹教授中穿了过去。

就在他准备冲出门外的时候，脚下忽然被什么东西绊了一下，整个人都跌了出去。孟川的头重重地撞到了房门上。

常三收回了手里的探路杆，就是这个东西让孟川绊了一跤。

常三阴恻恻地说："小孟啊，早上我给你算了一卦。卦象说你今天不宜出门，还是老老实实在房间里待着吧。"

孟川撞得头晕眼花，趁着这个空当，卉儿和曹教授急忙拿着铁链捆住了孟川的手脚。

等到孟川清醒了一些之后，惊恐地看着面前的四个人，对他来说，这是四个随时都会要了他的命的死神。

孟川哀号着对卓乌说："老板，救救我！"

卓乌无能为力地沉默着。

一把刀从曹教授的腰间取下，他面色阴沉地走向孟川。

孟川胡乱地蹬着被绑住的双脚，艰难地在向后挪着身体。

"等一等！"卓乌拦住了曹教授。

曹教授皱眉说："老板，我们昨天说好的，现在您要是反悔的话可不行啊。"

卓乌没有看曹教授，反而握住了曹教授手里的那把刀说："我没反悔，我是想亲自动手。"

曹教授巴不得卓乌动手杀掉孟川，爽快地把刀递给了卓乌。

卓乌掂了掂手里的刀说："这把刀都钝了，我不想小孟走的时候会有痛苦。"

曹教授问："那你想怎么样？"

卓乌对卉儿说："厨房里有一把斧子，你能帮我拿来吗？"

卉儿点了点头，去了厨房。

常三干笑了两声说："老板啊，你还想耍什么花样？"

卓乌说："耍什么花样你一会儿就知道，如果觉得不满意的话，你们大可以把我也杀掉。"

曹教授尴尬地咳嗽了一声。

过了一会儿，卉儿拿回了一把沉甸甸的斧子递给了卓乌。

卓乌看了看手里的斧子，又看看地上惊慌失措的孟川。

卓乌拍了拍孟川的肩膀，用安慰的语气说："忍一忍，很快就过去了。"

眼泪抑制不住地从孟川的眼中溢出，他嘴里喃喃地不知道在说些什么，只是一味茫然地摇头。

卓乌一把将孟川推倒，然后高高举起斧子，狠狠落下。

孟川只觉得手腕上一凉，然后撕心裂肺的疼痛在手腕上传来。痛苦的号叫声响彻了整个旅馆。

卓乌的斧子砍在了孟川的手腕上，这斧子并不像卓乌想象的那样锋利，这一下并没有斩断孟川的手腕，可是明显能看得出孟川的手腕已经变了形，那种疼痛可想而知。

卓乌对着孟川的手腕又是狠狠地一劈，左手的手掌齐腕而断，鲜血喷得到处都是，也溅了卓乌一脸。他如法炮制砍掉了孟川的另一只手。

曹教授看得直咧嘴，责备地说："老板，小孟都要死了，您还这么折磨他，太不人道了吧？"

卓乌用手胡乱地擦掉了脸上的鲜血，那样子有一种让人胆寒的恐怖。他扔掉了手里的斧子，对曹教授说："没有了手，他就是一个废人，不会再对我们的生命有什么威胁了，放过他吧。"

曹教授一时语塞，他对卓乌投机取巧的行为有些愤怒，却又找不到反驳的理由，他指着卓乌说："你！"

孟川在地上挣扎叫喊，喊着喊着就晕了过去。

鲜血不停地从他两个手腕的伤口处汩汩冒出，断口处的骨头清晰可见，让人触目惊心。

卉儿急忙从自己的房间里取来了纱布和酒精，为孟川止血包扎。

卉儿看到卓乌的手腕上的创可贴也渗出了鲜血，她指着卓乌的手腕问道："要不要也给你包扎一下？都流血了。"

卓乌用手挡住那个创可贴，摇了摇头。

常三说："老板啊，真有你的，嘿嘿……"

曹教授冷冷地哼了一声，一言不发地离开了孟川的房间。

常三说："你能救他一次，你难道能救他一辈子吗？逃不过的才是命！"说完他也转过身，颤颤巍巍地离开了。

孟川的双手被卉儿包扎成了两个沙包大小的样子，血总算是止住了。

卓乌用颤抖的双手捂着脸说：　"我没办法，我真的没办法。"

卉儿抱住卓乌的肩膀，用沉默来安慰他。

"老板，谢谢你。"孟川不知道什么时候醒了过来，声音冷得让人发毛。

卓乌急忙看向孟川，却发现他的眼神并不像之前那样懦弱迷茫，取而代之的是一种决绝的恨意。

卓乌壮着胆子问："你是'他'？"

孟川鬼魅地露出一丝冷笑，好像双手上的伤口毫无知觉了一样，脸上看不出一点痛苦的神色。

卓乌拉着卉儿向后退了一步，问："你想怎么样？"

孟川笑着说："你救了我一命，我还能对你怎么样？"

卓乌说："你的手是我砍掉的，要报复的话冲我来，别伤害其他人。"

孟川故作惊愕的样子，举起了手臂说："我都已经这个样子了，还怎么报复？还怎么伤害？"

卓乌和坐在地上的孟川无声地对峙着，他眼角的余光正观察着不远处的斧子。一股自保的杀意在他的心里涌动着。毕竟他身后还有一个卉儿。

不能再有人死掉了，尤其是自己的朋友。

孟川却笑了，笑得让卓乌一头雾水。不管怎么说，一个被斩断了双手的人不应该发出这样肆无忌惮的笑声。

孟川想站起来，试了几次都没有成功，卉儿想扶他起来，却被卓乌拦住了。

孟川索性就坐在了地上，说："你们走吧，我困了想睡一会儿。"

卓乌说:"希望你不要再折磨小孟了。"

孟川玩味地说:"我也是小孟啊!老板,有机会的话,我会报答你的。"

卓乌不再说什么,拉着卉儿离开了孟川的房间。

孟川笑着对卓乌的背影说:"门就别关了,我这个样子没办法开门。"

卓乌想了想,还是把门关上了。

卉儿受了一点惊吓,卓乌把她送回了房间,告诫她有什么情况一定要大声地喊他。

卓乌在旅馆的公共洗手间里冲了个澡,洗掉了脸上的血迹。晚上卓乌还特意去看了一下孟川,他躺在地上沉沉地昏睡,就像一个安静的孩子。只是手腕包扎伤口的绷带上隐隐渗出的血迹让卓乌有些心疼。

卉儿买来了晚餐,和卓乌味同嚼蜡地吃了一些,这个大大咧咧的女孩儿经过了这一天的事情也变得心事重重。

第二天一大早,卓乌被一阵撕心裂肺的吼叫声惊醒了。

说来也奇怪,听到这声痛苦的叫喊,卓乌反而心安了不少,他知道正常的孟川醒了,发出了一个正常的人应该发出的声音。

卓乌打开了孟川房间的门,看到他呆呆地望着自己已经失去手掌的手腕。

孟川看到卓乌之后,拼了命地站了起来,手腕的伤口因为支撑着身体而再一次迸裂流血。

"老板,这是为什么?"孟川举着伤口质问卓乌。

卓乌说:"不砍掉你的手,他们就会要了你的命,这是我唯一能想到救你一命的办法。"

孟川哭着说:"没有手,我还怎么画画?"

卓乌叹了口气说："要人命的画，不画也罢。"

孟川依然在伤心地哭，他说："老板，你不懂，如果不画画，我的生命就不会有意义。"他泣不成声，就像是一个孩子被夺走了最喜欢的玩具。

卓乌确实不懂，在他看来，生命高于一切，如果连命都丢了，一切梦想都是扯淡。

几天之后，孟川不再哭泣、不再抱怨。他接受了自己再也不能画画的事实，也感恩卓乌为他做的一切。只是他经常会望着窗外发呆，一发呆往往就是一天。

卓乌每天都会来看他，给他讲最近发生的新闻，和其他房客的一些事情。孟川虽然对这些都不感兴趣，但是他会认真倾听，偶尔会和卓乌聊上一两句。

卓乌给他带来食物和其他的生活用品，孟川会礼貌地道谢。

孟川就像是变了一个人，不再懦弱，不再卑微，只是对任何人都充满了戒备。卓乌很理解他，如果换作是自己的话，也许会比孟川更仇恨这个世界。

其实让卓乌更欣慰的是，"他"已经很久没出现过了。

那一天卓乌喂孟川吃完了午饭，又给他读了当天的报纸。孟川忽然说："老板，能麻烦您给我弄一件有很多口袋的衣服吗？我还需要一些铁块。"

卓乌好奇地问："你要这些东西做什么？"

孟川举起胳膊笑着说："少了手，我的平衡感越来越差了，我想增加一些身体的重量，保持平衡。"

卓乌不懂这是什么原理，但还是表示理解地点了点头。

走出了孟川的房间，卓乌忽然后悔答应他了。卓乌在想，这会不会是'他'的另一个阴谋？

但卓乌很快就打消了这个怀疑，他自嘲地笑了笑，自己最近真的是太疑神疑鬼了。

孟川一直对所有人心存戒备，可是卓乌还没意识到，自己又何尝真的信任过孟川？

卓乌回到柜台间里准备午睡，现在旅馆里的工作越来越少了。房客们的房间都不需要清理，这是他们自己的要求。不知道为什么，其他空房间的钥匙都不见了，只有104号房间的钥匙还在，卓乌想不通也懒得去想，毕竟一年之期也快到了。他现在能做的也就是睡睡觉而已。

他刚躺下，半梦半醒之间，似乎冥冥之中有什么感应了一下，柜台间里少了什么。

他直愣愣地坐起来，迷迷糊糊地在柜台间里看来看去。忽然他惺忪的睡眼一下就瞪大了。陆好的骨灰罐不见了。

这让卓乌急得直冒冷汗，不管是薇薇还是陆好，这个人对卓乌都有不同的意义。薇薇给了他一个美好的回忆，陆好给了他新的生命。把骨灰罐放在身边，更像是卓乌对这种难以言说的情感慰藉。

而现在这种慰藉被人偷走了，就像是把最重要的东西从身体里抽离了出去。他现在有点理解孟川的心灰意冷了。

不用猜也知道，一定是那个贼心不死的神秘人，那个人断定孟川的手机就藏在了骨灰罐里。

卓乌愤愤地从抽屉里拿出了104号房间的钥匙，他要打开这个禁地之门。不管里面的人是谁，他也要从他手里抢回陆好的骨灰。

当钥匙插进了104号房间的锁孔里，只要轻轻一扭，他就会打开这一扇绝对不能打开的房门。

违反规定的后果是什么？老鼠男已经试验过了。无非一死而已。卓乌那一瞬间被愤怒冲昏了头脑，他在心里想，只要能拿回对自己至关重要的东西，哪怕是死也没关系。

我之前说过，这个世界没有不怕死的人，只有不怕死的时刻。

一阵若有若无的风吹来，卓乌一下子就清醒了很多。直觉告诉他打开这扇门的后果是他无力承担的，那绝对比死要严重得多。

这一次没有卉儿的提醒，卓乌却冷静了下来。他还有很多事情要做，不能在这里出现意外。

卓乌缓缓从锁孔里拔出了钥匙，他还没意识到，现在的他变得要比任何人都冷静，也比任何人都危险。

第二十五章　卧底

卓乌走了几间商场，并没有找到像孟川描述那样的衣服。

于是只好随便买了一件有几个口袋的衣服，然后和卉儿一起动手改装。

卉儿的针线活做得真不怎么样，口袋缝得歪歪扭扭，甚至还不如卓乌缝得好看。可是卓乌并不觉得有什么不妥，反正这也是用来为孟川进行康复训练的，外观并不重要。

卉儿缝得心不在焉，她一直在盯着卓乌手腕上的创可贴问："老板，这都多少天了，你的伤口还没愈合吗？"

卓乌缩回手，微笑说："最近事情太多了，伤口反复裂开。过几天就会好的。"

卉儿噘着嘴，红着眼圈说："你总是这样，我都心疼了，我不管，我就要看看你的伤口到底有多严重。"

卓乌心里涌起了久违的感动，现在在旅馆里能相依为命的只有这个天真的女孩儿了。

卓乌拿着刚刚缝好的衣服准备给孟川送去，他摸了摸卉儿的脑袋说："伤口很恶心的，你不会想看的，相信我真的没事。"

卉儿点了点头，眼睛却还是在盯着卓乌的手腕。

卓乌把衣服送到了孟川的房间，他正坐在窗前晒太阳。

看到卓乌手里拿着的衣服，孟川眼神中似乎有什么突然就黯淡了，他喃喃地说："好快啊……"

卓乌微笑着说："当然了，这是我和卉儿用了一上午的时间加工出来的。样子是难看了一点，不过很实用啊。"

他把从五金商店里买来的铁块塞进了衣服上大大小小的口袋里，用力提起了衣服，帮着孟川穿在了身上。

卓乌手腕上创可贴下的伤口因为用力的缘故，隐约又渗出了血。

这件衣服加了铁块足有几十斤重，孟川穿在身上瞬间就压弯了他的身体。可是孟川却很满意这个重量。

穿着这样笨拙的衣服连走路都成问题，卓乌不明白还怎么保持平衡呢？

走出孟川的房间，卓乌听到隔壁 306 号房间的门突然关上的声音。那是曹教授的房间。

卓乌觉得曹教授欲盖弥彰的行为很可疑，就去敲了敲他的房门。

曹教授看到卓乌的时候，脸上露出了一丝不自然的表情。

"教授，您刚才是要去找小孟？"卓乌开门见山地问。

曹教授尴尬地说："哦……哦，是。我想和小孟聊一聊，那一天我们也是迫不得已，但是事情都过去了，希望我们之间的误会能解开。"

对曹教授的话，卓乌不置可否。他在房间里四下看了看，发现他曾见过的那些书全都不见了，于是问道："教授，您的书呢？"

曹教授嘴角抽搐了一下说："那些书啊，看多了对眼睛不太好，我都还回学校的图书馆了。"

卓乌点了点头说："也是啊，您催眠术都这么厉害了。这些书也用不到了。”

曹教授大惊失色地说：“老板，您这是什么意思？”

卓乌向前走了一步，咄咄逼人地说：“您控制了小孟，又通过心理暗示让方医生自杀，这些还不够吗？”

曹教授涨红了脸说：“老板，东西可以乱吃，话可不能乱说。”

卓乌怪笑着说：“哦？那您怎么解释您之前那些心理学和催眠的书呢？”

曹教授支支吾吾地说：“我是大学教授啊，房间里有一些专业的书有什么问题吗？”

卓乌说：“我记得您说过您是艺术系的教授，并不是心理学教授啊！”

曹教授条件反射地抖动嘴角，却不知道该怎么解释他那些书。

卓乌觉得自己已经抓住了曹教授的“七寸”，只是没想到摊牌会来得这样突然。

曹教授扑哧一声笑了，他说：“老板，你无非是想证明我用催眠的方式控制了小孟，并给方医生下了心理暗示。如果我有办法能证明我不会催眠呢？”

卓乌一怔，问：“怎么证明？”

曹教授古怪地笑了笑，说：“那就需要你帮忙了，你敢吗？”

像是踢皮球一样，曹教授把窘境踢还给了卓乌。

卓乌冷冷地看着曹教授的眼睛，威胁说：“随你怎么办，我都配合你，如果证明你确实会催眠术的话，我不会放过你。”

曹教授微笑着从口袋里拿出一枚扣子，用线穿过了扣子的扣眼，将线的一端拿在手上，让扣子在卓乌眼前来回摆动。

曹教授说："你盯着这颗扣子，不要眨眼。"

卓乌哼了一声，完全配合曹教授的把戏。

曹教授说："你现在觉得自己的身体越来越轻……"

卓乌盯着扣子一言不发。

曹教授说："你现在觉得自己像一片叶子……"

卓乌盯着扣子一言不发。

曹教授说："你现在觉得越来越困……"

卓乌盯着扣子一言不发。

曹教授说："我数到十，你就会睡着……"

卓乌打了一个哈欠，继续盯着扣子一言不发。

曹教授缓缓地从一数到了十，然后打了一个响指。

卓乌盯着曹教授的眼睛一言不发。

曹教授问："有什么感觉？"

卓乌说："我感觉你在逗我！"

曹教授耸了耸肩说："如果我真的会催眠术的话，早就把你催眠了，怎么会浪费这么好的机会？"

卓乌一怔，忽然明白曹教授这看似滑稽的行为，其实是在向卓乌证明他根本不会催眠。

曹教授说："我连你都催眠不了，又怎么能给方医生下心理暗示呢？方医生可比你……比你聪明多了。"

这让卓乌没办法反驳。如果曹教授真的会催眠，那么刚才就会直接催眠了卓乌，这样会省下很多麻烦。

本来以为所有谜团都真相大白，可一瞬间又回到了原点，卓乌觉得自己确实太笨了，莽撞地和曹教授摊牌，却漏洞百出。

曹教授笑得像个狐狸一样，他看着尴尬局促的卓乌。卓乌恼羞成怒地瞪了一眼曹教授，无奈地退出了他的房间。

整整一个下午卓乌都把自己关在柜台间里，他懊恼不已，想到曹教授那副反败为胜的表情，就让他尴尬得想找个地缝钻进去。

可是问题又出现了，如果不是曹教授的话，那催眠方耀和孟川的人究竟是谁呢？

卓乌躺在床上苦思冥想，连卉儿给他买来的晚饭他都一口没吃。

这时常三推开了旅馆的门，他结束了一天的工作，按时回到了旅馆。

卓乌走出柜台间，对常三说："常爷，我遇到一些麻烦，您能给我算一卦吗？"

常三摆了摆手说："老板啊，今天的卦数都算完了，再算的话就泄露天机了，你想知道什么，明天再说吧。"

卓乌看到常三依然穿着那身黑色的对襟褂子，颇有点仙风道骨的味道。可是不知道为什么常三的袖口上沾了一点灰黑色的灰尘。卓乌想提醒他，可是常三已经上了楼。

卓乌想到孟川还没有吃饭，就把自己没吃的那份晚餐拿到了孟川的房间。

孟川在看着窗外黑暗中的虚无。看着他的背影，卓乌忽然不确定眼前这个人是清醒的孟川还是梦游的"他"。

"老板，你来了。"孟川没有回头，却感应到了卓乌的到来。

卓乌把晚餐放在了茶几上，他看到那件沉重的衣服还穿在孟川的身上。

卓乌关心地问："小孟，先吃饭吧。"

孟川走到卓乌身边坐下，每走一步似乎都用尽了全身的力气。

卓乌想帮孟川把那件衣服"卸"下来。

孟川却推开了卓乌的手说："老板，这件衣服对我来说确实太重了，但是穿上它之后。我觉得这辈子从来没这么轻松过。"

卓乌以为孟川病得开始说胡话了，但是他的眼神却无比坚定。

卓乌故作轻松地笑了笑说："吃完饭就好好休息，明天又是崭新的一天。"

孟川眼神里流露出了一丝伤感，他说："我觉得自己不会再有明天了。"

卓乌笑着说："怎么会呢，再过一个星期就是你入住无忧旅馆一年的最后期限了。到时候你就自由了，想去哪里都行。"

其实这句话连卓乌自己都不信，梅姐的"线索"让他知道，只有一个人能活着走出无忧旅馆，这是卓乌最近这几天最苦恼的事情，他不想伤害谁，却也害怕别人会伤害他。

孟川苦笑着摇头说："我也觉得自己再也走不出无忧旅馆了。"

卓乌说："怎么会呢，你别乱想。"

孟川说："不过我想到了一个可以离开无忧旅馆的方法。"

卓乌好奇地问："是什么？"

孟川说："那是只对我一个人有效的办法，就算告诉你你也做不到。"

卓乌点了点头，不再问下去了。

他陪着孟川闲聊到深夜，直到再也没什么话题可说了。

一阵冗长的沉默之后，孟川忽然说："我想去看看月亮，以后可能没机会了。"

卓乌觉得他今晚说的话都很晦气，但还是耐着性子说："我陪你去吧。"

孟川礼貌地婉拒说："我想一个人静一静，这次就不麻烦您了。"

卓乌点了点头，表示理解。

孟川说："我的柜子里有一张支票和一个地址，那是我卖画赚来的钱。如果有机会的话，希望您能寄给我的家人。"

卓乌郑重地点了点头，这是自打方耀之后，他再一次体会到被人信任的感动。他走到柜子前从抽屉里拿出了一张支票和一张写着一个地址的纸条。

卓乌打开门，和孟川一起走出了房间。

卓乌向楼下走去，孟川去了旅馆的天台。两个人一错身的时候，卓乌忽然有一种生离死别的悲壮。

"老板。"孟川在身后叫住了卓乌。

卓乌回过身，看着他。

孟川说："你想找的东西在画里。"说完他诡秘地笑了一下。

卓乌的心咯噔一下，刚才孟川的样子分明就是"他"的微笑。

孟川头也不回地向天台走去，只留下满头冷汗的卓乌。

过了许久，卓乌才回过神来，难道自己刚才和"他"聊了一夜？卓乌从怀里拿出了那张支票，上面那一串数字让他目瞪口呆。孟川说过，他曾经把那一幅导师的肖像卖了出去，可卓乌没想到孟川的画会这么值钱，那么楼下那幅油画也一定价值不菲了。

卓乌小心地把支票塞进自己的钱包里。

这个动作让他想起了很久之前的一个细节。

那一天常三曾经给了卓乌两张一元的钞票，让卓乌帮他去买一张彩票。

就是这两张钞票让阿海认为卓乌曾经偷偷溜进了自己的房

间偷走了本该属于自己的钱。

就像是被一道闪电击中了大脑，卓乌一瞬间想通了好多事情。

为什么常三走路总是没有声音？为什么那一天在阿海的房间里，被囚禁的收银员会那样惊恐地对卓乌说着什么？他是在提醒卓乌，有人也藏在这个房间里，常三或许就藏在床下。为什么常三总是料事如神，能看到卓乌身上的"大凶之兆"？因为这背后的始作俑者就是常三。为什么常三会知道林太太的"婴儿"一定在旅馆之内？因为将"婴儿"和老鼠男的机票调包的人就是他自己。

或许常三根本就不是瞎子，卓乌从来都没有看到过常三摘下墨镜时的样子。

卓乌气得浑身发抖，他的心里萌生的不是怒气，而是恣意涌动的杀意。他现在明白常三袖口上沾到的灰尘是什么了，那是陆好的骨灰。

那一天房客们在旅馆前的荒地中火化了陆好的尸体，卉儿毛手毛脚地将陆好的骨灰罐摔在了地上，骨灰罐虽然没有碎，但是摔出了一道裂缝。

常三那一晚偷偷溜进卓乌的柜台间里搜寻孟川的手机，他断定手机就藏在骨灰罐里，可是还没来得及查看，卓乌就突然醒了。第二次索性直接将骨灰罐偷走，可是骨灰从裂缝里渗漏出来沾到了他的袖子上。

不知道这是不是陆好在冥冥之中留给卓乌的一点提示。

卓乌觉得自己一刻都不能等下去了，他几乎是跑着到了前厅，他要找到208号房间的钥匙，不管常三承不承认，他都要杀了他。

可出乎卓乌预料的是，常三此刻竟在前厅那幅油画前在搜寻什么。

"常爷，您在这儿干吗？"卓乌一脸狰狞地走向常三。

听到卓乌的声音，常三的身体一震，显然卓乌的出现也出乎常三的预料之外。

"老……老板，您怎么回来了？"常三后退了一步，语无伦次地说。

卓乌挑了挑眉毛说："哦？我不应该回来了？这里是我的房间，您说我应该去哪儿？"

那一瞬间卓乌明白了常三这句话的弦外之音，刚才他明明是要陪着孟川去天台看月亮，而现在他突然出现在前厅，对常三来说是极不正常的。

卓乌逼问他："你监视我？"

常三似乎也意识到自己失言了，但毕竟是老江湖，很快就恢复了那份气定神闲。

他捋着胡子说："其实我是来找你的，傍晚时分你说想求我帮你算一卦，本来我是不应该泄露天机的，但是毕竟你我相识一场，我想了想还是应该答应你的请求。说吧，你想算什么？"

卓乌看着常三装模作样的嘴脸，心里的愤怒再一次被点燃了，他强忍怒火说："常爷，我想请您给我算一算，您还能活多久？"

常三一惊，忙问："老板，你这是什么意思？"

卓乌又向前走了一步，脸几乎贴在了常三那张满是沟壑的脸上。

卓乌冷冰冰地说："你什么时候把薇薇的骨灰还给我？"

说着，他手里不知道什么时候出现了一把手术刀，狠狠地刺向了常三的腹部。

那是方耀曾经用过的手术刀。方耀用这把刀自杀之后，卓乌就把它收了起来，一直带在身上。他觉得总有一天他会用得到。

没有想象中刺进身体的感觉，常三竟然硬生生地躲过了卓乌这必杀的一刺。

常三轻轻一跃就跳出好远。

卓乌一怔，看到常三轻盈的姿态哪还有一点年迈的样子。

常三吓得手足无措，急忙说："老板，有话好好说。你想知道什么我都可以告诉你。"

卓乌二话不说，一个箭步窜了出去，第二刀也跟着刺了过去。

不知道是不是手腕上的创可贴下的伤口影响了卓乌的动作，这一刀依然被常三躲了过去。

常三知道卓乌非要杀了他不可，他把手里的探路杆向卓乌扔了过去，卓乌闪身躲开。

趁着这个空当，常三迅速地跑出了旅馆。

卓乌已经杀红了眼，正要追着常三一起出去。

透过玻璃上反光的镜像，卓乌看到墙上的时钟正好显示现在已经是午夜十二点了。

卓乌硬生生地停住了脚步，门外浓浓的夜色中已经看不到常三的身影了。既然敢在这个时候走出旅馆，这就足以证明他就是旅馆安插在房客中间的卧底。

这一个谜团终于解开了，可是卓乌并不欣喜。常三的逃脱让卓乌心中的杀意无处释放，又急又怒的他，竟然喷出了一口鲜血。

晕倒的那一刻，他被恨迷了眼。

第二十六章　相识

卓乌醒过来的时候，已经是第二天的清晨，是卉儿发现了躺在旅馆门前的他。

看到门上的血迹，卉儿被吓得脸色惨白，卓乌却觉得舒服多了，心里的烦闷随着那一口瘀血一同喷了出去。

卓乌有些虚弱地问："你怎么这么早就起床了？"

卉儿瞪大了眼睛说："哎呀，我差一点忘了，孟川不见了！"

人在急切的时候总会忽略掉至关重要的细节，比如卉儿为什么会发现孟川失踪了呢？

卓乌火急火燎地跑到孟川的房间，房间里空空如也，完全是昨晚的样子。

"难道小孟晚上没回来？"卓乌喃喃地说。

卓乌带着卉儿来到了旅馆的天台之上。

两个人找了一圈又一圈，依然没有孟川的踪迹。

卓乌忽然想到了一个可能，他沿着天台边缘向下看，终于看到已经摔在地上的孟川。看来昨晚他就是从这里跳下去的。

卉儿扶着卓乌颤颤巍巍地来到旅馆之外。

原来孟川要求的那件衣服并不是什么训练平衡感，而是他早就想好了要在这里结束自己的生命。

他的双手都失去了，很多事情他都做不了。跳楼是最简便也是最可行的办法，可是无忧旅馆只有三层楼高，即使站在天台上跳下去也依然无法保证百分之百的死亡，所以孟川选择加大自身的重量，他带着几十斤重的铁块，巨大的冲击力足够让他粉身碎骨了。

卓乌一直不敢去看孟川的尸体，他对孟川的死深深地感到自责。

卉儿去翻看孟川的尸体，忽然她对不远处的卓乌大叫道："老板快来，除了孟川还有一具尸体！"

卓乌好奇地走了过去，发现已经断气的孟川身下还有一个血肉模糊的尸体。

卉儿和卓乌一起将孟川和他身下的那具尸体分离开来。

"常爷?"卓乌和卉儿异口同声。

卓乌把昨晚的经过和卉儿详细地说了一遍。

卓乌说："一定是昨晚小孟选择在这里跳楼轻生，跳下的时候正巧砸到了从旅馆里跑出去的常爷。小孟身上的铁块足有好几十斤，那么重的重量砸在身上，一定很疼。"

卉儿看了一眼常三的尸体，咬牙切齿地说："死得好！"

一种来自宿命的深邃让卓乌不寒而栗，就在几天之前，常三对所有人说，他给自己算了一下寿数，他不会死在旅馆之内。果然，他如愿地死在了旅馆之外。

卓乌和卉儿在两具尸体旁挖了两个土坑，他们将孟川的尸体放进一个土坑之内掩埋好。

就在他们准备处理常三的尸体的时候，卉儿指着那一摊血泊里一撮毛茸茸的东西说："老板你看，那是什么?"

卓乌顺着卉儿手指的方向看去，果然有什么毛茸茸的东西。他又看了一眼卉儿说："那……好像是胡子！"

卓乌走过去用两根手指夹起了那撮毛发。

"这像是常爷的胡子。"卓乌诧异地自言自语。

他和卉儿都情不自禁地望向常三的尸体。常三仰面躺在地上，脊椎骨断成了好几截；墨镜早就不翼而飞，两只眼睛瞪得老大，显然是死不瞑目。

卓乌的推测没错，常三根本不是瞎子。

只是常三的下巴光秃秃的，只有浓稠的血迹，平日里仙风道骨的山羊胡子却落在了身边血迹之中。

卉儿诧异地说："胡子被砸掉了？"

卓乌说："除非是假胡子！"

卓乌走过去仔细观察了一下常三的脸，下巴上果然有涂过胶水的痕迹。不仅仅是胡子，连脸上沟壑一样的皱纹也是用特殊的胶水易容而成的。

卉儿从旅馆里找来了毛巾，用温水浸透。卓乌拿着毛巾在常三的脸上擦了又擦。终于，一个年纪比卓乌稍微大一点的男人的样子出现在了常三的脸上。

卓乌惊讶地站起身，退后了一步。他用难以置信的口吻说："是他！"

卉儿也觉得意外，朝夕相处住了一年的邻居，居然从一个算命的老人变成了一个陌生的男人。这让卉儿觉得不可思议，她好奇地问："老板，你认识他？"

卓乌点了点头，他又回忆起那一天在 104 号房间的窗外，看到里面曾经出现过一个人，而那个人正是此刻躺在地上的常三。

原来那个人就是常三。卓乌一直在想方设法要找到的那个神秘人其实一直就住在旅馆里，时刻出现在他的身边。

卓乌算了算，旅馆内发生的每一次事件或多或少都有常三的参与和推动。

一想到陆好的骨灰也是被这个人偷走的，他恨不得在他的尸体上再补上两刀，或许只有这样才能平息卓乌心头的怒火。

能够自由出入无忧旅馆的禁地，卓乌再一次确认了常三就是旅馆的卧底。

卓乌和卉儿草草地处理了常三的尸体。卓乌迫不及待地打开了常三的房间，他要以最快的速度找回被常三偷走的骨灰罐。

那是薇薇留给他唯一的念想。

卓乌很少走进常三的房间，因为常三的房间几乎是所有房客中最整洁的，卓乌打扫的时候也是心不在焉。但是这一次却不同，因为心境发生了改变，卓乌也觉得这间屋子里显得鬼气森森。

骨灰罐被常三放在洗手间靠近马桶的位置，卓乌气得直骂，当他发现里面的骨灰已经不足之前的三分之一的时候，更是气得想把常三的尸体从土坑里挖出来鞭打。

骨灰不知道是常三在搜查的时候弄撒了，还是因为从骨灰罐的裂缝里掉落出去了。

卓乌心疼地将剩下三分之一的骨灰重新更换了一个新的容器，然后小心翼翼地放在自己柜台间里的格子上。他觉得这一次应该没有人会再打陆好骨灰的主意了。

做完了这一切，卓乌再一次回到了常三的房间。既然是旅馆安插在房客之中的卧底，那么常三的房间一定会有其他房间没有的细节。

卓乌和卉儿几乎是地毯式的搜查。卉儿注意到床头柜上的台灯底座已经被磨得发亮了。常三要在旅馆里时刻扮演一个瞎子，即使是假的瞎子，房间如果亮起了光亮，那也未免有些此地无银了。

卉儿摸了摸那个台灯，彻骨的冰凉，似乎和旅馆其他房间里的台灯并不是同一材质的。卉儿想把台灯拿起来，可是底座似乎和床头柜已经融为一体，她用尽力气也拿不起来。

卓乌走过去看了看，他双手握着台灯底座，然后用力一拧，台灯转了半圈。一阵轻微的机器运作的声音之后，床头柜倏然向左边移动了，后面露出了一个黑乎乎的洞。

卓乌和卉儿对视了一眼，这一切都已经超出了两个人理解的范围。

卉儿深吸了一口气，准备走进洞里。

卓乌赶紧拉住她问："你要干吗？谁知道这个洞会通向哪里，小心会有危险。"

卉儿说："不进去看看的话，永远都弄不清无忧旅馆的秘密。"

卓乌还在犹豫，卉儿拉着卓乌的手就要钻进洞里。

卉儿的手正好碰到了卓乌手上的伤口，卓乌皱了一下眉，不露痕迹地收回有伤的右手，用左手拉住了卉儿的手。

洞里并不像卓乌想象的那样潮湿，空间却很狭窄，只容得下一个人通过，卓乌走在前面。脚下是向下的台阶，走几步就会转弯到另一个方向，几次下来卓乌已经彻底迷失了方向，只能随着台阶继续向下走。

在这个通道里，卓乌想转个身都难，他忽然想，如果这个时候身后的卉儿突然袭击他的话，那么他连反击和逃跑的机会都没有，只剩下死路一条。

想到这儿，他脚下不自觉地慢了下来，忐忑地提防身后的卉儿。

卉儿发现了卓乌的变化，在后面问："你怎么走得这么慢？"

卓乌急忙故作镇定地说："前面那么黑，谁知道会有什么，小心一点总没错。"

卉儿沉默了一会儿才说："你不是怕前面。"

卓乌干笑了两声说："那我害怕什么？"

卉儿幽幽地说："你怕我！"

啪的一声，卓乌好像撞在了什么东西上，顿时眼冒金星。

卉儿却及时地站在了他的身后，就好像她早就知道前面有什么一样。

卓乌摸了摸他撞到的东西，然后对身后的卉儿说："是一扇门！"

他用力一推，门嘎吱一声开了。眼前这个空间让卓乌觉得有些陌生。但是熟悉的房间格局让他知道，他们还在无忧旅馆里。

房间里有一股淡淡的霉味，卓乌走到窗前，拉开了窗帘，让阳光照射进来。他下意识地想打开窗户，却发现这扇窗户是浑然一体的，根本没办法打开。

他立刻知道自己现在在什么地方了，他和卉儿正在无忧旅馆的禁地之中，104 号房间。

兜兜转转，他们竟然转到了这里。

这就可以解释为什么会在 104 号房间里看到了还没来得及易容的常三。因为这里和他的房间是连着的。

104 号房间并没有什么特殊的布置，如果一定说有的话，那可能就是其中一面墙上镶嵌着一块铁板一样的东西，那块铁板上布满了密密麻麻的复杂花纹。那种感觉除了很厚重之外又多了一丝神秘。花纹中间的地方有一块显示屏，显示屏下有一个数字键盘。

卓乌和卉儿面面相觑，谁也不知道这个东西究竟是什么。

卓乌在键盘上胡乱按下了几个数字，数字在显示屏上出现之后，整块显示屏开始闪烁红灯，刺耳的警报声响了足足有一分钟。

屏幕上出现了一行小字：密码错误，剩余机会 2 次

卉儿也好奇地按了几个数字，屏幕上又开始闪烁红灯，发出刺耳的警报声，这一次警报声足足响了五分钟。

屏幕上那一行小字也变成了：密码错误，剩余机会 1 次。

冷汗在卓乌的额头上渗出，他不知道下一次输入错密码会是什么后果，不管是什么，一定都是他和卉儿无力承担的。

卓乌和卉儿商量后，决定暂时不理会这块巨大的铁板。

卓乌想到了一件事儿，自己接手这间旅馆的时候，那条神秘的短信曾告诫过他，不要打开 104 号房间的门，否则会有杀身之祸。

卓乌一直都想不通，为什么打开一扇门就会出人命呢？

不过当他看到 104 号房门之后的景象他就全明白了。

104 号房间的门把手上连接着一根又细又长的丝线，丝线的另一端连接着一颗手雷的引信。只要贸然开门，势必会触碰那根丝线从而拉断手雷的引信。无论打开房门的人有多强壮，卓乌敢肯定手雷爆炸的一瞬间，那个人也一定会血肉横飞。

卓乌暗暗庆幸，自己曾经两次差一点打开这扇门，最终因为种种原因和死神擦肩而过。

卉儿说："我们应该尽快离开这里，现在还不是来这间房的时候。"

卓乌纳闷地问："不是时候？那我们应该什么时候再来这里呢？"

卉儿说："旅馆里还有一个人。"

卓乌瞪大了眼睛说："你是说曹教授？"

卉儿说："没错，就是那老头儿，我早就怀疑他和方耀的死有关，也许他就是控制孟川的那个人。"

卓乌摇了摇头说："我最初也是这么想的，可是上一次我去质问他，他用我做了一个实验，他根本没办法催眠我。如果连我都无法催眠的话，更不要说心思缜密的方医生了。"

卉儿恨铁不成钢地白了他一眼："老板你还真是笨啊，你想啊，催眠当然要对方完全配合，或者对方完全没有意识到这是一场催眠的时候进行才有效。你当时内心充满了戒备，就算那老头儿有再高超的技术也没办法催眠你的。你被他骗了！"

卓乌听得张口结舌，一方面对卉儿说的这些感到半信半疑，一方面又为自己被曹教授给骗了而感到耻辱。

卓乌羞红了脸，结结巴巴地说："那……那我们应该怎么办？"

卉儿古灵精怪的大眼睛滴溜溜地转了一圈，说："有了！我们再做一次实验，如果这一次能证明他真的不会催眠术的话，那么我们就把旅馆的秘密告诉他，我们一起想办法离开这里。"

卓乌茫然地点了点头，紧接着又摇了摇头问："我们怎么再做一次实验？"

卉儿做出了一副被卓乌打败了的表情，她对卓乌勾了勾手指，卓乌急忙把耳朵伸了过去。

于是卉儿在卓乌的耳边告诉了他一个缜密的计划。

第二十七章　催眠

在旅馆的前厅，卓乌不自信地看着卉儿问："我能行吗？"

卉儿说："能不能抓到他的狐狸尾巴就全靠你了！"

卓乌为难地说："我有点紧张。"

卉儿特意给卓乌倒了一杯水说："把这杯水全部喝掉，然后告诉自己你能行！"

卓乌将杯子里的水一饮而尽，说："你好像传销。"

卉儿被卓乌逗得捧腹大笑，卓乌也轻松了不少。

算了算时间，曹教授也该回来了。卉儿躲进了厨房里，她探出头，用眼神在示意卓乌不要紧张。

过了一会儿，曹教授准时回到了旅馆里。

"教授，等一等！"卓乌像是抓到了救命稻草一样，拦住了准备回房间的曹教授。

曹教授一怔，冷淡地问："怎么？又找到关于我的新证据了吗？"自从上一次卓乌当面怀疑过他，他对卓乌的态度就变得不那么友好了。

卓乌拉着曹教授的手，激动地说："教授，以前的事情都是我不好，我不该怀疑您。"

曹教授一脸犹疑地看着卓乌，问："老板，你还好吧？"

卓乌摇头说："不好！我遇到麻烦了，无论如何你都要帮帮我。"

曹教授想了想，挣脱了卓乌的手说："我没什么能帮你的，你自求多福吧！"说着就要继续向楼上走。

卓乌急忙拦在曹教授身前说："教授，只有您能帮我，您要是见死不救的话，我可真的要崩溃了！"

卓乌努力回忆曾经的伤心事，好在他的前半生比较坎坷，想着想着他的眼圈就红了。

看到卓乌眼中闪烁着泪光，曹教授也有点不知所措，急忙说："好吧好吧，我真是怕了你了。到底怎么了？"

卓乌擦了擦眼角的泪水说："小孟死了！"

曹教授惊讶地问："孟先生……死了？"

卓乌伤心地点了点头，说："他跳楼自杀了。"

曹教授表情沉重地说："那太遗憾了。"

卓乌悄悄观察着曹教授的脸，继续说："常爷也死了！"

曹教授又是一阵惊愕，他问："常先生？他们在一天之内都死了？"

卓乌说："小孟跳楼的时候砸死了常爷。"

曹教授不知道该怎样评价他们这样的结局，但是他的态度明显缓和了下来，他问卓乌："老板，我能帮你什么？"

卓乌说："小孟生前让我帮他做了一件缝满口袋的衣服，在口袋里都塞进铁块，他就是穿着这件衣服从楼上跳下去的，也正是因为这样才砸死了常爷。我一直觉得他们的死和我有直接关系。"

曹教授安慰他说："老板，人各有命，你别太自责了。"

卓乌摇头说："可是我过不去良心那一关，每次我闭上眼睛好像都能看到小孟从楼上跳下来的样子。"

曹教授说："老板，你到底要我帮你什么？"

卓乌一脸热切地说："教授，我想您帮我做一次心理辅导，要不然我真的要崩溃了！"

"心理辅导？"曹教授一脸诧异。

卓乌点头说："对，我觉得我有很严重的心理障碍。我们都知道，在旅馆里发生的一切都只能在旅馆里解决，所以现在能帮我的人就只有您了！"

曹教授为难地说："我怎么会心理辅导呢，这是心理医生的事儿啊！"

卓乌执着地说："教授，您看过那么多心理学方面的书，我的问题对您来说应该不算什么。"

曹教授支支吾吾地说："那些都是关于催眠方面的，并没有你说的心理辅导的知识。"

卓乌心中一动，表情却不动声色地说："也行，那您就催眠我，在潜意识里消除我心中的那种自责感。"

曹教授盯着卓乌的脸，他不知道卓乌到底在搞什么鬼，可是那种渴望的表情似乎并不是装出来的。曹教授叹了口气说："好吧，到我房间里来吧，我试试看。"

卓乌慌忙摆手说："来不及，就在这里吧！"

曹教授不理解地问："来不及了？"

卓乌像是没有听见曹教授的问话，直接躺在了前厅的沙发上，躺下的时候，用余光瞥了一眼躲在厨房里的卉儿，她对他竖起了大拇指，另一只手正捂着嘴偷笑。

曹教授无奈，只好搬了一把椅子坐在卓乌身边。卓乌躺在沙发上，手掌十指交叉放在胸前，那样子好像真的是正在看心理医生一样。

曹教授说："这一次你要认真配合我。"

卓乌很认真地点了点头。

曹教授叹了口气，从风衣的口袋里又拿出了那枚扣子。

扣子在卓乌的眼前荡来荡去，卓乌眼球也跟着扣子的摇摆，眼睛一眨也不眨。

曹教授说："你现在觉得自己的身体越来越轻……"

还是老一套，卓乌打了一个哈欠，盯着扣子一言不发。

曹教授说："你现在觉得自己像一片叶子……"

卓乌开始想象自己是一片叶子，他忽然觉得自己好像没有了重量。

曹教授说："你现在觉得越来越困……"

卓乌的眼皮越来越沉，困顿的感觉突然包裹住了他的身体。

曹教授说："我数到十，你就会睡着……"

卓乌觉得自己上当了，这一次他或许真的被催眠了，他眼神变得慌乱，想挣扎着坐起来。可是身体像是被掏空了一样，一点力气都没有。

曹教授缓缓地从一开始数，数得很慢很慢，渐渐地曹教授的声音在卓乌的耳中变换成了另一种语调，越来越不真切。

曹教授终于数到了十，卓乌用尽了浑身的力气却只是像呓语一样说了一句"卉儿，救我"，然后沉沉地睡了过去。

曹教授愣愣地看着开始打鼾的卓乌，又看了看手里的扣子，喃喃地自言自语："成功了？难道我终于学会催眠了？"

他脸上的表情因为激动而变得有些扭曲，可这份欣喜若狂并没有持续多久就觉得后脑一阵剧痛，紧接着眼前一黑就晕了过去。

卉儿的计划其实很简单，她要卓乌假装因为孟川的死而感到内疚，再一次要求曹教授对他施展催眠术，以消除他潜意识里的内疚。这一次卉儿对卓乌的要求是全力配合曹教授的引导，如果卓乌在配合的状态下依然没有被催眠就足以证明曹教授并不是那个控制方耀和孟川的人。相反，如果卓乌果然被曹教授催眠了的话，就可以证明曹教授就是利用孟川和暗示方耀自杀的人。而躲在厨房里的卉儿会突袭曹教授，拯救被催眠的卓乌，将伤害扼杀在摇篮里。

不知道过了多久，卓乌觉得手腕的地方有一种怪异的感觉。他倏然睁开眼，另一只手迅速地抓住了卉儿正在撕开创可贴的手。

"你干什么？"卓乌大声地问。

卉儿一脸惊恐地看着卓乌，显然卓乌的样子吓倒了她。她委屈地说："我看你的创可贴都脏了，想给你换一个新的，你却这样凶人家！"

泪水就在卉儿乌溜溜的大眼睛里打转，卓乌一下就心软了，他觉得自己太敏感了，急忙向卉儿道歉。

卓乌看了看四周，自己还躺在前厅的沙发上，曹教授却不见了，想到之前自己被曹教授催眠的一幕，他的心好像跌落到了万丈悬崖之中。

卓乌问："我这是怎么了？"

卉儿的表情变得十分凝重，她说："我们猜对了，那老家伙果然会催眠术，你知道刚才的情况有多凶险吗？"

卓乌傻傻地摇头。

卉儿白了他一眼说："刚才他正准备对你进行心理暗示，我及时打晕了他，要不然你搞不好也会像方医生一样……"

卉儿一边说着，一边在自己的脖子上比画了一下，然后吐出舌头。

想到方耀当时自杀的样子，卓乌就觉得一阵胆寒。他问："曹教授人呢？"

卉儿揉了揉酸痛的肩膀说："我把他拖回了他的房间。"

卓乌和卉儿走进306号房间，曹教授正倒在地上，生死不明，身体被卉儿用绳子捆得结结实实。

卉儿走过去狠狠地踢在曹教授的身体上，恶狠狠地说："别装了！"

曹教授立刻发出了痛苦的呻吟，忙说："哎哟哟，别踢别踢……"

卓乌走过去对曹教授说："你刚才对我做了什么？"

曹教授一脸委屈地说："我什么也没做啊，每一步都是按书上说的做的，没想到你真的睡着了。"

卓乌想了想说："你对我的身体做什么手脚了吗，比如心理暗示？"

曹教授痛苦地说："我根本就不知道你说的是什么，就算我会我也没有时间对你做那些事。你刚睡着我就被那臭丫头……被卉儿姑娘打晕了！"

看着曹教授后脑高高隆起的包，卓乌就知道卉儿下手有多重了。

卓乌盯着曹教授的眼睛说："从现在开始，我问你答，如果被我发现你在撒谎，你不会想知道后果的。"

曹教授点了点头，一副任人宰割的样子。

卓乌问："你这是第几次来无忧旅馆？"

曹教授诧异地看着卓乌，又看了看卓乌身边的卉儿，忙说："当然是第一次，为什么要这么问？"

卓乌皱了眉说："你撒谎！"

曹教授慌了，急忙解释说："我真的是第一次，这地方来一次还不够吗？"

卓乌想了想，觉得曹教授说得也有道理，于是问："那你为什么会知道那么多的事情？"

曹教授装傻说："我知道什么了？"

卓乌揪住曹教授的衣领，把他提了起来，说："你少装傻，你知道阿海是通缉犯；你知道林太太和陆好之间的关系；你知道我的过去。要是我没猜错的话，你房间里的那些关于心理学的书是为孟川而准备的吧，你早就知道他不仅有梦游症，而且还有精神分裂症！"

曹教授的脸青一阵红一阵，他躲避着卓乌灼灼的目光说："我……我不知道你在说什么。"

卓乌松开手，曹教授跌落在地上。他冷冷地说："如果你不想回答，那么下面的问题你也没必要回答了。"

当方耀那把手术刀出现在卓乌手上的时候，曹教授才慌了神儿，忙说："我说我说，其实我在留言板上许下的愿望就是希望得到每一位房客的资料。所以我才对你们的过去这么清楚。"

卓乌没想到这老滑头居然会许下这么卑鄙的愿望。不过这也能解释得了曹教授为什么会对每一个人的情况都了如指掌。

卉儿说："你来这里不是有苦衷，那你的目的是什么？"

曹教授反问卉儿："你来这里的目的又是什么？"

卉儿调皮地冲着曹教授吐了吐舌头，说："你赖皮，我先问你的，你要先回答。"

曹教授看了看面前的两个人，自负地说："我想见一见旅馆主人。"

再一次听到了"旅馆主人"四个字，卓乌觉得这个人比这间旅馆还要神秘。

卉儿瞪大了眼睛问："你要见他干吗？"

曹教授说："你知道能把我们这些人都聚集在这一间旅馆里是一件多么不容易的事情吗？能做到这件事的人，除了要有富可敌国的财力，更要有通天的本事，这样的人不值得见一见吗？

如果我能让老板看到我的能力，或许我也能加入无忧旅馆之中，真正的无忧旅馆！"

卓乌不理解地问："那你直接在留言板上许个愿望，要见一见老板不就得了？"

曹教授像看一个白痴一样看着卓乌，好半天才说："你不觉得这个要求实在太无礼了吗？"

卓乌想起了自己刚来到无忧旅馆的时候，那条神秘的短信曾提醒过他，愿望不可以太过分。他不想再在这个问题上纠缠下去，他问："你手里的'线索'是什么？"

曹教授像是想到了什么有趣的恶作剧一样，问："你真的想知道？"

卓乌压制着怒火说："废话。你不想说的话也可以，等我杀了你之后，你手里的'线索'自然会发到我的手机里。"

曹教授忍着笑意说："我说，我说！我手里的线索是，无忧旅馆里有上千个隐藏的摄像头，分布在每一个角落。"

卓乌和卉儿的脸上瞬间变得惨白，难道自己平时的一举一动都在别人的监视之下吗？

卓乌想到自己平时洗澡上厕所的时候都在一双眼的注视之下，他恨不得一头撞死在这里。

卉儿似乎比卓乌坚强一些，她咬着嘴唇，眼泪在眼眶里呼之欲出。

卓乌终于明白了为什么无论什么时候曹教授总是穿得严严实实，也明白了他为什么从来都不在旅馆里洗澡。

曹教授挣扎着坐了起来，他扭动了一下身体，似乎这个姿势让他很不舒服。他对着卓乌和卉儿说："你们问的我都说了，现在能放了我吗？我老人家可受不起你们这样折磨。"

卓乌说："我还有一个问题。你是什么时候催眠方医生的?"

曹教授哭笑不得地说："怎么又绕回来了？我根本就没催眠方医生，我要怎么说你才能相信呢！"

卓乌说："你刚才催眠了我就是最好的证明，如果你不承认的话我只能用我自己的方法为他报仇了！"

卓乌拿着手术刀一步一步地向曹教授走去，曹教授胡乱地蹬着被绑住的脚，想向后退。

曹教授眼神里满是惊恐，他没想到平日里性格温润的卓乌此刻会向他痛下杀手。豆大的冷汗从他的额头上渗出来。

卓乌的刀尖已经抵在了曹教授的脖子上，曹教授索性闭着眼睛等待着要命的那一刀，已经认命了。

忽然他听到卓乌叹了一口气说："卉儿，我们也许错了，不是他。"

卉儿无奈地承认卓乌的看法，说："也许一切都是姓常的那家伙搞的鬼。"

卓乌深以为然地点了点头。

曹教授惊慌地睁开眼睛，不知道眼前的两个人在搞什么把戏。

卉儿拿出一张湿巾，仔细地擦掉了曹教授脸上的汗水，坏笑着说："看来你真的和方耀的死没关系，要不然死到临头的时候你早就承认了。"

从鬼门关走了一遭，曹教授并没有劫后余生的快慰，反而瞪着卓乌和卉儿，说："你们两个闹够了没有，快放开我！"

卉儿笑着举起手说："好好好，我去给你们弄点吃的，让老板给你松绑。"

卉儿对卓乌眨了眨眼睛，然后走出了曹教授的房间。

卓乌没办法，总不能真的杀了曹教授，他只是想逼曹教授说出实话，现在他已经知道了自己想知道的事情。

卓乌准备解开曹教授身上的绳子，他想起了什么，又问他："你早就知道常爷是卧底对不对？"

曹教授不置可否地说："我知道他是'卧底'，可是不知道这两个字是什么意思。我也是后来才想明白的。"

卓乌愤恨地说："那你也一定早就知道我和薇薇的关系，如果你早告诉我陆好就是薇薇的话，也许就不会有后来的那些事情。"

曹教授轻笑说："我告诉你又能怎样？你问问自己的心，你真的希望知道真相吗？如果我告诉你陆好就是你曾经爱慕过的女孩儿，你会怎么看待他？"

曹教授的话让卓乌哑口无言，他确实没有想过这些，就算他知道陆好就是曾经的薇薇，那么也一定会敬而远之。那不仅仅是陆好的伤痛，也是卓乌迈不过去的障碍。

曹教授急不可待地说："你快解开绳子吧，勒得我好难受。"

卓乌却不那么着急，他的神色变得十分古怪，似乎是犹豫了很久才问："教授，卉儿的身份是什么？"

曹教授冲着卓乌会心一笑，说："老板我早就知道你会问她，要说卉儿这丫头可奇怪了。"

卓乌急忙问："怎么奇怪了？"

曹教授怪笑了两声说："她呀，没有……"

曹教授这句话正说到关键的地方，他的脸忽然就燃起了火焰。火焰一瞬间就蔓延到了曹教授全身。

很难形容卓乌看到这个画面的时候是怎样的一种心情，他惊愕得手足无措，这是很违背常理的一幕，人体自燃这种情况似乎只存在于某些猎奇的新闻里。当曹教授在面前实实在在地自燃了之后，卓乌第一个念头就是"诅咒"。

火焰烧断了绳子，曹教授已经完全变成了一个大火球，他在火焰中痛苦地扭曲身体，不断发出痛苦的嘶吼，不过喊叫声很快就被火焰升腾的声音掩盖住了。卓乌想去扑灭火焰，可火势已经控制不住了。

曹教授突然向卓乌的方向移动了过来，卓乌心里一惊，知道曹教授要和自己同归于尽。灼热的气息烤得卓乌心慌意乱。

人在危急的时候总是会爆发出让自己都难以置信的潜能，卓乌对着逼近自己的曹教授做出一个近乎完美的侧踢，曹教授整个人跌倒在窗前，身上的火焰点燃了窗帘，整个房间一瞬间变成了火炉。

趁着这个空当，卓乌急忙跑出了曹教授的房间。

卉儿端着两碗面条走上楼，看到卓乌狼狈不堪地跑到走廊里，诧异地问："怎么了？那老家伙呢？"

卓乌用手指着房间，又指了指自己，竟然连一个字都说不出来。

卉儿莫名其妙地看着他，把手里的面交给了卓乌，自己准备打开306号房间的门。

卓乌急得扔掉了手里的面条，拦住了卉儿，激动地说："火！曹教授着火了！"

让卓乌感到奇怪的是，尽管房间里已经被曹教授引燃了，但是火势居然没有从房间里蔓延出来。不知道这扇门是不是用什么特殊的防火材料制作的。

卓乌详细地给卉儿讲了刚才匪夷所思的一幕，卉儿并不相信像卓乌说的那样，人会无缘无故地自燃，但是卓乌被火焰烤焦的头发和鞋上被火烧灼的痕迹又让她不得不相信。

卉儿趴在306号房间门前，听着里面的动静，隐约从门板上透过来的热气让她的表情变得十分沉重。

卓乌看着她的背影，他意识到，现在旅馆里只剩下他和卉儿两个人了。

他不知道接下来到底是两个人携手并进，还是两个人你死我活地厮杀。

创可贴下的伤口又开始隐隐作痛了。

第二十八章　毕露

这一场雨从清晨开始就有了预兆，到了中午才终于按捺不住，豆大的雨点砸在地上，雨势惊人。雨水给了焦灼的大地一丝喘息的机会，却不肯将生机施舍给无忧旅馆。

旅馆不远处的大片土地上，蒿草茂盛得让人觉得不太真切，卓乌知道蒿草下面不知道有多少曾经的房客变成了如今土壤里的养料。

通过他手里收集来的线索得知，这不是无忧旅馆的第一场游戏，埋在土地里的房客也一定不会是最后一批参与者。

卓乌站在旅馆门前，透过玻璃看着外面的雨幕出神。他想起当初好像也是这样的大雨，让他在躲雨的时候遇到了多年未见的同学，就是这次邂逅彻底改变了卓乌人生的轨迹。

算了算时间，到前天刚刚好是卓乌入住无忧旅馆一年的时间，而一年前的今天，正是卉儿住进来的日子。

卓乌和卉儿商量好要在这一天一起走出无忧旅馆，去过各自崭新的生活。

卓乌看了看手表，卉儿回房间去收拾自己的东西了。

女人真麻烦，卓乌在心里说。

自从知道旅馆里到处都是摄像头之后，卓乌就再也没在旅馆里洗过澡，连睡觉都穿着衣服。

现在他已经迫不及待地要走出无忧旅馆，即使外面下着瓢泼大雨，那也是他久违了的自由。他打算在外面等着和卉儿道别。

卓乌推了推门，门却纹丝不动。

卓乌一怔，他用力再推了一下，门依旧关得严丝合缝，玻璃上倒映出自己的样子是那样茫然。

卓乌拿出了钥匙，插进锁孔里反复转动，他确认门没有锁，可还是无法打开。昨天卓乌走了好远才找到一家银行，他把孟川的钱按照地址汇给了孟川的家人。无论他怎样改变，内心却一直坚守着自己的原则。

他想不通为什么自己昨天还能自由出入，而今天却像是被关进笼子里的困兽。

卓乌抬起头四下寻找曹教授口中的摄像头，自己的一切都在别人的监视之中，那么监视他的人是谁呢？是那两个黑衣人？还是神秘的"旅馆老板"？

他忽然想起了梅姐手里的线索：只有一个人能活着走出无忧旅馆！

卓乌心神不宁地在旅馆的前厅里走来走去，他告诉自己一定是哪个环节被忽略了。他的视线落到了那幅油画上。

孟川自杀前的那一幕又浮现在他的眼前。

分不清是孟川还是"他"，临死之前对卓乌唯一的交代就是告诉他，他想找的东西就在画里。

卓乌几乎将脸贴在了油画上，每一个人的表情都那样鲜活。

阿海的凶戾、老鼠男的狡诈、林氏夫妇目光中的阴冷、陆好复杂的眼神、曹教授的笑里藏刀、梅姐的风情万种、卉儿的古灵精怪、方耀的高冷淡漠、常三的捉摸不定、卓乌的呆里呆气，还有孟川自己的胆怯懦弱。

就好像这些人虽然大部分都已经死去，却像是在画里得到了重生。

虽然每看一次这幅画，卓乌都会被震撼到，可是孟川对他的提示在哪里呢？

忽然，卓乌瞪大了眼睛，他隐约察觉到了画上一处不同寻常的细节。

其他人的肖像或者只有头，或者只有半身，但无一例外都是空着手，只有孟川自己的肖像上，手里还拿着一部手机。

这个发现让卓乌激动得浑身发抖，但很快卓乌就想到自己不可能从画里把手机拿出来。卓乌第一次这样讨厌自己的愚笨。他想，如果自己有曹教授或者方耀一半聪明的话，自己也许早就参透了画的秘密。

卓乌不甘心地用手摸了摸孟川的画像，手指的触感让他一愣。那根本不是画布，而是纸。

卓乌急忙摸了摸其他的位置，毫无疑问是画布，只有那一处变成了纸。他果断地用手戳破了那块纸，也戳破了这幅价值连城的画作。

画布和画框之间居然有一个狭窄的夹层，但是如果藏匿手机的话绰绰有余了。

卓乌在心里暗暗祈祷，然后按了开机键。片刻之后屏幕亮了。看来孟川为了节省电量，故意将手机关机。

开机之后，一条短信很快就出现在了屏幕上。短信毫无疑问是110号房间的"线索"。但出乎意料的是"线索"的内容，卓乌的手一抖，差一点摔了手里的手机。

听到卉儿走过来的声音，卓乌急忙把手机藏在了口袋里。

卉儿脸色惨白地说："老板，我们可能出不去了。刚才我发现一只小鸟在窗台上避雨，我想放它进到房间里，可是窗户怎么也打不开。看来是有人不希望我们出去。"

卓乌阴沉地点头说："我知道。"

卉儿慌张地说："老板，你快想个办法呀，要不然我们会饿死的。"

卓乌冷笑着说："我倒是知道一个办法。"

卉儿忽闪着水汪汪的大眼睛问："哎呀，你就别卖关子了。什么办法快说吧。"

卓乌说："我从梅姐的手里拿到了她的线索，上面说只有一个人能活着走出无忧旅馆。"

卉儿顿时吓得面无血色，她问："难道我们之间注定有一个人要死吗？"

卓乌点了点头。

卉儿哭着说："我不想杀了你，也不想被你杀死！"

卓乌看着脸上满是泪水的卉儿说："那么多房客，他们也一定不想死。"

卉儿摇着头说："不，他们的死都是意外。"

卓乌也摇头说："他们的死是必然的，活着才是意外。"

卉儿忽然不哭了，泪汪汪的眼睛死死地盯着卓乌，说："老板，你变了。"

卓乌说："是吗？"

卉儿说："如果一年前我们遇到了这样的情况，你一定会抱怨，会哀求，会认命，但是绝不会像你现在这样决绝。你告诉我，你现在是不是想杀了我？"

卓乌毫不犹豫地说："是！"

卓乌也在心里讶异自己的变化，卉儿说得对，现在的自己根本不像曾经的卓乌。他变得像其他房客一样，变得心狠。

卉儿笑了，说："好吧，你要杀我就杀我吧，反正我一个小女孩也打不过你。如果你能活下去的话，以后可不许忘了我。"

卓乌诧异卉儿情绪上的变化，不相信她会心甘情愿地牺牲自己而成全他。卓乌问："你愿意被我杀死?"

卉儿点头说："是啊，就像你说的，活着才是意外，如果不是你求方医生救我的话，那一次我也许就被梅姐姐毒死了。既然早晚都要死，为什么不是现在呢?"

卉儿的话触碰到了卓乌内心最柔软的部分，可是他的脸上却不动声色。他的右手插在口袋里，那里面放着一把手术刀，这是跟方耀学的习惯。

卉儿噘着嘴，忧伤地说："本来以为今天就会分开，人家还给你准备了一份礼物呢。看来现在也没机会送给你了!"

卓乌叹了口气，说："什么礼物，现在拿出来吧。"他把刀又放回了口袋里，抽出了手。

卉儿破涕为笑，从自己的包里拿出一个精致的小盒子递给了卓乌。

卓乌接过盒子，好奇地问："这是什么?"

卉儿调皮地笑着说："你自己打开看看不就知道了。"

卓乌轻轻打开了盒子，里面是一张正在转动的圆形卡片，上面的花纹是黑白相间的螺旋纹。卓乌的脑子轰的一下变得一片空白，他一瞬间觉得整个世界天旋地转。

卉儿忽然换了一副表情，那张刚才还是天真烂漫的脸顷刻间变得简直比阿海还要阴鸷。

她像是发号施令一样对卓乌说："看着我的眼睛!"

卓乌机械地抬起头，看着卉儿的眼睛，因为目光太涣散，试了几次之后才成功地在卉儿的眼睛上聚焦。

"我是谁?"卉儿看着卓乌的眼睛，缓缓地问。

卓乌机械地重复卉儿的话："你是谁?"

卉儿说："我是神！"

卓乌一副恍然大悟的样子，呆呆地说："哦，你是神！"

卉儿说："神的话你要听！"

卓乌呆滞地点头说："嗯，神的话我要听！"

卉儿轻蔑地笑了笑，继续问："现在想想你是谁？"

卓乌歪着脑袋思考了很久，然后问："我是谁？"

卉儿继续引导说："你是一棵大树！"

卓乌像个傻子一样嘿嘿地傻笑说："哦，对对，我是一棵大树！"

卉儿指着卓乌的脖子问："你摸摸这里，有什么感觉？"

卓乌僵硬地抬起手，摸了摸自己的脖子说："有什么感觉？"

卉儿说："很痒对不对？"

卓乌立刻做出了很痛苦的表情说："没错，很痒！"

卉儿说："那是虫子在吃你的叶子！"

卓乌立刻做出了愤怒的表情说："对，是虫子在吃我的叶子！"

卉儿问："你要杀了虫子，要不然你会被虫子咬死的。"

卓乌的眼神里露出了杀气，说："嗯，我要杀光虫子！"

卉儿说："你用什么杀死虫子呢？"

卓乌也跟着问："我用什么杀死虫子呢？"

卉儿指了指卓乌衣服上的口袋问："这里面是什么？"

卓乌像是在思考一件很久远的事情，过了好一会儿才兴奋地说："我想起来了，这里面有一把手术刀！"

卉儿满意地点了点头说："没错，就用这把刀去杀光虫子吧。"

卓乌一直在重复着："杀……杀……杀……"

卉儿说："我数到三你就动手！"

卓乌很期待地说："嗯嗯，数到三！"

卉儿说："一……"

卓乌从口袋里拿出了手术刀。

卉儿说："二……"

卓乌把刀尖对准了自己的脖子。

卉儿深吸了一口气，说："三！"

卓乌手里的刀向自己的脖子扎去。

忽然手腕上传来一阵痛彻心扉的感觉，因为右手刺向自己的时候牵动了手腕上那个一直都没愈合的伤口。

疼痛让卓乌在一瞬间恢复了意识，几乎是条件反射一样，卓乌用左手抓住了拿着手术刀刺向自己脖子的右手。

这样滑稽的动作在这样的情况下，没有人会觉得有趣。

卉儿瞪大了眼睛，几乎不敢相信自己看到的这一幕，她张口结舌地问："你……怎么……"

卓乌像是生了一场大病一样，冷汗浸透了他的外衣。等到右手恢复了知觉的时候，他急忙扔掉了手里的手术刀，他害怕如果自己再一次受到卉儿的控制，不知道还有没有刚才那样的运气了。

卓乌用左手狠狠地掐住了卉儿的脖子，他虚弱地问："你就是那个第二次住进无忧旅馆的人对不对？"

卉儿被卓乌掐得涨红了脸，她求饶似的不停点头。

卓乌的体力快达到极限了，他不甘心地放开了卉儿。

卉儿咳嗽着问："你是什么时候发现的？"

卓乌说："我一直都以为第二次住进旅馆的人和旅馆派来的卧底是同一个人，也就是常爷。但是直到我发现了这个……"他从口袋里拿出了刚刚在油画里找到的手机，对卉儿说："这上面是林氏夫妇的线索：幸存者有选择的权利！"

卉儿的脸色变了又变。

　　卓乌冷笑着说："你想起来了对不对？我曾经问过你，你的'线索'是什么，你说是'胜出者有选择的权利'，你把'幸存者'改成了'胜出者'，两字之差却变成了阴阳相隔，你早就知道只有一个人才能走出无忧旅馆。陆好的线索是：第二次住进无忧旅馆的人不能许愿也不会得到线索。所以你只能胡说一个，没想到和旅馆其他房客手里的线索重复了。既然你乱说一气也能说对一条线索，就证明你了解所有的线索，也就是说你是之前无忧旅馆的幸存者。"

　　把戏被戳穿之后，除了无言以对还能做什么呢？

　　卉儿看着卓乌，反驳说："我从来都没想过要害你，这一年来，如果我想害你的话，你早就死了几遍了。"

　　卓乌笑着说："我活着不过是你计划的一环，只有我活着你才会更安全，我就是你的挡箭牌！"

　　这一刻，卓乌把一年来所有发生过的事情都回忆了一遍，如果把卉儿假设成幕后那只最大的黑手，那么所有的未解之谜都有了一个合理的解释。

　　卓乌有些难以置信地说："当我第一次见到小孟梦游的时候，是你捂住了我准备惊叫的嘴；我被阿海打得死去活来的时候，是小孟杀死了阿海，我醒来之后第一个见到的人还是你；方医生自杀之前，只有你曾经和他多次单独接触过，也就是在那时，你通过催眠的方式给他下了心理暗示，每次方医生莫名其妙地摸自己的脖子的时候，你都在场；你把所有矛头都指向了曹教授，利用我除掉了曹教授。"

　　卉儿说："曹教授是自燃的，而且他也真的催眠了你不是吗？"

　　卓乌摇头说："不对，曹教授根本就没有催眠我，是你之前给我喝的那杯水里放了安眠药对不对？刚才你催眠我的时候，那种感觉我一辈子都忘不了，可怜的曹教授到死都不知道他是被你陷害了。至于他为什么会自燃，我还想不明白……"

卓乌觉得自己现在就像是一个思维缜密的侦探，这种感觉让他有一种莫名的成就感。他还是回忆起了当时的每一个细节。突然一道灵光砸在了他的头上。

"湿巾！"卓乌大叫道。

卉儿的脸上一沉。

卓乌激动地说："你用湿巾给他擦了汗，那上面有磷！当水分蒸发掉，磷的燃点几乎和人的体温差不多，曹教授当时被吓得够呛，体温自然会升高。所以他不是自燃，是被你杀死的！你用催眠的方法控制小孟和方医生，你才是那个真正懂催眠术的人！"

卉儿笑得花枝乱颤，笑得眼泪都流了出来。她说："想不到你这榆木脑袋也有这么灵光的时候，无忧旅馆果然是个神奇的地方。"

卓乌对她的态度怒不可遏，他愤恨地说："你这么做是为了什么？你已经赢过一次了，也就是说你曾经杀光过无忧旅馆里的所有房客。可你为什么还要再来这里？"

卉儿吐了吐舌头说："当然是为了钱啊，你也知道，幸存者有选择的权利。这选择就是你可以继续在无忧旅馆里'玩'下去，也可以选择拿着一笔巨款离开无忧旅馆。我没有胆量玩下去，我只是为了钱，一笔让我尽情挥霍的巨款。"

卓乌不能理解为了这样的理由就可以参加一场互相杀戮的游戏。他想指责卉儿的变态，可是他的体力已经透支了，刚才他用自己的方法阻止了卉儿对他的催眠，这让他承受了极大的精神压力，如果不及时休息的话，他随时都会晕倒的。

卉儿自然也了解卓乌现在的身体状态。她有恃无恐地说："别硬撑了，你放心，你可以安心地去休息了，我会给你一个痛快的。不过在这之前我想弄清楚一件事，你到底是怎么从催眠的状态里醒过来的。你这种情况我还是第一次遇到。"

卓乌强撑着身体，努力不让自己倒下去。他笑着说："你真想知道的话我就在临死之前做一件好事吧。"

卓乌指了指厨房说："秘密就在那里。"

卉儿越发好奇，她对自己的催眠术极度自负，当卓乌冲破了她的精神禁锢的时候，她从心里觉得难以置信，她要弄清楚这究竟是怎么一回事儿，或许这对她的催眠术有一定帮助，到时候她一定会第三次住进无忧旅馆里。

她扶着卓乌走到了厨房里，卓乌指了指角落里的一个像柜子一样的东西。

"打开它！"卓乌疲惫地说。

卉儿没有犹豫，反而是带着一丝兴奋打开了这个柜子。

看到里面的样子，卉儿一怔。因为这个东西对她来说实在太熟悉不过了。那是方耀的冷柜，方耀曾用这个东西冷冻过卉儿，目的是抑制住她身体里的毒药。

卉儿诧异地回头看向卓乌，卓乌咬着牙用尽全力将卉儿推进了冷柜里。

卉儿甚至来不及发出一声惊呼，卓乌就盖上了冷柜的盖子。迅速地把调节温度的按键调整到最低的温度。方耀曾经说过，这个冷柜是还没有公开的最新科技，最低的温度能达到零下200摄氏度，几乎接近绝对零度。

卉儿根本就没有感觉到任何痛苦，一瞬间就死在了低温之下，连眼球都在刹那之间冻成了冰块。

卓乌再也支撑不住自己的身体，跌坐在冷柜旁。

在这一场互相厮杀的游戏里，终究是他活到了最后。

卓乌在内心无比感激曾经帮助过他的方耀。是他在日记里提醒过卓乌，对抗催眠最好的办法就是痛！

在晕倒之前，卓乌终于撕掉了手腕上的那个创可贴，伤口处闪烁着金属的光泽。他用尽力气拔出了一枚图钉。

不知道多少个日夜，他一直将这枚图钉扎在自己的身体里。

第二十九章　赌局

这一觉足足睡了一天一夜。

卓乌再醒过来的时候，阳光斜着照进了旅馆，茫然间他竟然分不清现在是清晨还是黄昏。

懒腰伸到了一半，卓乌好像忽然想到了什么，急急忙忙地跑到旅馆的门前，他颤颤巍巍地伸出手，轻轻地推了一下玻璃门。

门应声而开。夹杂着泥土味道的空气涌进旅馆，卓乌这一次真的确定自己成了无忧旅馆的幸存者，他得到了真正的自由。

一条短信发到了卓乌的手机上，一笔七位数的资金打进了卓乌的账户。他仔细数了数短信上那串数字，无论从哪一个角度上讲，这笔钱都算是巨款了。

卓乌当然知道，这笔钱是作为幸存者的奖励，也是卉儿一直在费尽心机的目的。

这笔钱的数目充满了心机，如果节省一点的话，足够让后半生过上安逸的生活。但如果挥霍无度的话，这笔钱绝对不会让人咋舌，也许在顷刻之间就花光了。

卓乌对于自由的渴望远远大于金钱，在无忧旅馆里见惯了生死，钱此刻显得有些无足轻重。

钱是手段，但绝对不是最终的目的，这是卓乌用了一年时间才领会的一个道理。

他站在旅馆门外，贪婪地呼吸着每一口空气。

在不远处的荒地上，一辆黑色的商务车突兀地停在那里，卓乌凭借直觉判断，车上一定坐满了人，此刻正隔着车窗远远地盯着自己。

这一年来，卓乌除了和旅馆的房客们有交流之外，几乎没在旅馆周围见到过多少陌生人。

卓乌想起老鼠男在逃离无忧旅馆前，对他说他的债还没有还清，只是暂停了一年的追债，不过利息还在正常计算。

卓乌看着手机里那条账户余额的短信，他知道他欠的债，利滚利到了今天，或许这笔钱已经远远不够还清欠款。

卓乌觉得很懊恼，他把自由想得太简单了，以为自由只是一扇门的距离，其实自由看似就在眼前，可当你伸手的时候才发现它遥不可及。

卓乌飞快地在脑袋里思索对策，果然让他想出了一个不是办法的办法。

卓乌跑回旅馆，虽然他看不到监视器探头，但是他敢保证他的每一个动作都在那一双躲在暗处的眼睛的监视下。

"喂！能看到我吗？"卓乌在对着那个他不知道藏在哪里的监控探头说。

很快，一条短信发了过来：恭喜你，赢得了这一次游戏，不知道你对奖金还满意吗？

卓乌对着旅馆大喊："我不要钱，按照规则，幸存者有选择的权利。我想知道另一个选择是什么？"

短信：你有两个选择，一是拿着奖金离开无忧旅馆；二是继续无忧旅馆的下一个游戏。

卓乌眼睛死死地盯着手机屏幕，手忍不住在颤抖，他有限的想象力无法去揣测另一场游戏究竟是一场怎样的局面。

挣扎了很久，最后卓乌抬起头看着一个方向，他觉得那里一定有一个监控探头，他大声说："我选择继续下去！"

短信过了好一会儿才发过来：你要考虑清楚，我要提醒你那是一场没有时间束缚的游戏。

卓乌咆哮："少废话！"

短信：那好，请你去 104 号房间门前。

卓乌在 104 号房间门口站得笔直，一见到这扇门，他就会情不自禁地想起门后的那个手雷。

隔着门，卓乌听到了一阵机械运作的声音，104 号房门不是按照常理打开，而是突然直接升了上去。也只有这样才不会因为开门而触动手雷的引爆装置，这才是这扇门正确的打开方式。

房间里依然是那天卓乌和卉儿看到的样子，只不过这一次来到这里的只剩下自己了，这让他有一种恍如隔世的感觉。

"我要怎么做？"卓乌茫然地对着空气喊道。

短信在提醒他，只要输入正确密码，就能得到继续游戏的资格。

卓乌走到那块铁板前，他想起和卉儿连续两次输入错了密码，现在只剩下唯一的机会了。

他对着显示屏，像是自言自语地问："如果最后一次也输入错误密码会……会发生什么？"

短信的嘀嘀声默契地响起：密码只有三次机会，你已经浪费了两次，如果最后一次也输入错了，你不会受到任何伤害，只是会被赶出无忧旅馆。

对现在的卓乌来说，如果被赶出无忧旅馆，落在高利贷的手里绝对会让他生不如死。

卓乌有些底气不足地问："密码究竟是什么？"

似乎早就预料到卓乌会这样问，短信几乎是在卓乌话音刚落就发到了卓乌的手机上：密码你早就见过了。

卓乌纳闷地看着短信，又抬起头茫然地看了看四周，他在记忆里反复寻找关于密码的每一个片段，可是始终毫无头绪。

仔细回忆和每一位房客之间发生过任何与数字有关的事情，想着想着，卓乌就觉得头疼了，这根本就是一个大海捞针的问题嘛。

卓乌想到了一个一直让他很困惑的问题，别的房客都收到了来自旅馆给出的线索，可是自己为什么没有得到"线索"呢？

卓乌最初觉得也许是因为他是"代理老板"，所以没有得到"线索"的资格。但此刻卓乌断定，既然自己也是无忧旅馆这场游戏的参与者，那么也应该有"线索"才对，无忧旅馆不会犯这样低级的错误。

他隐约猜到了一个可能性，或许他手里的线索就是他现在最需要的密码，这让他深以为然。

卓乌飞快地跑回自己的柜台间里。把任何与数字有关的东西都集中到了一起。

房间的登记簿、电话本、甚至是日历都被卓乌翻了一遍又一遍。

可并没有什么有价值的发现，卓乌沮丧地躺在地板上，他现在骑虎难下了。

短信声这时响起，卓乌一个激灵坐了起来。

短信提示卓乌：距离你做出最后选择还有 36 个小时，如果在规定的时间里你无法获得继续游戏的资格，那么你将被默认选择离开无忧旅馆。

卓乌看着短信，感觉自己被逼到了绝路，如果到时候他还不知道密码是什么，他就只能离开这里了。

如果赖在旅馆不走的话……

卓乌想起了那两个神秘的黑衣人，忍不住打了一个冷战。

卓乌咬了咬牙，继续寻找任何他能想到的线索。

整整找了一天一夜，现在留给卓乌的时间只剩下十几个小时了。他又累又困，可这和心里的那份焦急相比根本不算什么。

最后卓乌决定赌一次，他要再胡乱地输入一次密码。

卓乌拿出一张纸，他开始记下他想到的数字，比如今天的日期、他的年纪，甚至是他心脏手术后留下的伤口缝了多少针……

卓乌记下了一大串数字，最后他拿出钱包，数了数里面还剩多少钱，数目也记在了纸上。

突然一张小纸片从钱包的夹层里掉了出来。

卓乌一怔，他弯腰捡起了那张纸片。

打开纸片的一刹那卓乌甚至忘记了呼吸。那竟然是一张彩票。

卓乌一下子想起了那一天常三曾经拜托过他，帮自己买一注彩票。卉儿还调侃地问他，是不是他算出了当晚的大奖。

常三当时装模作样地说，这注彩票不是当晚的奖，却一定能中奖！

卓乌想到常三的身份，这个旅馆派来的卧底竟然把本来属于卓乌的线索用这样的方式交给了他。

卓乌抱着陆好的骨灰走回了104号房间。显示屏依然闪烁着幽幽的蓝光。他用手指颤颤巍巍地输入了彩票上的数字：

01050913212611

卓乌小心翼翼地核对了好几次才按下了确认键。

他退后了一步，等待着显示屏上的提示，他手里的手机也一直没再收到短信。

等待的时间很短，等待的过程却很漫长。

这块满是复杂花纹的铁板用一种更复杂的方式打开了，原来这块铁板就是一道锁。

卓乌看得眼花缭乱，他开始怀疑这后面会不会有一座魔法学校。

铁板的锁解开了，让卓乌隐约有点失望的是里面只是一个四四方方的空间。

卓乌四下看了看，他按了一下手机，他期待着短信会提示他下一步该做什么，可手机好像睡着了一样，没有任何新信息，只是有气无力地显示着时间。

他咽了一口唾沫，走进了那个空间。

他刚一走进去，就觉得整个空间震动了一下，然后急速地下落。那种失重的感觉让卓乌觉得自己像是从高空向下坠落。

他捂着嘴不让自己叫出声来，这种体验实在算不上有多美好。

即使再笨，卓乌也想到了这个空间其实是一部电梯。

电梯下落得很快，卓乌知道自己现在正处于无忧旅馆的地下。

大概几十秒钟，电梯终于停了。卓乌忍着恶心走出了电梯，这是一个走廊，明亮的灯光让这里并没有地下的那种压抑感，空气也没有卓乌想象的那样潮湿和浑浊，反而有一丝让人惊喜的凉爽。

走廊的尽头有一扇门，门口的地方站着两个人。

卓乌一眼就认出了他们就是曾经拖走了林先生的那两个黑衣人。

毕竟一身黑衣在这样的环境里太过显眼。

卓乌拘谨地走到了两个人的面前，他在思考着，该和他们说点什么好。这是卓乌第一次近距离地接触他们，黑衣人不苟言笑的表情让卓乌莫名地紧张了起来。

卓乌结结巴巴地说："我……"

话还没说完，其中一个黑衣人打开了门，示意卓乌进去。

卓乌只好把剩下的话吞回肚子里。

门的里面是大得让人无法想象的空间。最引人注目的就是空间正前方的一块巨大的屏幕。卓乌仔细一看才发现，那竟然是上千块小的屏幕组成的一道"屏幕墙"。

在空间正中的位置，有一张圆桌，此时桌子上坐满了人，正笑吟吟地看着一头雾水的卓乌。

被人用异样的眼光看着，卓乌觉得浑身都不自在。

他下意识地不去看圆桌上的人，视线落在了屏幕墙其中一块小屏幕上，他瞪大了眼睛，屏幕里显示的竟然是他住了一年的柜台间。

他又去看另一块屏幕，那是梅姐房间的洗手间，他又在屏幕上看到了方耀的实验室。

卓乌张口结舌地说："你……你们在监视无忧旅馆？"

没有人回答他，但是圆桌上的人对卓乌现在惊讶的表情好像很满意。

卓乌很快就意识到圆桌上坐着的那些人是谁啦。

他带着怒火问："你们谁是无忧旅馆的老板？"

第三十章　轮回

你以为这个故事是在用"上帝视角"讲述卓乌的经历？

你错了，这个故事从头到尾都在讲我看到和看不到的一切。

我睁着眼盯着天花板，在心里一秒一秒地数着，数到了三万六千秒，我打了一个响指，闹钟响了。

别嘲笑我幼稚，在这样的环境里如果我不学会自娱自乐的话，可能我早就疯了。

吃过了早餐，我迫不及待地走出了房间，一边剔着牙缝里的韭菜，一边走到圆桌前坐在自己的位置上。

小兰坐在我的对面，对我不雅的动作嗤之以鼻。

我急忙摆正姿态，毕竟在一个美女面前我要时刻保持自己文学青年的好形象。

我有点后悔选择接之前那个老头的班，坐到这个位置上，如果我能坐在小兰旁边，那让我再多住几年也愿意。

靠做网络发家的李博士也走出了房间，看到我们之后礼貌地说："二位这么早呀。"

我笑着向他点头算作回应，小兰依旧保持高冷的姿态，对李博士不理不睬。

一股难闻的异味传来，不用看我也知道，是做地产的王老板来了，这味道的辨识度实在太高了。连我嘴里的韭菜味都被它掩盖住了。

王老板坐到了我的身边，好像一堆肥肉塞进了椅子里。

小兰皱着眉，捂着鼻子。和我目光相对的时候，白了我一眼。

靠！我被王老板这个不讲卫生的家伙给连累了。

坐在小兰身边的是一个大学还没毕业的男孩子小何，他戴着一副近视镜，笑起来总是很腼腆。

小何礼貌地和每个人问好。

看到我兴奋地说："逯罗老师，我昨晚又做了一个奇怪的梦。要不我给您讲讲？"

小何不知道在哪本杂志上看过一篇我写的小说，于是不可救药地成了我的铁杆拥趸。知道我也在这里之后，竟然激动地哭了。于是在接下来的日子里，他总是想找机会给我讲他构思出的情节。

王老板一脸无奈地说："小何，你又来了。你再啰里八嗦地说个不停，我的头都要炸了。"

我也尴尬地笑着说："小何，马上就要开始了，我们有机会再说你的梦好吗？"

小何有些意犹未尽地点了点头。

很快圆桌上陆续坐满了人。

有不苟言笑的学者于女士；有神神叨叨的易学大家王大师；有曾经叱咤歌坛的当红巨星黄先生……

总之能坐到这里的人都是各个行业里顶尖的人物。

呃……只有我是个意外，作为一个三流的写手，为了找一个安静的地方写小说，找着找着就找到了这里。总之我的故事乏善可陈，你不会感兴趣的。

时间到了，那一整面墙上都挂满了一块块屏幕，屏幕接二连三地显示出了影像。

王老板指着其中一块屏幕说："来了来了!"

果然,一个很普通的男人跌跌撞撞地跑进了无忧旅馆。他看了看手机,在短信的提示下,在留言板上写下了什么。

其中一块屏幕连接的是旅馆门外的摄像头。一辆小货车飞快地撞在了一个光头男人的身上,一个黑衣人走下了货车,把已经是尸体的光头男人扔到了货车上,然后开着车绝尘而去。

每个人对这一幕都并不意外,王大师看着屏幕,悠然地喝着茶,趁别人不注意把喝进嘴里的茶叶又吐回了杯子里。

发现我正在看着他,王大师尴尬地笑笑,把茶杯递给我说:"逄罗老弟,你喝一口?"

我急忙摆手,这老家伙比我身边那块肥肉还恶心。

圆桌上,每个人的位置前都有一块电子显示屏。当那个男人走进旅馆的时候,显示屏上出现了这个男人的资料。

从资料上看,这家伙除了血型特殊,性格无趣之外,还是一个标准的笨蛋。智商正常的人谁会为一个十几年没见面的同学做贷款担保呢?

我看到每个人都轻蔑地摇头,连小何对这个人也是一脸失望的表情。

我却对他奇怪的名字很感兴趣,他叫卓乌。

那个叫阿海的通缉犯住进来的时候,我看到李博士的嘴角牵动了一下,看来他觉得旅馆里住进了这样一个人会很有趣吧。

方耀的出现令大家很激动,连王大师都摇头晃脑地说这个人最后胜出的概率很大。

那个叫阿梅的女人走进了旅馆,我觉得她很眼熟,看着屏幕上阿梅的样子,再看看坐在我对面的小兰,她们似乎长得很相像。

小兰的表情也变得十分古怪。

两天的时间过得很充实，阿海一直在他的房间里折磨着一个不知道他从哪里绑架来的女人，本来我还以为会是一个很香艳的过程，没想到他只是在那个女人的身上拳打脚踢，真没劲。

和我同样失望的还有王老板和王大师，王大师连老花镜都准备好了。

方耀把房间里宽敞的洗手间改成了一个实验室，他在里面解剖了一具尸体，我觉得有点恶心，可小何却看得津津有味。

第三天的时候，旅馆里来了一个人，让所有人都惊呼不已。

王老板惊呼："这丫头又来了？"他身上的味道又加重了。

小兰皱着眉若有所思，一直不苟言笑的学者于女士露出了一丝耐人寻味的微笑，李博士在面前的小本子上飞快地记着什么，歌星黄先生眼神里透着一股兴奋。

我的心情有点矛盾，这丫头太狡猾了。

屏幕里卉儿正在问卓乌：你有没有听过这样一个传说？在这座城市有一家神秘的旅馆，无论你遇到了什么麻烦，只要走进了这里，在门口的留言板上写下你想解决的事情，自然就会有人帮你实现愿望。那个神秘的地方就是无忧旅馆！

卓乌自以为是地回答：我的旅馆还有这样神奇的功能？我怎么不知道。

这愚蠢的家伙竟然没有意识到，眼前这个女孩子的心机之重，会让他死得很惨。

小何看着卉儿的眼神简直比看方耀解剖尸体还要兴奋。

我们都知道，卉儿是上一次无忧旅馆的幸存者。

她是如何利用房客们之间的矛盾，让他们自相残杀，最后用催眠的方式让和她一起活下来的房客自杀了……这一幕幕我们都亲眼所见。

过程简直比电影还要精彩，只是卉儿最后选择了离开无忧旅馆，让大家比较失望。当她再一次出现在无忧旅馆的时候，每个人从最初的诧异变成了隐隐的兴奋。完全了解旅馆的规则，以及一部分线索之后，这一场厮杀似乎变得更加凶残。

　　那一晚其他人都回到房间睡觉了，只有小何非要和我讲他的构思。一直到凌晨他还在滔滔不绝地说着，我困得要死。屏幕上卓乌都打起了呼噜。

　　一个背着巨大登山包的人出现在了旅馆的监视画面里，帽子挡住了这个人的脸。卓乌醒了，在给这个人做登记。我看了看圆桌上的显示屏，这个人叫孟川，有严重的精神分裂症和梦游症。

　　登记完之后，孟川背着包动作僵硬地向自己的房间走去。

　　我看他的样子有点奇怪，又看了一眼他的资料。我忽然意识到，这个人现在正在梦游的状态里。

　　小何后来说了什么，我一个字都没听进去。我只看到孟川刚进入自己的房间里，就从登山包里拿出一些木条一样的东西和一张巨大的画布，木条在他的组装下很快就变成了一个画框，他将画布固定在画框上。孟川突然走出了自己的房间，他竟然走到了每一个房客的房间里。门锁对他来说好像是个摆设，他在每个人的床前站了一会儿，熟睡的房客们竟然没有一个人发现一个陌生人此刻出现在他们的房间里。

　　回到房间后，孟川在画布上零星地画了几笔，很抽象的一幅作品。

　　孟川拿着画走出了房间，一路上摇摇晃晃，竟然没发出一点声音。

　　他把画挂在了旅馆前厅的墙上。

　　卓乌在柜台间里打着呼噜，孟川就在柜台间的外面看着他，透过监视器能看到，孟川的眼睛半睁着，嘴角却微微上扬，露出一个诡异的微笑。

看到这儿，我的身体不由自主地在颤抖，不知道是因为害怕还是兴奋。

那一晚我睡得格外沉，第二天醒来的时候已经快到中午了。我怕漏掉什么细节，急忙穿好衣服走出房间，圆桌上已经坐满了人。我刚坐到我的椅子上，就看到屏幕上出现了一个老人。

老人姓曹，是个教授。最让我意外的是这个人在留言板上许下的愿望竟然是想知道所有房客的资料。

于女士冷笑连连。

小何推了推眼镜，对曹教授的行为很感兴趣。

黄先生的眼神里一如既往地黯淡。

小兰的脸色变得惨白，这让我有点心疼。

王大师频频点头，眼中流露出惺惺相惜的意味。

李博士在本子上写着什么。

王老板笑骂道："这老东西太狡猾了！"

接下来的几天时间变得很无趣，方耀生活规律得像一部机器；曹教授在房间里研究每一个人的资料；阿海偶尔还会带回一个人来；孟川偶尔还会梦游，更多的时候卉儿会在他睡着的时候偷偷溜进他的房间里，对着睡着的孟川说一些奇怪的话；阿梅换衣服的时候还是很赏心悦目的。只不过每次我看到这个场面的时候，小兰看我的眼神像是要喷出火来，我猜她八成是爱上我了。

直到几天后，卓乌无意间看到了方耀实验室里那具解剖过的尸体的时候，这才让过程变得有趣了一点，他当时害怕的样子把每个人都逗笑了。

当初卓乌在阿海的房间里看到了那个被打得半死不活的人

的时候，就已经胆战心惊了，现在看到这具尸体的时候几乎吓得尿裤子。我在心里叹了口气，这个男人又笨又软弱，真不知道他还能在无忧旅馆里生存多久。

这天，常三突然出现在我们面前，对我们说："卓乌这个人实在太无趣了，上面打算除掉这个人，但还是需要大家同意的。现在请大家举手表决吧。"

常三是旅馆安插在房客之间的卧底，他的作用就是激化房客之间的矛盾，让无忧旅馆的游戏更加扑朔迷离。只有我们才知道，常三的年纪并没有他化妆之后看起来那样大。

于女士第一个举起了手，接下来大家纷纷举手表示同意。我倒是无所谓，也跟着举起了手。

常三点了点头，然后退了出去。

知道卓乌要死了，每个人都更多地去关注了一下这个人。

常三坐着电梯升上了地面，从104号房间准备回到自己房间的时候，突然听到了窗户外有动静，他把窗帘拉开了一道缝隙，正巧遇到了卓乌的眼睛。

圆桌上的大家看到这一幕也是吓了一跳，常三这个没用的家伙差一点就暴露了。要是哪一天大家投票决定是否处理掉他的话，我一定会毫不犹豫地举手。

这一晚卉儿对孟川的催眠似乎已经奏效了，孟川缓缓地走出房间，卉儿像赶尸一样一直在他的身后跟着。

圆桌上所有的人都屏住了呼吸，我也被他们的样子感染了，紧张兮兮地盯着屏幕。正好卓乌刚从常三的房间里出来，常三处理掉卓乌的办法就是借刀杀人，让阿海以为卓乌偷走了他的钱，利用阿海杀掉卓乌。

看到孟川之后卓乌竟然要喊出声来，幸亏卉儿及时捂住了他的嘴，否则把孟川吵醒的话，真不知道会出什么乱子。

阿海成了卉儿下手的第一个目标，她催眠了孟川，让孟川在那幅画上画出了阿海的样子。

这一夜我有点心神不宁，不知道卓乌会先被阿海杀死，还是阿海被孟川杀死呢？第二天闹钟刚响起，我就急急忙忙地走出房间坐到了圆桌前。

等到中午，卓乌撞到了阿海的身上，把他的午饭弄翻到地上。卓乌拿出钱准备赔偿，阿海认出了那两张带着血迹的钞票。

常三的计划成功了。

在阿海的房间里，卓乌像一个沙袋一样，被阿海揍来揍去。

小何看得直咧嘴，估计他是在想以他自己瘦小的身体，一定挨不了阿海几拳的。

李博士和王大师已经回到房间里休息去了，他们断定卓乌活不过今晚了。

小兰不喜欢这样血腥的场面，也早早离开了。

王老板看得很认真，时不时地还模仿着阿海的动作。

于女士也看得目不转睛。

黄先生没有看屏幕，而是看着自己的手掌若有所思。

我也觉得有点无聊，准备去睡觉了。不知道接下来填补卓乌位置的人究竟是谁，我希望是一个聪明一点的人。

我刚站起来，就看到屏幕上出现了第三个人，孟川！

阿海也注意到了孟川，二话不说就挥拳相向。孟川瘦弱的身体竟然承受了这一拳，然后只用一只手就掐死了阿海。

卓乌就这样得救了。

我看得目瞪口呆，就这样傻傻地站着。孟川实在太可怕了，可我觉得孟川身后的卉儿更让人毛骨悚然。

卉儿对孟川下达了回房间的指令，然后自己叫醒了晕倒的卓乌，装成了一副关心他的小女孩的模样。

卉儿扶着卓乌回到他的柜台间。这时候方耀走进了阿海的房间，我们知道他的口袋里放着一把手术刀，阿海今晚弄出的噪声实在太大了，方耀的忍耐也到了极限，他今晚是来解决阿海的。可他看到阿海的尸体之后，只是愣了一下，然后扛起尸体走回了自己的房间。

我替卓乌哭笑不得，局面已经这么复杂了，方耀还在添乱。

第二天，当大部分人得知卓乌没有死之后都感到懊恼，昨晚错过了一场难得的好戏。我们叫来了常三，取消了对卓乌的决定，不仅仅是我，别人也想看看卓乌的命究竟有多大！

这期间旅馆住进了最后一批被选中的房客。

看到林氏夫妇、陆好和卓乌之间剪不断理还乱的关系时，我忍不住要拍手叫绝了。真不知道他们要怎样处理彼此之间的矛盾。

还有一个房客让我觉得很不舒服，我感觉他长得像一只老鼠。

到目前为止，房客的人数达到了游戏的要求。我们开始投注了。

每个人桌面的显示屏都出现了投票的选项。

不出我所料，大部分人甚至没有犹豫就选择了卉儿，原因很简单，她是上一场游戏的胜出者。

而在上一场游戏里，只有我选择了谁都不看好的卉儿，所以我对卉儿有着一种很难言说的印象。很遗憾她在胜出之后并没有选择继续下去。否则的话那该是多有趣的一件事啊。

李博士在他的小本子上计算出了每个人最终胜出的概率，卉儿竟然高达百分之九十以上。

让我感到意外的是小兰并没有随波逐流地选择卉儿，而是选择了阿梅。我想起了阿梅的愿望，她想找到妹妹。旅馆给她的提示是，只有胜出才能找到妹妹。

如果我没猜错的话，小兰就是阿梅的妹妹。

妹妹选择姐姐，无可厚非。

现在只有我没投注了，所有人都盯着我看。

"逡罗老师，您一定还会选择卉儿的对不对？"小何见我迟迟不下注，好心提醒。

我当然知道卉儿的胜算最大，可是就算她赢了也不会继续下去，那样的话对我来说毫无意义。

我想选择阿梅，这样的话可以讨好小兰。可是我更看好方耀。

到底选谁呢？我在阿梅和方耀之间犹豫不决。

距离投注的最后期限还有三十秒。

小何在紧张地提醒我时间已经不多了。

还有五秒钟的时候我决定还是选择方耀吧，毕竟我相信自己的直觉。

就在我要选择的时候，我一时间竟然没有在众多选项中找到方耀的头像。

还有不到三秒钟了，我慌了手脚，随随便便点了一个人的头像，按下了投注键。

显示屏上，投票的页面不见了。我在最后一秒的时候成功完成投票了。我长出了一口气，靠在椅背上的时候才察觉到冷汗已经浸透了我的衣服。

显示屏上又出现了每个人投票的结果。

于女士、王老板、李博士、黄先生、王大师、小何都选择了卉儿；小兰选择了阿梅；而我……选了卓乌。

小何难以置信地说："逡罗老师，您这是……"

我的大脑一片空白，我哪知道刚才胡乱中选择了谁。

李博士翻看着自己记录的笔记说："嗯……卓乌这个人的胜率大概在百分之零点二五。"

我心如死灰，就算选那个讨厌的老鼠男也比卓乌这个笨蛋要强得多。

黄先生冷笑了一声，我知道等这一次无忧旅馆的游戏结束后，我和他也差不多了。

老鼠男入住后，我们都发现了他的机票，时间正是第二天夜里。

常三把林氏夫妇的"孩子"偷了出来，悄悄放进了老鼠男的手提箱里，而那张机票被常三烧掉了。

镜头正好对准了那个"婴儿"，竟然是个脏兮兮的布娃娃。

小兰皱着眉说："变态。"

王老板嘿嘿地笑着说："小兰姑娘，你说谁是变态？那两口子还是叫陆好的？他是男人还是女人来着？哈哈哈……"

小兰瞪了王老板一眼，没有理他。

我想说不洗澡的人最变态！

即使这样，也依然没有阻拦老鼠男的离开。

夜色中老鼠男越走越远，直到他走出了监控探头的拍摄范围。

我看到每个人脸上庆幸的表情，我知道他们在暗暗高兴自己没有选择老鼠男。

其实我才是那个最应该高兴的人，幸亏我胡乱选择的人是卓乌！

在房间里，我睡得很不踏实，算了算时间，逃离旅馆的那个像老鼠的男人应该已经以尸体的状态被送回了旅馆。

这一次虽然淘汰的不是卓乌，但是按照他现在这个样子，很难说能坚持到什么时候。

天还没亮我就走出了房间，我一个人坐在圆桌前。监控屏幕里卓乌也辗转反侧一夜都没睡，我比较欣慰，也许这个傻瓜也看出了已经露出端倪的杀机了。

清晨，阿梅就带着卓乌走出了旅馆，我的心也没来由地忐忑了起来。

像阿梅这样风姿绰约的女人，最能让卓乌神魂颠倒。

看着卓乌那个没出息的样子，我也只能干着急。不过想想小兰，我好像也比卓乌好不到哪里去。

到了中午，圆桌前坐满了人，小何似乎又想跟我说他的梦了，热切的眼神一直盯在我的脸上。我只好和王大师有一搭无一搭地闲聊，这才避开小何的纠缠，他怎么总是有做不完的梦！

旅馆里卉儿订的午餐也到了，送外卖的小哥不敢走进旅馆，只是在外面敲门。林先生听到之后取过了外卖随手放在了前厅的柜台上。

我打了一个哈欠，一阵困意上涌。我这哈欠打了一半，嘴就半张着忘记了闭上。

监视屏幕里出现了梅姐鬼祟的身影。

卓乌呢？我站了起来，恨不得钻进监视器里去质问阿梅。

阿梅在卉儿的午餐里不知道放了什么东西，然后就离开了旅馆。

过了一会儿，卉儿把午餐拿到了房间。

所有在卉儿身上投了注的人都变得无比紧张，而小兰却无比得意。

卉儿丝毫没有察觉到午餐被人动了手脚，大口大口地吃了起来。

下午的时候，卉儿发现了老鼠男的尸体就躺在他自己的房间里。卉儿给每个人都打了电话，房客们都风风火火赶回了旅馆里，只有卓乌和阿梅最后回到了旅馆。

他们很快就明白了这是旅馆对他们的警告。就在这个时候，卉儿中的毒开始发作了。

所有人的心情此刻都十分凝重，小兰却轻松地微笑着，俨然一副胜利者的姿态。

我看着屏幕上的阿梅，她急切地握着卉儿的手，好像中毒的是她的亲人一样。如果不是亲眼所见，谁会相信她才是下毒的人呢？

或许这个女人并不是只有美貌和韵味，心机也是让人难以想象的重。小兰在她身上投注，也不是全无道理。

王老板吐了一口痰，骂道："又输了？老子已经输不起了！"

我不相信卉儿会就这样死掉，即使死也不会这样简单。

不过实事求是地讲，我还是希望卉儿就这样死掉的，毕竟少了她的话会少了很多麻烦。

可是卓乌这个笨蛋再一次刷新了我对"傻"的认知底线。他竟然主动要求方耀救卉儿。

我能感觉到，方耀对卉儿的死活并不在乎，不过他还是答应了卓乌的请求。

当卉儿被送到了方耀的房间里时，我就知道她死不了了。

方耀理所当然地配制出了克制卉儿体内毒药的解毒制剂。

看到卉儿没有死，每个人都松了一口气，可小兰的脸色却不那么好看了，显然对阿梅感到失望。

虚弱的卉儿在房间里分析谁是下毒的凶手。

不知道发生了什么，卓乌这个笨蛋竟然给阿梅做证，证明阿梅一直和他在一起。

让所有人感到意外的是，最后林先生做了替死鬼。我知道昨天晚上林先生和他太太大吵了一架，具体因为什么我没有听得太仔细，反正我也不感兴趣。可现在林先生竟然被自己的太太陷害了，果然在当晚他就被赶出了无忧旅馆，最后被那两个像哑巴一样的黑衣人不知道拖到哪里去了。

值得一提的是，在这期间方耀在房间里给卉儿做了一次检查，看来她彻底康复了。

卉儿从口袋里拿出一个小盒子，说是为了感谢方耀救命之恩而准备的礼物。

方耀对这种形式很不以为然，但是为了尊重卉儿还是当着她的面打开了盒子。里面是一张正在转动的圆形卡片，上面的花纹是黑白相间的螺旋纹。

屏幕上的方耀像是被人点了穴道一样，傻傻地站在那里盯着那张转动的卡片。

卉儿突然在他的耳边说："看着我的眼睛。"

方耀茫然地抬起头去寻找卉儿的眼睛。

卉儿问："我是谁？"

方耀皱着眉像是在思索，但他很快就放弃了，机械地重复卉儿的话："你是谁？"

卉儿说："我是神！"

方耀恍然大悟地点头，看向卉儿的眼神也透着敬仰，他说："哦，对！你是神！"

卉儿说："神的话你要听！"

方耀连连点头说："好的，我听！"

卉儿满意地笑着说："好啦，现在你好好想想，你是谁？"

这个问题又难住了方耀，他嘴里喃喃地说："我？我是谁？"

卉儿说："你是一棵大树！"

方耀激动地说："哦！没错，我是大树！"

卉儿担忧地说："可是现在有好多虫子爬上了你的脖子，你摸摸看。"

方耀惊恐地摸了摸自己的脖子。

卉儿继续问:"是不是很痒?"

方耀痛苦地说:"嗯,很痒。"

卉儿对着方耀的脖子吹了一口气说:"现在虫子被我吹跑了,可是不知道什么时候它还会回来。我们做个约定吧。"

方耀呆呆地说:"好,我们做个约定。"

卉儿说:"我摸头发的时候,你就摸摸自己的脖子,看看虫子是不是又回来了。"

方耀开心地点头。

卉儿说:"现在我数十个数,等我数完之后你将会变回方耀,好吗?"

方耀说:"好!"

卉儿数了十个数,然后打了一个响指。方耀打了一个冷战,像是忽然惊醒了一样,变回了正常的模样。

卉儿甜甜地笑着说:"方医生,我们走吧,他们会等不及的。"

方耀似乎根本不记得几分钟之前发生过的对话,这就是卉儿的可怕之处。

相安无事了几个月后,就是新年了。当天的晚餐我吃了饺子,不过比饺子更让人欣慰的是王老板破天荒地洗了个澡。

旅馆里,房客们围坐在一起吃了一顿年夜饭。

没有人会想到林太太竟然在饺子里下了药,每个人的肌肉都开始麻痹,浑身没有力气。

和其他人想成为游戏的胜出者不同,林太太的目的就是要毁掉无忧旅馆,房客只是用来陪葬的。林太太在留言板上许下的愿望是想知道她的养女林薇薇的下落。她以为旅馆没有满足她的愿望,其实她的养女早就住进了旅馆,只是换了身份,也换了性别而已。

圆桌上的人面面相觑，卓乌、卉儿和阿梅都中了毒，如果他们都在今晚死掉的话，那么这一次无忧旅馆的游戏中，我们的投注就都失败了。

林太太近乎疯狂，在房客们身上淋了汽油。

曹教授为了自保，说出了卓乌和林薇薇的关系。林太太把矛头对准了卓乌。

我都要恨死那姓曹的老东西了。这不是坑人吗！

林太太在暴怒之下，用刀捅了卓乌。

那几刀就像是捅在我的身上一样。

于女士的眼神里没一丝波澜。

小何的眼神里透着兴奋，可是看到我之后又流露出了担忧，真是个矛盾的年轻人。

小兰看了看我，然后别过头继续看着屏幕。

王大师摇着头叹了口气。

李博士在他的小本子上划掉了卓乌的名字。

黄先生快意地笑出了声。

坐在我身边的王老板拍了拍我的肩膀说："没事的，下一次把人看准一点。"

我已经没有心情和他们对话了，我没想到卓乌会这样简单地就被淘汰了，或许他早就应该这样被淘汰了。可是我监视了卓乌这么久，忽然觉得这个人身上有什么东西是我们都没有注意到的，就是这种说不清、道不明的感觉，让我对卓乌潜移默化地倾注了一点希望。在我的心里其实不希望他会死得这么窝囊。

后面发生的一切对我来说已经没有意义了，我把双手伸到眼前，一根手指一根手指地看了个遍，我觉得每一根手指都是我身体不可分割的一部分。可是这一次要和其中一根手指告别了。

我正要把手指伸向圆桌上一个奇怪的孔洞里。

忽然小兰咦了一声。

我急忙看向屏幕。孟川竟然掐住了林太太的脖子，他似乎并没有费多大的力气就结束了林太太的生命。

我懊恼地想，孟川怎么不早点梦游。那样卓乌或许就不会死了。

让我没想到的是，陆好竟然咬着牙扛起卓乌的"尸体"去了方耀的房间，方耀和卉儿紧随其后。

那是一场血腥却令人动容的手术，方耀从陆好的身体里拿出了一颗跳动的心脏移植到了卓乌的胸腔里。

卓乌竟然奇迹一般地活了过来。

我激动得流出了眼泪，觉得每个人都值得尊重。不仅仅是为了爱而牺牲的陆好，从鬼门关挣扎回来的卓乌，完成了梦寐以求的手术的方耀，还有保全了手指的我！

有一件事让我们所有人都耿耿于怀，孟川的手机不见了。我们仔细翻看监控记录都没有发现孟川把手机藏在了哪里。

孟川的手机成了我们茶余饭后的游戏，我觉得孟川把手机扔了，否则无论藏在哪里都会在监控探头的监视下露出马脚。

小兰说手机被孟川埋了起来。

王老板说手机一定还在孟川的房间里，不得不说这个不学无术的暴发户真的一点想象力都没有。

小何赞同我的看法，我说什么他都赞同，一点主见都没有。

于女士弃权，她只会对有把握的事情发表评论。真是一个无趣的女人。

王大师像个神棍一样说，手机的下落只有"他"知道。

我们都清楚这个"他"就是孟川梦游之后分裂出的人格。

我问李博士："您觉得手机最有可能在哪儿?"

李博士用手里的笔指着监控屏幕说："骨灰罐里!"

高人高见,我们都觉得这个答案很靠谱。

就在火化陆好尸体的当晚,方耀也死了,死在了卓乌的面前。

方耀的死让人不免有些唏嘘,我看得出来,面前的这些人包括我对方耀都有一种莫名的好感。

对于方耀的死,卓乌的内心久久不能平静。卉儿暗示方耀用一种哗众取宠的方式自杀,目的也是为了嫁祸给最有嫌疑的曹教授。

卓乌在方耀的房间里找到了一本日记,那是他们早就约定好的,方耀已经觉察自己似乎是被人控制了。

日记里方耀指出了三个最有嫌疑的人,和一个防止被催眠的办法。

我有点同情方耀,三个嫌疑人里没有一个是真正的凶手,这也说明卉儿隐藏得很成功。我再一次觉得卉儿很可怕,如果可能的话,我真的不想和这个蛇蝎一样的女孩儿有任何交集。

卓乌很伤心,他坐在柜台间里一直都没睡。

圆桌上的人渐渐回到房间休息了。只有我还在看着卓乌,我想用这样的方式来陪着他。

卓乌又翻看着方耀的日记本,他做出了一个让我很费解的行为,他把方耀房间里那个冷柜搬到了楼下的厨房里。

做完了这一切,忽然他发疯了一样在柜台间里寻找着什么。终于他找到了一枚图钉,他犹豫了一下,然后把那枚图钉扎在了自己的手腕上方。用创可贴遮盖住了图钉,看起来好像就是一个普通的伤口。

卓乌疼得龇牙咧嘴，我看得目瞪口呆。

卓乌忍着疼痛挨到了第二天清晨，他跟着常三走出了旅馆，看了方耀的日记让卓乌把怀疑的目光对准了常三。

这一天我都不知道卓乌是怎样度过的，但是晚上回来的时候，却是卓乌、常三和阿梅三个人一同回来的。

看来卓乌的跟踪行动失败了。

阿梅对卓乌说了什么，卓乌走出了旅馆，走到了阿梅的车前。

我有些焦急，旅馆规定的时间很快就要到了，难道这个傻瓜没有意识到危险在一点点降临吗？

当阿梅反锁上了旅馆的门，我的心一下就沉到了谷底，这个狠心的女人终于要对卓乌下手了。

小兰神色复杂地看了我一眼。

其他人目不转睛地看着屏幕上焦急的卓乌，我估计他们和我一样，现在也不相信卓乌会这样死掉，他们在心里开始倒计时了。

直到卉儿把那根救命的绳子放到卓乌面前的时候，我隐约听到了其他人失望的叹息声。

其实在那之前，卉儿刚从孟川的房间里出来。阿梅是卉儿下一个要除掉的目标。

当孟川把阿梅吊在了天花板的吊扇上，我看到小兰的脸变得惨白。不仅仅是因为她输了这次游戏，更是因为她失去了一个亲人。

在阿梅的眼中，无忧旅馆的房客们都是猎物，最终将他们猎杀光才能看到自己的妹妹，可是她又何尝不是别人眼中的猎物。

无忧旅馆是一场游戏，归根结底也是一场人生。

卓乌从卉儿的房间出来，正巧看到了奄奄一息的阿梅。他急忙把阿梅从吊扇上救了下来，好像这个女人并不是差一点要了他的命的人。

小兰的脸上缓和了不少。我却有点不高兴了，卓乌真的是白痴吗？为什么对想杀死自己的人还留有仁慈之心？

但很快我就知道我们都错了，卓乌亲手杀死了阿梅，这让我有点意外。

小兰不敢相信窝窝囊囊的卓乌会杀人，还杀死了他一直十分爱慕的阿梅。直到阿梅的尸体僵硬地躺在地上，小兰才终于承认了失败。

小兰看着我的眼神仿佛是要喷出火一样。

我招谁惹谁了，好像杀死阿梅的人是我一样。

小兰把左手的无名指插进了圆桌上的孔洞里，一阵电机发动的声音伴随着小兰的惨叫，她的无名指已经不见了。如果仔细看的话，小兰的左手只剩下三根手指了，那根小拇指在上一次的赌局里已经输掉了。

门外有黑衣人走了进来，给小兰进行了简单的止血包扎。小兰面无血色地回到了房间里，我知道她不会再经常出现在圆桌上了，至少在下一次无忧旅馆的赌局开始之前。

我叹了口气，没有小兰坐在我对面，这该有多无趣啊。

旅馆的游戏还在进行，这一次他们把心中的那把刀对准了孟川，因为孟川把所有人都画到了画上。

卓乌为了救孟川一命，只好砍掉了他的手。

没有了手，孟川万念俱灰。他拜托卓乌给他准备一件很奇怪的衣服，还要在衣服上塞进铁块。

李博士在本子上写下了一个很复杂的公式，然后对我们说："他想自杀！"

卓乌准备好了孟川想要的东西，这段时间我们对孟川手机的下落越来越感兴趣。常三在我们的授意下偷走了卓乌放在柜台间里的骨灰罐。

出乎我们意料的是，骨灰罐里除了骨灰没有别的东西，这下连李博士也觉得面子有些挂不住了。

孟川临走上天台之前对卓乌说，他要找的东西在画里。

我们急忙告诉常三，孟川的手机可能在画里，也只有他在画画的时候，身体会挡住监控探头的角度，这一点我们早该想到的。

不知道卓乌是怎么发现常三是卧底的，几句话还没说完，卓乌突然用刀刺向常三。常三知道自己暴露了，留在旅馆已经没有意义了，他灵巧地躲开了卓乌的刺杀，逃出了旅馆。

因为时间的关系，卓乌没能追出去。如果这个时候卓乌追出去的话，就能看到常三被从天台上跳下来的孟川砸得粉身碎骨了。

我不喜欢常三这个人，但是这个死法实在让人匪夷所思，或许这就是他一直用来唬人的所谓宿命吧。

在常三的房间里，卓乌和卉儿发现了通向 104 号房间的秘道，这也是常三来见我们的时候所走的通道。

现在旅馆里只剩下三个人了，曹教授理所当然地成了卉儿下一个目标。

卉儿事先给卓乌喝下了掺进安眠药的水，让卓乌误以为被曹教授催眠了。在拷问曹教授的同时，卉儿用带有磷粉的湿巾给曹教授擦了汗。

当曹教授在卓乌面前自燃的时候，那场面的确有一种惊心动魄的震撼。连一直都很谨慎的李博士也激动得直发抖。

现在旅馆只剩下卓乌和卉儿，两个人准备一起走出无忧旅馆，可是现在旅馆变成了牢笼，两个人之中只有一个人才能活着离开。

圆桌上所有人都盯着我，我也不甘示弱地盯着他们。

现在不仅仅是卓乌和卉儿的厮杀，更是我和他们之间的对弈。

卓乌发现旅馆的门无法打开之后，就已经猜到了这个结果。他在那幅油画里找到了孟川藏在夹层里的手机。

手机里有林氏夫妇的线索，那是证明卉儿骗了他的证据。

卓乌和卉儿对峙，卉儿用自己天真烂漫的脸再一次骗过了卓乌，让卓乌打开了那个盒子。

圆桌上那些人都松了口气，看我的眼神里或多或少都带着一点幸灾乐祸的意味。

就在他们以为卓乌会像方耀一样自己结束自己生命的时候，卓乌突然从催眠的状态里清醒了过来，我知道是他扎在手腕上的那枚图钉起了作用。

清醒了的卓乌却很虚弱，在卉儿面前简直就像是个弱不禁风的孩子。

卉儿的催眠术对卓乌无效，可我却还没有赢，圆桌上其他人也并没有输。

卉儿胜券在握了，但对卓乌破解了她的催眠术耿耿于怀，卓乌告诉她破解催眠术的秘密就在厨房里。

当卓乌把卉儿推进冷柜里的时候，我才发现卓乌真的变了，变得让我十分陌生，尽管我们并没有真正地见过面。

从这场游戏开始的那一刻起，我想没有人会相信卓乌能活到最后。

让我更兴奋的不是我无意中的选择赢到了最后，也不是因为圆桌上其他人又少了一根手指。而是卓乌选择了继续下去。

不过他用了两天时间才想到 104 号房间电梯的密码。

我们第一次见到卓乌，他比监控探头上看到的还要瘦弱。

卓乌用一种傻到可爱的怒气问："你们谁是无忧旅馆的老板？"

我和圆桌上其他人互相看了看，然后哈哈大笑。其他人因为刚刚失去了手指，都显得虚弱了很多。

卓乌在我们的脸上逐一扫过去，他一定是发现了我们当中有很多熟悉的面孔，尤其是黄先生。他曾经是一个红极一时的乐队主唱，好多年前传出了他的死讯，没有人知道他是为了什么来到无忧旅馆。只是能在这里出现的人就意味着曾经赢得过无忧旅馆的游戏。

可是这一场赌局却更为残酷，黄先生已经连续输了几年，他双手仅剩的一根手指也在两天前失去了。

我觉得有点可惜，他这辈子估计再也不能弹吉他了。

我告诉卓乌，我们并不是无忧旅馆的老板，我们都是曾经的幸存者，在这里进行游戏之后的游戏。

卓乌的眼神里满是怀疑的目光。

我笑着说："你见过被铁链锁住的老板吗？"

我晃了晃锁住我脚腕的铁链。铁链连接着地上的滑道，我们可以在房间和圆桌前自由移动，但是没办法走到滑道以外的地方。我们的衣服都是特别制作的，穿的时候并不会受到铁链的影响。

说了这么多，我都迫不及待地要离开了。

卓乌问我："我接替的是你的位置？"

我说："废话，你应该感谢我，只有我一个人看好你！"

这话说得有点心虚，我避开了卓乌的眼睛。

卓乌愤怒地指着我们说："监视我们的是你们？你们居然把我们的自相残杀当游戏吗？"

我尴尬地咳嗽了一声说："把你们当作游戏，也是无忧旅馆的游戏之一。"

卓乌的眼睛在小兰的脸上看来看去，我有点不高兴了。

卓乌瞪大了眼睛问："你是梅姐的妹妹？"

小兰红着眼圈，看着卓乌的眼神变得杀气腾腾，她说："你杀了我姐姐，这笔账我们没完！"

小何傻里傻气地提醒小兰说："小兰姐，这一场游戏和地面上的游戏不同，我们不能杀人！"

没错，第二场游戏比的是运气，如果有人想伤害其他人的话，就会被取消资格。

取消资格的意思也就是死。

小兰瞪了小何一眼，继续恶狠狠地看着卓乌。

卓乌摇了摇头说："原来你是故意把梅姐引到无忧旅馆里的，目的是什么？"

小兰哼了一声说："我相信我姐姐能赢得游戏，然后接替我现在的位置。"

卓乌笑得眼泪都流了出来，说："归根结底你还是为了你自己。你利用梅姐对你的关心，把她卷入了这场厮杀里，杀了梅姐的人不是我，是你！"

王老板突然说："在这里的人哪一个不是背负了十几条人命的人？你和我们有什么区别？你又有什么资格指责我们？"

我突然觉得王老板除了不爱洗澡、一身肥肉、暴发户的气质让人无语之外，其实他看问题还是有一定深度的，当然了，能坐在这里的都是曾经在无忧旅馆的厮杀游戏里幸存下来的人。

卓乌不再说话了，黑衣人解开了我脚腕上的铁链，然后锁住了卓乌。

我还能在这一层住一夜，当晚我和卓乌在我的房间里彻夜长谈。我把我所知道的一切都告诉了他，比如当无忧旅馆的游戏再一次开始的时候，一定要在规定的时间内选好投注的对象；比如输掉比赛就会失去身体的某一部分作为惩罚；再比如如果他所选的对象赢得了无忧旅馆的游戏，只有所选对象选择继续下去之后，他才会有继续选择的权利，接着玩第三场游戏还是就此退出。

卓乌把监控器里没办法看到的事情都告诉了我，也就是之前你看到的那些故事。我用录音笔记录下了这一切，我告诉卓乌，如果他能有机会出去的话，把我记录的内容整理出来，一定会是很有趣的故事。

所以如果有一天你能看到这个故事，那就说明我和卓乌一定有一个人活着走出了无忧旅馆。

不知不觉闹钟就响了，这里看不到太阳，唯一能确定时间的就是我的宝贝闹钟，我把它送给了卓乌。

卓乌问我："你去哪儿？"

我微笑地指着这个空间里一扇不起眼的门，说："当然是继续玩下去，我也想见见无忧旅馆的老板。"

卓乌想了想也笑了，他说："好，你在那里等着我，我会追赶上你的。"

我没有和任何人告别，我想他们也一定不在乎我的离开。

打开那一扇继续游戏的门，我不知道等待着我的又会是一个怎样的过程，但是我敢肯定那绝对不会让我感到无聊。

如果有机会我能活着玩到最后，我很愿意把过程讲给你听。

相信我，那将会是另一个有趣的故事。